Qianxun-Culture
— 图书·影视 —

学姐不简单

Xue Jie Bu Jian Dan

罗曼茶茶 / 著

中国·广州

图书在版编目（CIP）数据

学姐不简单 / 罗曼茶茶著 . —— 广州：广东旅游出版社，2020.3
ISBN 978-7-5570-2053-8

Ⅰ . ①学… Ⅱ . ①罗… Ⅲ . ①长篇小说—中国—当代 Ⅳ . ① I247.5

中国版本图书馆 CIP 数据核字 (2019) 第 217452 号

出　　品：	千寻文化
总 策 划：	调　调
出版监制：	唐　昕　杨芝波
责任编辑：	江丽芝　李　丽
特约编辑：	小　鱼　忽　忽
封面设计：	ABOOK 壹书工作室　贡且 Design QQ2606462853
封面绘制：	木　泽

学姐不简单
XueJie Bu JianDan

广东旅游出版社出版发行
（广州市环市东路 338 号银政大厦西楼 12 楼　邮编：510180）
邮购地址：广州市环市东路 338 号银政大厦西楼 12 楼
联系电话：020-87347732　邮编：510180
长沙鸿发印务实业有限公司
（地址：湖南省长沙市长沙县黄花工业园 3 号）
880 毫米 ×1230 毫米　　32 开　　10 印张　　268 千字
2020 年 3 月第 1 版第 1 次印刷
定价：39.80 元

本书如有错页、倒装等质量问题，请直接与印刷厂联系换书。

目录
Contents

第一章　学霸变学渣　　　　　　　／001

第二章　从今以后，我叫陈小小　／024

第三章　喜欢只是一种错觉　　　／054

第四章　学习总动员　　　　　　／077

第五章　要出大事　　　　　　　／102

第六章　一场好戏　　　　　　　／120

第七章　求生大逃亡　　　　　　／142

目录
Contents

第八章　以其人之道还治其人之身　　/ 168

第九章　下班后见　　/ 194

第十章　交友要慎重　　/ 213

第十一章　禁欲系男神　　/ 238

第十二章　我还是很喜欢你　　/ 260

第十三章　这绝对是梦　　/ 275

第十四章　"三不准"原则　　/ 297

第一章　学霸变学渣

正午十二点，太阳像一个蛋黄挂在头顶，空气里飘散着树木、马路被榨干后的酸涩气味。从蛋黄的视角来看，正下方是一块椭圆形状的绿色操场，现在因为高温扭曲了形态，变成了黄红参半。

一个如芝麻粒一样大的人正在这块"红黄参半"上飞奔，几米开外，是另外三个"芝麻粒"、四个"芝麻粒"飞快朝前方移动，逐一跑进了一座黑色的建筑物里。那座建筑物完全掩在了周围的树影中，因为体积过于庞大，显得很蠢。

曾经的白色墙面如今已被雨水冲刷成黄色，还有各种彩色喷漆，其中夹杂着各种带器官的脏话。

跑进楼里后，最前面的人明显失去了优势，横冲乱撞搞不清路，找死般地跑进了一条死路。一股很大的力道直接从后面撞过来，有人抓住了她头上的辫子，她整个人被顶在了前面的墙上。

"陈小小，我看你怎么跑！"一个女生飙了一声长高音。

被按住的人扭动了两下，脑袋又被死劲按了一下，她的身体不受控制地往前扑，身上的背包被抢了过去。她转过身子，露出一张其貌不

扬,还因为贴上了墙而灰扑扑的脸。

对面站着的三个人跟她截然不同,中间披着头发的女生是老大,左右护法头发分别被挑染成紫色和红色,马尾辫都绑在了靠近太阳穴的位置,一个绑左边,一个绑右边,合起来仿佛一对牛角。

中间的大姐把陈小小包里面的东西都倒出来了,有言情小说、偶像贴纸,也有一些不怎么起眼的化妆品,类似于有颜色的唇膏或者美瞳,还有一些边角都卷起来的书,试卷上画满了红色的叉。

"我真没钱了。"陈小小舔舔发干的嘴唇,看她们把那个印着男神头像的钱包翻转过来往外倒。

但她们仿佛完全没听见,把丢在地上的仨瓜俩枣全捡走了:"你要是少买点这些发春的言情书,就有钱孝敬我们了,也能少挨点揍。"披发女捡起一本书,皱着眉翻了两页,然后反手扔在她身上,又看一眼地上到处不及格的试卷,不屑地道:"啧啧,你这考得还没我好呢。我听说你有个姐姐,好像叫什么暖的,据说智商两百,当年一中第一名,还是全国提前招考第一个超高分通过的大学神。"

陈小小眉头一皱,说:"我们不是亲姐妹,只是堂的,她父母死了,借住在我家里而已。"

对面三个人笑起来,说道:"看来你好像很不爽她?也是,你们差不多大,人家已经跳了两级享受大学生活去了,而你只能待在十一中,而且成绩还垫底。同吃一锅饭,人家是天才,你是废物,我要是你啊,早就没脸活了。你长得不怎么样,脑袋又不灵光,还笨手笨脚的,真以为会像这种言情小说里写的一样,蠢蠢的很可爱,然后被帅哥看上吗?你做梦吧,垃圾。"

"哎,这里有东西啊。"左护法发现了一张夹在书里的粉红色信纸。

陈小小急了,两手胡乱划拉却被人墙挡住了。披发女来劲了,看到信纸上的名字后兴奋起来,说道:"你还喜欢他啊,你撒泡尿照过自己了吗?"她直接拆开信,清清喉咙后开始朗诵,"啊,啊!"语气词还没念完,她就被扑倒了。陈小小突然尖叫一声,力大如牛地一把将信抢过来直接塞进嘴巴里。陈小小这样冲动,不论在电视里还是在现实里,都只有一个下场——被猛揍……

指针刚刚走到一点钟,太阳也不见移位,如一颗即将融化要往下掉的蛋黄。视角转移到远在A市的南华大学,满校园的香樟树郁郁葱葱,一栋白墙飞檐建筑矗立在校园中央,相当瞩目。

从木质窗沿看进去,空调和风扇都在运作,可坐在最前排的评委老师还在不停地拿纸巾擦汗。

坐在台上的人分成两方,一方是本校南华大学二年级学生代表,一方是隔壁开阳大学二年级学生代表,两方正在进行一年一度的学术交流。这种所谓的交流,说难听点就是去别的学校砸场子,振声威。开阳和南华都是全国一流的学府,所谓一山不容二虎,一校不容二霸,这种交流最后都会演变成一场智力斗争,目的就是要显示"我比你牛"。

到了后半场,后门进来一男一女,后排的学生全部激动起来,"晓青会"的会长和副会长居然都来了。

每个厉害的学校都会有一个高精英人才组织,通俗一点的说法叫学生会,而晓青会则是它的豪华升级版,里面每个成员的个人荣誉都能出版成一本小传,他们中大多数人是未来被保送进国外高等学府深造的候选人。

"那还不是托了我们数学系学神的福,陈暖可是南华第一个大一就能进晓青会的学生。"

"谁让人当年进校的分数那么高,把沈会长的纪录刷了个遍,足足高了几十分。"

"我以前就知道南华学霸多,但是没看过这么神的。你好像跟陈暖

一个班吧,她人怎么样?我在这儿上了两年学都没见过她几次。"

对方挤挤眉头,说道:"我跟她也不熟,不过,听别人说她这个人有点古怪。"

"怎么个古怪法?"

"她好像不住在宿舍,跟她走得近的应该就是晓青会的那些成员了。"

"果然大神只跟大神玩啊。"

沈月和沈言坐在最后一排,虽然特意挑了最远、最隐蔽的角落,但还是时不时收到来自各方的注目礼。

"你心上人好像不在哦,难得你推了教授的课来看她们系的交流辩论。"沈月笑着看他哥。

沈言推了推鼻梁上的金属框眼镜,一脸镇定,说:"你别胡说。"

"我胡说?"沈月趁他不备,从他口袋里把手机掏出来,翻过来,露出一张已经泛黄的卡通贴纸,"这么土还幼稚的贴纸,我记得是上次陈暖买水的赠品吧,人家只是心血来潮送给你,某人还巴巴地留了大半年。"

"我只是懒得撕。"

"我不懒啊,我帮你撕。"沈月说着就要动手。

沈言伸手把手机夺过去,放回口袋里。

"哥,你这人什么都好,就是太闷骚,要是陈暖喜欢上别人了,你就自己一个人哭去吧,我可不会同情你。"

"陈暖有喜欢的人了?"沈言挤挤眉头,故作镇定地问。

"你看看,急了吧。"沈月也不忍心逗他了,"这一年多,陈暖身边也没出现过别人,我看啊,你们俩就属于彼此有好感,但是就差捅破那一层纸了。"

那边的人沉默了一会儿,然后小心翼翼地问道:"你觉得陈暖喜欢我?"

"肯定啊，除了你，我就没看到她还和哪个异性走得比较近。"

沈言听了这话心里十分开心，但脸上没有过多表露，否则他这个妹妹一定会喋喋不休。

台上的战争上升了一个级别，双方开始明目张胆地秀智商了，方式也很简单粗暴——在各自的白板上出题，由对方来解答，各种奥数定理，包括测试智商的题目都搬上来了，总之就是怎么难怎么来。

两方势均力敌，但经过五题之后，对面的开阳大学方开始占优势了。开阳的理科系一直要比南华好，中间的那个小平头，据说高中时就在国外很有名的一项数理竞赛中拿过第一名，当时参赛的还有来自十几所名牌学校的大学生。

沈月看了眼来势汹汹的小平头，吐口气道："看来要去找陈暖了。"她低头看看手上的表，"不过这个点，陈暖应该会不高兴吧。"

"我……"

沈言的话还没说完，就被沈月打断了："你别出头。这是二年级的活动，我们三年级的不便参加，而且你别再惯着她了，以后要是她嫁进我们家，你自己妻管严就算了，她那个德行我怕把爸妈气死。"

"她不是挺正常的吗？"沈言对妹妹的指责不太认同。

"正常？"沈月做出一副"你绝对是在跟我开玩笑"的表情，"走！我们去找那个正常人。"

两人从学校出来，过了马路，拐到一条有些破旧的巷子里，两边楼房的墙皮都剥落了。

他们在一栋两层高的楼下停了下来，绕到后面的楼梯上了楼。路过的几间屋子门口堆着瓶瓶罐罐，还有些旧报纸，他们一直走到最里面一间，伸手敲门的时候，发现门没有锁，开了一条缝隙。

沈言皱皱眉道："她一个人在家，门怎么也不关？"

沈月无奈地摇摇头，推开门，一屋子烟雾缭绕，像着火了，呛得她不禁咳了两声。右边隔了一间卧室，里面突然传出来激动的叫喊声：

"你白痴啊,上啊!算了算了,你站在原地不准动,否则我第一个把你灭了,碍手碍脚的。"

沈月和沈言进去的时候,房间里面全是烟,里面背对着门口坐了一个人,穿着黑色T恤和白短裤,一只脚放在凳子上,头发胡乱地用皮筋绑成一个马尾,剩下的都贴在脖子上。耳朵上挂着耳机,超长的书桌上有三台显示屏,她坐在椅子上,一下滑到这儿,一下滑到那儿。右边的烟灰缸里已经横七竖八躺着十几个烟蒂,衣服、包以及吃剩的零食袋子丢得到处都是,他们进去都没有地方落脚。

在她叽里呱啦叫的时候,沈月过去伸手把她脑袋上的耳机摘了下来。

这个时候,陈暖才注意到屋里有人,转过来把嘴巴里叼着的烟按在烟灰缸里,问道:"你们怎么来了?"

沈言去帮她开窗户透气,封闭环境还抽烟,她没被闷死已经算万幸了。

"你别开,我屋里开着空调呢。"陈暖阻止他。

"你少抽点烟会死啊!"沈月把桌上的烟和烟灰缸一起扔到垃圾桶里。

"没办法,我跟这些猪队友玩游戏,没有这个就会一直想发火。"陈暖也很无奈。

"你还有心情在家吹空调打游戏?"

"怎么,有什么事?今天不是星期天吗?"

"今天开阳和你们系有场交流辩论会,你忘了?"

陈暖不以为然,转头继续去敲键盘,这回她换打字了,手速极快,一边打字一边说道:"我对荣誉这种东西一向没什么欲望。"

"我们刚刚离开的时候,你们系正在被虐,你看看要不要去救个场。"

"难怪刚刚院长一直打我电话,我嫌烦就直接关机了。"

"你的心真够大的,连院长都敢得罪,万一他以后给你使绊子,你都出不了国。"

"谁说我要出国了?"她漫不经心地回答。

正在帮她收拾东西的沈言一愣,问道:"你不想出国?"

"我哪儿有那闲钱啊?就算出国有奖学金,生活费还要自理,我这些年参加各种竞赛的奖金还有帮人家代打游戏的钱,一下就挥霍光了,在国内也是一样的,何必非要出国?"

"我,不,我和沈月可以帮你的。"沈言嘴快改了口。

"我跟你们情况不一样,你们是富裕家庭,我爸妈很早就没了,我一直住我叔叔家,要是我就这么把他们抛弃了,人家会说我是白眼狼的。"

沈言思考了一会儿,然后说道:"你说得对,其实国外没什么好的,留在国内也有很多机会。"

"嗯。"陈暖把键盘一推,转头问他们,"刚刚你们说的交流会在哪儿?"

"你想去了?"

"游戏打输了不太爽,我要拖个人下水跟我一样不爽才行。"她从床上随意挑了一件衣服,上手就换。

沈言吓得愣住了,连忙转身出去。

"你就不能稍微注意一点?"沈月觉得她可能是故意的。

"注意什么?"她把衣服脱下来,里面是一件黑色背心,眼神特别无辜,"我穿了。"

三人赶到会堂的时候,里面的战况已经相当惨烈了,坐在第一排的领导不停地擦汗,台上本来穿得正正经经的南华学生,衣服都被扭成了一团。

"不好意思,我来晚了点。"面对一屋子的注目礼,陈暖欠欠身抱

歉，台上的学生眼神里都是欣喜——救星来了。

陈暖把手机递给沈月，让她先帮忙拿着，以防等会儿惊心动魄的时候被队友喊上线。

女生？对面开阳大学的小平头明显对她不屑，在他的认知里，女生的理科是肯定比不上男生的。

陈暖兴冲冲跑上台，这边南华的学生都起身要给她让位置。

"不用，我站着就行。"陈暖拒绝。

"这还带替补队员的吗？"平头男靠在椅背上，跟旁边的人笑了两声。他们那边风头正盛，此时正是嚣张到极点的时候。

这边的人都面露尴尬，只有陈暖一个人好像没脸没皮地道："我不是替补，我只是来打败你的。"

"你！"对方抿抿嘴巴，"在这里没本事，光靠耍嘴皮子是没用的。"

"我也这么觉得。你们太磨叽了，还摆什么台子，放桌子坐凳子，不就是要比谁更牛吗？一道题就解决了，整这么多花里胡哨的有什么用？"

她这么一说，扎了全校领导的心：这是队友吧，不是对面派来的吧？

"这个低情商的二货，把所有人都得罪了。"沈月叹了一口气。

"嗯，你说得没错。"沈言同意。

"哥，你真是没节操，以后你成立一个陈暖粉丝后援会，然后你当团长好了，护妻不带你这么护的吧。"

"我说的是事实。"

"只要涉及陈暖，你就没有任何辨别是非的能力。"

陈暖把他们这边白板上的字擦掉，上手写了一道题目，说道："规则很简单，你出一题，我出一题，看谁解得多。"

"互相出题这个难易程度太主观，还是解同一题比较好。"小平头有异议。

这个时候,院长终于不忙着擦汗了,站起来干了点正事,说道:"请林老师出一题。"

林老师是他们系的镇系之宝,荣誉满身,就是人长得丑了点。为了展示自己眼界高超,体现公正性,林老师特意选了一题大家都没做过,题库里堪称题王的超简短代数系列。

在每一年的殿堂级数学竞赛里,都会有一道压轴题,从题库里随机抽取,有难的,有特别难的,而这道题属于变态系,纯靠脑子和心算。

底下的人纷纷拿出纸和笔开始解题。这种场景非常壮观,像是在进行全民智力活动,满屋子都是划纸张和吐气吸气的声音。

"我去,太难了吧。"

"我能解开,不过至少要一个小时。"

小平头看看白板上的题目,嘴角弯起,转头看着站在白板前发呆的女人,心里得意起来,说道:"要是你真解不开,可以直接放弃。"

陈暖转过头看他,认真地看了两眼,问他:"上个星期,你是不是参加了奥赛?"

他更加得意地扬扬头,那是国际赛事,说:"我可是第三名。"

陈暖没回他,把记号笔的盖子打开,伸手就在白板上开始写。小平头自己也连忙开始,当他列了数十个公式的时候,听到了旁边合上盖子的声音:她解完了?怎么可能?这道题目按照最简单的解题步骤至少要半个小时。

他看到旁边的黑板上只写了寥寥数行,她的解题思路让这道题变得和普通题没两样,反倒是他绕自己,走了一大圈。

"厉害啊,是我们把问题复杂化了,觉得是题王肯定很难。"

"你是看到解题思路才会觉得简单的,一般人根本想不到。"

"不愧是我们系的学神。"

底下议论纷纷,后面突然响起几道清脆响亮的鼓掌声。众人转过

头,看到晓青会的会长沈言带头鼓了掌,便也跟着鼓掌。一时间会堂里掌声雷动,前排领导终于不再擦汗,露出十分满意的表情。

陈暖把记号笔放下,从小平头身边路过的时候,微微侧了侧身子,小声道:"忘了告诉你,那个比赛,我是第一名。"

"你心上人可真够出风头的。"沈月一边鼓掌,一边调笑。

"她一向很聪明。"沈言不吝夸奖。

"你不应该觉得这是好事。"

"嗯?"

"因为你欣赏,可能别人也会欣赏。"

这次的交流,开阳大学没占到便宜,校方官方讲了几句话,一行人就灰头土脸地走了。

会堂里的人陆续走出去,沈月准备叫醒在她旁边张着嘴巴流口水、已经睡得四仰八叉的陈暖。

"你别喊她,让她睡会儿。"沈言又劝妹妹。

"她不就是整天熬夜打游戏,才睡眠不足的吗?"

"她同时给人做家教,又参加各种竞赛,还帮人代打游戏,就是为了多赚点钱,她已经很辛苦了。"

"没办法,她叔叔家根本负担不了两个小孩,从高中起她就开始自己挣学费了。她又是一个倔头,哪怕吃咸菜、喝白粥也从来不找我们帮忙。"沈月看看陈暖熟睡的脸,也有些心疼,转头跟沈言说,"你还不抓紧点。"

"什么?"

"只要你成为她男朋友了,就可以名正言顺地帮她了,实力宠妻或者想怎么护犊子就怎么护犊子都行。"

沈言沉默了一会儿,握了握手。虽然沈月平常喜欢调侃八卦,不说什么正经话,但是这句话确实说到他心里去了。他想保护陈暖,想一辈子保护她。

"要是陈暖不出国了,你是不是也不准备去了?"沈月问他。

"嗯。"沈言想也没想就点头道,"去不去对我也不重要。"陈暖才重要,这句话他没说出口。

"嗯。"陈暖哼了一阵,伸伸懒腰,从椅子上直起腰来,擦擦眼屎一看,会堂里其他人都走了,"你们怎么不叫我?"

"看你睡那么香,我都不忍心叫你。走吧。"

三人从会堂里面出来的时候,一阵热气袭来,周围突然响起来一阵激烈的摇滚乐,一下把萎靡不振的陈暖炸醒了。

陈暖以为自己眼花,看到前方大约两百米处,在三十八摄氏度的高温下,一个男生穿着一身白色西装,手上举着一大把鲜艳包装纸包起来的红玫瑰,地上撒了一圈心形的花瓣。从他止不住的擦汗动作以及全身大汗淋漓的状态来看,他应该等很久了。

几个疑似小弟的男生在音乐最后一个重音落下的时候,跑到他面前,卡住拍,拉出横幅:陈暖,我喜欢你!

直到看到这几个大字,陈暖才把这桩公众告白事件跟自己联系起来。不是她谦虚,老实说,她也不敢相信自己居然会有人喜欢,活这么大,这是第一次有人以这么隆重的方式跟她告白。

她木木地问沈月,朝树荫的方向指了指:"这小胖子是谁啊?"

"不认识。"沈月去看沈言,沈言一言不发,面色沉了沉。她没想到自己竟然一语成谶,沈言这么快就有情敌了。

陈暖走到近处,小胖像看到明星似的激动异常:"陈暖,请跟我交往。"他对着她鞠了一躬,把手上的花伸到前面去。

"你等一下,我们认识吗?"

"我是金融系的陈越,你不认识我,但我认识你,你第一次作为学生代表上台演讲的时候我就喜欢你了。"

"为什么?就因为我上台讲了话?"

"感情是没有理由的,我第一次见你,就知道你是我命中注定的缘

分。"

"不好意思,我真的要问清楚一点。我这个人除了比较擅长考试,长得挺普通的,行为也很屌丝,从小到大我从来没收到过情书,你这样让我很费解,比解不开题目还疑惑。"

陈越想了很久,努力憋出来几个形容词:"你自信、聪明,总之就是很特别,我很喜欢。"

"你这样说我就懂了,就是说我没心没肺是吧?"陈暖释然了,"不过,我还是要拒绝你。"

"为什么?"

"因为,我有喜欢的人了。"

因为他们这边的骚动,周围已经围了不少人了,在烈日炎炎的情况下还要继续看,热死也抵不过八卦的心啊。

陈暖转身往回走,朝着沈言他们的方向过去。沈言不自觉地把手紧张地握起来,他这辈子从没这么紧张过,心扑通扑通地跳起来。

"哇,这是要公开了吗?"

"不是一直传言学神陈暖和晓青会的会长沈言走得很近吗?这是迟早的事吧。"

"唉……可惜沈言还是我男神呢,为什么男神都是别人家的?"

"你就别想了,人家双学霸这种不就叫那个……势均力敌的爱情吗?"

"可是我长得比陈暖好看啊,美女配帅哥才对吧?"

"如果你也有本事,一进校就把沈会长的智商按在地上摩擦,那你也可以为所欲为。"

"唉……"众人又是一阵叹息。

陈暖径直走到沈言面前,沈言的心跳达到最高速度,后背一直在出汗。陈暖红通通的脸微微笑起来,他握握已经潮湿的手,深吸一口气,准备向前拉她:沈月说得没错,自己必须要主动一点,要先跟她告白。

手刚要碰到对面人胳膊的时候，眼前的人突然方向一转，他扑了个空，转头就看到陈暖走到了沈月面前……

What？众人在炎热的夏季统统倒吸了一口冷气。

沈月更加惊慌，咽咽口水，说："陈……陈暖，我……我不好这口的。"她紧张得说话都开始结结巴巴了。她知道陈暖特别，没想到比她想的还要特别。

陈暖眨了一下眼睛，伸出右手朝上一摊，舔舔干燥的嘴唇，吐出两个字："手机。"

沈月这才反应过来，迅速把包里刚刚陈暖寄存在自己这儿的手机递给她。

陈暖把手机接过来，掉头直接往小胖那边走，然后打开手机滑了两下，伸手给他看："这就是我喜欢的人。"

纸片人？大家把刚刚吸进去的冷气又从鼻子里呼出来。

小胖看看屏幕上一个高个男人侧身站着，周围还有别人，画面很模糊。

"你这是偷拍的吧？"陈越毫不留情地指出来。

"嗯。"陈暖很大方地承认了，"等下次我再见到他，拍个清晰的给你看。"

他简直理解不了眼前这个女人的脑回路，问道："你跟这个男人熟吗？"

陈暖摇摇头，说："我就见过他一次。"

小胖惊得嘴巴都要吓掉，张张嘴巴："我不接受你的拒绝，你这个根本就算不上什么喜欢的人，就是一个路人。"

"虽然我们现在不熟，但以后一定会熟的。"陈暖很有信心地把手机放回口袋，"我还有事，先走了。"

"你等一下。"小胖看她转身要走，上前拉她。

"不要碰她！"沈月着急喊了一声，最后一个音还没有发完，就看

到小胖在空中绕了半圈,划了一道优美的弧线,砰地砸到地上,"她会打人的。"沈月弱弱地把后面那句话补上。

陈暖知道是自己手快了,颠颠地过去跟他说:"不好意思,不熟悉的人碰我,我会本能反应打人的。"

"你到底是干什么的?"小胖弱弱地喊,不能怪他质疑,而是一个体重不过百的女人怎么能把他这个一百四十斤重的成年男人一个过肩摔就摔飞了?

"跆拳道比赛奖金丰厚,我去练过一阵子,现在是黑带。"陈暖伸出右手在小胖腰部捏了捏,他像一只爬虫似的扭了两下。

"没断,等会儿你自己爬起来就可以了。"陈暖站起来,从一众诚惶诚恐的人中走过。

沈言和沈月还没有反应过来,陈暖就走了。沈月拍拍沈言:"你先淡定,我去问问什么情况。"

陈暖没走两步就被沈月拽住了,沈月问道:"什么情况啊,你哪儿来喜欢的人?我怎么都没听你说过?他叫什么名字,是我们学校的吗,还是你老家的?我跟你说话呢,你到底听见没有?"沈月像冲锋枪一样,对她连番轰炸。

陈暖一直走,走出学校往自己住的地方走,回道:"我不知道他叫什么名字,上次想追出去跟他要电话号码的,但天太黑,跑着跑着人就没了。"

"你这连艳遇都算不上。你了解他吗,知道对方是什么人吗?说不定就是一个小混混,还可能是坏人呢。"沈月用她的手机看了照片,虽然模糊,但也能看出来对方的穿着打扮不像什么正经人,很非主流。

"你看人不要这么表面,穿着打扮是个人喜好。如果不传统就不是好人,那我还抽烟喝酒呢,我就是混子头。还有,你不要说他的坏话。"

"你这就护上他了?我们认识多久了,你跟他才见过一次,是不是他长得特别帅？有没有我哥帅？"沈月发出来自灵魂的质问。

"要我说实话吗？"陈暖转头看了沈月一眼，"我陈暖活到十八岁，没见过比他更帅的。虽然沈言在咱们学校已经是天人之姿了，但是人外有人，天外有天。"

"那你就是看上人家的美色了，外表这种东西最肤浅，就算他很帅，也充其量就是一个有好皮囊的混混，没有内涵。"

"谁说他没内涵了！我补充一句，我活到这么大，没见过比他更有爱心、更仗义的帅哥了。"

"比如？"

"他能在车水马龙下不顾生命危险救流浪狗，别人被收保护费，他还出手相助，这能看出来，他的三观很正。"

"你要是说他英雄救美，我还能理解，他救狗，帮别人解围，这些跟你有一毛钱关系啊？就算他是一个好人，那世界上好人多了，我哥也没做什么穷凶极恶的事啊，他哪儿比得上我哥？"

陈暖看她激动，插嘴道："这跟尔哥有什么关系，你老提沈言干什么？"

"陈暖，你要是能把你的智商稍微分一点给你的情商，那你早就脱单了！"沈月都快被她气死了，看她伸手把大背包拿出来，又把床上的衣服随意塞了几件进去，问道，"你干吗去啊？"

"我叔叔早上打电话给我，说陈小小这两天心情不太好，让我回家开解她一下。"

"你们俩不是一向不对付吗？你回去只能雪上加霜吧？"

"我虽然不能让她的心情更好，但全家就我能治住她。"

"你不是又要动手吧？"

"必要的时候我会把她胳膊撅折了，再给她装回去。"陈暖说得毫不客气，"如果我婶婶不阻拦的话。"

在家里，婶婶和陈小小是一头的，叔叔偏心陈暖，却是一个妻管

严。小时候,陈暖没少受挤对,但是在某一天,陈暖一拳把桌子砸坏了之后,她们两个再也不敢明目张胆地说闲话了,自此陈暖的地位蹭蹭而上。

"我要去赶车。"她把包背上,"你走的时候帮我把门关上。"

沈月坐在床上,转头看陈暖背着大包出门,走廊上响起她嗒嗒的脚步声,莫名地提起了一口气,闷在胸口。当时她没有意识到这是人对于危险的第六感。

她没想到这个午后,在闷热的出租屋里,会是她和陈暖的最后一次对话。

此时,正坐在返回晴川的汽车上的陈暖也不知道,这一次的决定将会改变很多人的命运。

陈暖坐了两个多小时的车,到家的时候,已经傍晚了。她看看右手上的手表,才六点。也不知道是不是经历了太多事情,她总觉得今天的时间好像特别长。

抬头看看天边像是火烧起来的云,露出很诡异的形状,缓缓朝一方移动,底下的房屋被光影切割得四分五裂,她觉得眼前这些熟悉的场景,今天看起来都怪异得有些瘆人,不由得呼吸有些急促,摇摇头,快步往家的方向走。

她还没走两步,就发现已经倒闭的小超市二楼顶上飘了一个什么东西,走到近处才发现那是一个人,飘起来的是乱糟糟的头发和校服裙。

她鼓足中气,大叫一声:"陈小小,你干什么呢?"

陈小小低头看下面,一个仰着脑袋、脸是赤红色的女人正喘着粗气:"陈暖,你走开,我不要看到你!"她说着还着急地跺脚,"我不想活了,你别管我!"

"我没想管你,你要是心里真有什么不痛快,想早点离开这个世界,你换个高点的,十楼,我保证你肯定摔死。你本来已经够麻烦了,要是腿摔断了,生活不能自理,就更麻烦了。"

"你烦死了,我讨厌你!走开!"

陈暖淡定地看看她,两手抄兜,问道:"我跟你商量一件事行吗?我急匆匆赶回来,晚饭还没吃,你要是跳楼了,等会儿饭肯定吃不成了。你妈虽然小肚鸡肠,红烧肉做得还是可以的。等大家都吃饱喝足了,你再回来跳行不行?"

"啊啊!"她在上面就开始哇哇乱哭,还把书包里的东西往下倒,纷纷扬扬的是白花花的试卷,还有书本和乱七八糟的杂物,陈暖在下面抱头鼠窜。

"为什么你们都这么坏,都喜欢欺负我?为什么没有男生喜欢我?考试不及格,老师、同学也讨厌我,我不要活了,我死了算了!"她哇哇哭起来。

"你成绩不好、长得难看也不是一天两天了,怎么突然这么有自尊心了?"

"陈暖!你凭什么说我,你不就是学习好点吗?你长得跟我一样丑!"她意识到自己好像说错话了,"不是,你长得比我丑!"

"如果你要说丑这事的话,这完全是你爸和我爸的基因不好,你要怪就怪他们。如果说智商的话,应该是你妈那边出的问题。都是他们的结合错误,所以你自己犯不着跳楼。"陈暖看她不动,不打算继续跟她耗下去了,挥挥手,说,"我走了,晒死了。"

"陈暖,你给我站住,不准走!"她原地踩起踢踏步。

陈暖觉得陈小小是小孩子作风,越理她越来劲的那种。

陈小小本来想找一个东西砸她,发现连书包都扔下去了,一转身,估计是人品不太好,踩到了沿边的青苔,整个人滑溜溜地就下去了。

陈暖还没移到第二步,就感觉天上有个巨大阴影自上而下压迫过来,脑袋还没来得及抬,就被猛烈的冲击力砸晕了过去。

陈暖失去意识的前一刻,看到了天边的云朵更为剧烈地涌动,火热

的颜色像喷薄而出的血液，嘴巴嗫嚅着："陈小小……"我晚饭还没吃呢，这句话她直接带到梦里去说了。

"呜呜。"陈暖不知道睡了多久，耳边都是嗡嗡的像蚊子一样的叫声，连绵不绝。

"吵死了。"她想抱怨一句，发现自己发不出声音来，眼睛动了动，好像全身的肌肉都在抽。怎么这么痛？对了，她好像是被陈小小那个二货跳楼砸晕了。

跟全身的疼痛细胞斗争了一会儿，眼睛睁开一条缝，她先看到了一头火红的头发。她的眼珠往下动，看到了婶婶陈玉凤皮肉松弛的脸，眼泪和粉底都夹在了皱纹的缝隙里，像一个面目可憎的老妖怪。

"醒了醒了！"陈玉凤看到陈暖眼睛睁开，激动地大叫起来。过了一会儿，陈暖又看到了自己的叔叔陈平走过来，老实木讷的脸上笑着起了皱褶道："我就说了没事吧。"

"都是你，要你多关心关心她，真出了事情，我可怎么办？"陈玉凤转头看她，满脸慈爱地在她的脸上摸了又摸。

陈暖近距离看她的脸只觉得瘆人。这陈玉凤怎么对她这么热情了？这种神色、动作都可以去演黄金档苦情剧了。

"疯婶，你摸我干什么？"以前陈暖叫她凤婶，后来觉得她更适合谐音字，所以叫她疯婶，每次故意一喊，都会被拿着锅铲的中年妇女追着满屋子打。

"你胡说什么。"她嗔怪一声，"别跟那个死陈暖学，我是你妈。"

"啊？疯婶，你吃错药了吧，我妈不是早死了吗？"陈暖震惊不已。

"完了完了，她脑子不清楚了，本来就不聪明，现在都变傻子了。" 陈玉凤说着又要放声大哭。

"小小，你到底怎么了？"陈平担心地看了她一眼，"我还是赶快去叫医生过来。"

"等一下。"陈暖张张嘴巴,问道,"你刚刚叫我什么?"

"小小啊,你不会连自己名字都不记得了吧?我是爸爸啊。"

陈暖嘴巴抽抽,说道:"叔,你能别跟我开玩笑了吗,今天是愚人节吗?你们合起伙来骗我。"

"哪儿有人会拿自己的亲生女儿开玩笑?"

陈暖看看白花花的天花板和墙面,周围还有走来走去的护士、医生,说道:"你们这儿弄得太真了啊。"

"病人陈暖的家属在吗?"

"在在。"陈平连忙起身,问道,"暖暖怎么样了?"

"她已经从急救室出来了,不过情况不太好。"

陈平听了,眼前就要发黑,急忙跟着医生往外面走。陈暖从床上一跃而起,也顾不上身上的疼痛,直接拔了手臂上的输液针,惹得陈玉凤大呼小叫起来。陈暖一瘸一拐地就往外面跑,走两步头上就疼得发汗,扶着墙壁挪动。

后面有一块透明玻璃,她的身影在前面晃了一晃,然后她缓缓地转过身,呼吸猛然急促起来,她意识到有什么很可怕的事情可能发生在自己身上了。

她看到玻璃里面因为距离投射着微微扭曲的身体,往前挪了两步,玻璃里的人同时跟她一样张大了嘴巴,一头干枯的乱发,干燥得发白的嘴唇。

"我……变成了陈小小?"当她的眼睛和嘴巴张到极致的时候,她眼前一黑晕了过去。

陈暖以为自己做了一个噩梦,醒来看到陈玉凤坐在旁边给她削水果,这是在梦里都不可能发生的事情——我果然是疯了!她绝望地闭上眼睛,天才最后不是灭亡就是疯吗?她开始忏悔自己比大多数人聪明这件事了,当傻货一样可以很快乐啊。

陈平匆匆进来,面色凝重,看了一眼床上的人,问:"小小还没醒

吗？"

"医生给她检查过，说是受了惊吓，很快就会醒的。"陈玉凤回。

"暖暖就不好了，医生说很可能……可能……"他越说越说不下去，连着叹了两口气。

陈暖心里忽然一紧张：陈小小不会死了吧？

"可能什么啊，你说话磨磨叽叽的。"

"医生说她脑部受了伤，可能暂时不会醒过来了。"

"什么，那不是成植物人了吗？"陈玉凤跳起来，"我就说这丫头是一个扫把星，年纪轻轻就把父母克死了，我们倒霉接了这个烫手山芋，本来以为总算养大了还能有点用，现在直接躺床上了！我陈玉凤这辈子真是造什么孽了，摊上你们这么一家子！"

陈暖眼睛一睁，大喊起来："叔，你说什么，我成植物人了？"跳楼的没死，被砸的成植物人了？还有没有天理！

"你又要去哪儿？"陈玉凤连忙把她按住了。

"我想去看看陈暖。"不让她亲眼看到自己躺在那儿，她总觉得这事不是在做梦，就是自己疯了。

"要不是你跳楼，她怎么会出事？她要是醒不过来，你要照顾她一辈子。"陈平去扶陈暖，"走，跟我去看看你姐姐。"

"小小身体还虚着呢，着什么急啊，又跑不了。"陈玉凤跟在后面拦着。

陈暖看到鼻子里插着管子、直挺挺在床上躺尸的自己，心如死灰。这种感觉很奇怪，没想到有生之年她能看到自己躺着的样子……

"我想跟她单独待一会儿。"

"你一个人行吗？"

"没事，我受的伤哪有她重？"

陈平以为她是心里内疚，伸手拍拍她的肩膀："你待一会儿，我一会儿再过来。"

"嗯。"陈暖点点头，看到陈平走了，脸一下子变了，张牙舞爪起来，开门进了房间，一把把门摔上。

"陈小小，你个奇葩，你把我害惨了！"陈暖一瘸一拐走到床边，"我大好年华，现在变成植物人了！"她伸手就去掐陈小小的脖子，看到那是自己的脸，又缩回了手，"不行，不行，这可是我的身体，掐坏了怎么办？"

陈暖坐回旁边的椅子上："老娘可是智商两百的人物，一定能想出什么办法。"她思索了一会儿，"不对，这事还得找医生，必须先把她弄醒才行啊。"

然后，医院里过路的哥哥姐姐，就看到一个一瘸一拐的病患满医院找医生帮另外一个病患，知道对方是姐姐之后，都深受感动，还有几个很配合地流下了眼泪。

"医生，除了耐心、关爱还有等之外，就没有别的办法了吗？"陈暖在得到无数同样的回复之后，终于丧失了耐心。

"除了要有坚强的意志力，这种情况还要看病人自己的求生意识是否强烈。"

"那肯定不强啊，医生哥哥，她就是一个负能量爆棚的人，而且压根没有意志力这种东西，你要靠她自己努力，她这辈子都不可能醒过来了。"

"你不要着急，除了以上说的办法之外，还可以进行适当的刺激。"

"刺激？直接电击行吗？"陈暖就想弄个快、准、狠的方法。

"那不行。"

"敲头？"

"不行。"

"我让她产生生命威胁，把她从楼上扔下去？"

医生：……

最后,陈暖直接被当成无理取闹的人赶出去了。

"看来医生是没什么用了,做人还是要靠自己。"她从医院工作间里拿了扳手,又把拖把棍一把拧下来,兴冲冲就往病房里跑,才跑到一半,迎面过来两个人。

"我的天,沈言和沈月怎么来了?"陈暖飞快躲进旁边的房间里。

一个身影在他们眼前一晃而过。"哥,刚刚是不是……"沈月说完,自我否定地摇了摇头,抬头看沈言一脸严肃的表情。陈暖的叔叔打电话到学校请假,一得到这个消息,两人一刻都没有停留,坐车直接赶过来了。

沈言拧开房门的手微微颤抖,吸了口气后一把将门打开,只见里面坐了一个中年男人,床上躺着脸色苍白的女生,嘀嘀嗒嗒测试心率的仪器,连带着他的神经一起跳。

陈平站起来,问道:"你们是?"

"我们是陈暖的同学,我叫沈月,这是我哥沈言。"两个人朝陈平点点头。

"是暖暖的同学啊,你们坐下说话吧。"

"陈暖的情况怎么样了?"沈言问。

陈平叹了一口气,一脸憔悴地看了一眼躺在床上的人:"医生说暖暖要是一直不醒,最终可能会……"他说着都说不下去了。

沈言喉咙哽了一下,沈月看他脸色不好,转头跟陈平说:"叔叔,能让我们单独和陈暖待一会儿吗?"

"哦,好。"陈平站起来,转头看了一眼床上的人,轻轻叹了一口气,带上门出去了。

沈言走了两步,坐在陈暖床边一言不发。

"前两天你还活蹦乱跳地跟我们说着话,怎么突然就这样了?"沈月一想到陈暖可能永远都醒不过来了,鼻子就发酸。

"让我跟她待一会儿吧。"沈言垂着头,沈月看不清他的表情。

沈月知道他心里难过，伸手安慰地拍了拍他的肩膀，然后转身走出去。在带上门之前，她回头望了一眼，她从来没看过他这副样子，满身悲伤的气息。

沈言把头抬起来，眼眶发红，伸手轻轻握住陈暖的手："你说，你怎么这么喜欢开玩笑呢？你可是一个天才，世界还要你去拯救呢。"他说着，声音沙哑起来，"我想你待在我身边。"

他站起来，俯下身子，一个吻轻轻印在陈暖的额头上，然后他继续道："我告诉你一个秘密，沈言喜欢陈暖，一直都很喜欢很喜欢。"

屋子里突然起了一阵风，房门吹开了一条缝隙，陈暖隔着一堵墙，背靠着站在外面。这是第一次有人真心实意地跟她说很喜欢她，却是这样的情况。

她转过身看屋子里坐在病床前的沈言，突然觉得感伤。有些事情可能就是命中注定的。如果她永远都变不回陈暖，那么从今以后，她跟沈言、沈月、陈暖的那个世界就再也没任何关系了。

"沈言，再见。"隔着门缝，她轻轻说了一句。

沈言忽然有种奇异的感觉，下意识地抬起了头，迎接他的只是一条窄窄的门缝，外面什么都没有。

第二章　从今以后，我叫陈小小

陈暖在医院住了快一个月，眼看临近出院了，陈小小还是躺在床上没有一点动静。她一脚踩在陈小小的床上，吃着刚刚削好的苹果，还拿着苹果在她的鼻子前绕来绕去，嘴里念叨着："这是你妈陈玉凤同志刚刚给我削的，你要再不醒，到时你爸你妈可就变成我爸我妈了，你服气吗？"

每天她的必修功课就是来"刺激"陈小小，让陈小小苏醒："我拜托你了，你不能起来动动吗？万一咱俩哪天换回来了，我四肢退化了怎么办？"

"小小，你怎么还在这儿？我到处找你。"陈玉凤推门进来。

"怎么了？"

"今天出院，你忘了吗？赶紧去把衣服换了。"

"你先去，我马上就来。"

陈玉凤奇怪地看了女儿一眼，说："你以前跟陈暖关系可没这么好，现在怎么天天往这儿跑？听妈说，这事儿不能完全怪你，是她自己运气不好。你说说这么大个人，怎么就正好把她砸晕了呢？"

陈暖听她这话就不爽快了，敢情自己撞头还怪墙，顶嘴道："话不能这么说，是我自己太奇葩，跳个楼还只跳二楼，害人害己。"

"哪儿有人这么说自己的？"陈玉凤连忙过来劝她，"小小啊，你听妈说，学习成绩暂时不好没关系，只要你努力了，妈妈相信你一定能考上大学的。"

"你确定努力就能考上？"陈暖责疑陈小小本人的智商。从小到大，在陈玉凤的威逼利诱之下，陈暖没少给陈小小补习、画重点，最后连小抄都帮她做了，她的成绩还是一个样。陈玉凤还说是陈暖故意教坏她，陈暖一气之下直接甩手不干了。后来陈暖总结出来了，这陈小小从根上就错了，全是陈玉凤的错。

陈玉凤尴尬地笑了一声，说："没关系，就算你考不上，以后妈也给你找一个好的学校学一门技术。现在学技术可比上大学有用多了。你看陈暖学习那么好，现在还不是像木头一样躺在这儿，有什么用？"

她的肉身躺在这里，完全是陈小小智商欠费的结果，可怪不到人家大学头上。

"你在想什么？"陈玉凤看她发呆了，忍不住问。

"我在想我为什么智商低、成绩差，还丑得没人要，上辈子是不是造孽了。"陈暖虽然长得也一般，但是陈小小比她更一般。

"胡说，你哪儿丑了？是不是学校那些死丫头又欺负你了？妈一定要去学校找你们老师，问问他们都是怎么教学生的，就教出一些成天喜欢欺负别人的混混来。"

"这还用别人说吗，这不是明摆着的吗？"陈暖摇摇头。

"你这乱七八糟地说什么呢！我发现你现在说话跟那个死丫头陈暖越来越像了，就会顶嘴。我告诉你啊，你可不准跟她学，她都把你带坏了。"

"我都这样了，还有下降空间吗？"陈暖无语。

"你……"陈玉凤还要教训两句，陈平进来喊她们："我办好手续

了，你们先走，我留在这儿照顾暖暖。"

"你也不能整天不上班，就在这儿待着吧？反正她就是躺着，我到点给她送个饭就行了，你别管了。"陈玉凤说，"而且，这医院住一天都是钱，你不上班，她连床都睡不起。"

"我们都要工作，不如请一个护工吧？"

"护工？你干脆请我算了，我这辈子真是欠你们老陈家的。"

陈暖看这情况连忙插嘴："我也可以来照顾陈暖，跟我妈轮流照顾。"她现在叫妈已经很顺口了。

"你还要上学，这些不是你操心的事。"

"没事，我下课了过来，而且我是女生，擦洗也比较方便。"

陈平看看她，露出欣慰的笑容，说："小小，经过这件事，你好像真的懂事了。"

陈暖干笑着：我的肉身我自己不照顾谁照顾？

"我先帮你们收拾东西。"陈平转身往外走，陈暖跟上去拍他的肩膀。

"怎么了？"

"这个给你。"陈暖从口袋里掏出一张卡，"这里面有些钱，应该暂时够陈暖住院的开支了。"

"小小，你哪儿来的这么多钱？"陈平吃惊道。

"这不是我的钱，是陈暖的钱。"她朝屋子里看了一眼，小声道，"别让我妈知道。"

"暖暖的钱？她怎么会有这么多钱？"

"反正都是正经途径来的，本来她准备留着读硕士、博士的，现在命都要没了，还读什么书？"

陈平想了想，眉头又皱起来，忍不住叹气道："你姐姐从小就聪明，学习又好又懂事自立，要是没出这事儿，以后肯定会前途无量。我对不起死去的哥哥，没能照顾好她。"

"算了，可能她就是命不好吧，小时候不经常有人说她克死父母什么的吗？"

"不准胡说！"陈平难得提高音量动了火气，"她父母的事情只是一个意外，当年她才四岁，已经很可怜了。你以后不准再说这种话。"他顿了顿，又道，"无论如何，我都会照顾她，直到她醒过来。"

陈暖看着叔叔已经不年轻的脸，发窝里夹杂的白色已经和黑色一样多了。她对父母没什么印象，在她心里，叔叔就和爸爸一样："爸，我相信陈暖很快会醒的。还有，以后我一定争气，不会让你担心。"她这句话和那声"爸"一样是真心的。

陈平伸出手摸摸她的头，说："我先去收拾东西。"

陈暖看着陈平的背影，心里突然升起一个想法：如果这是老天爷安排的，也许我能帮陈小小重新塑造一个人生。陈暖嘴角一弯："陈小小，这回你赚大了。"

陈暖和陈玉凤回到家。这房子只有两室一厅，不到七十平方米，是叔叔单位当年分的房子。一家四口挤在里面，陈暖和陈小小只能睡在一间房里。

陈暖渐渐接受了自己和陈小小互换了身体的事实，其实除了自己变得比以前更丑了，陈玉凤更热情了之外，她的家庭生活变化不大。

"小小啊……"陈玉凤刚想说什么又止住了，担心她身体刚刚恢复，会排斥接下来的话题。

"你想说什么？"

"也没什么，就是你身体恢复得差不多了，明天是不是要去上学了？"

"好啊。"陈暖正夹了一块红烧肉往嘴巴里送，这红烧肉可是晚了一个多月才吃上的。

陈玉凤以为她肯定像以前一样要赖学，没想到这次这么痛快就答应

了，于是劝解道："小小，你别担心，我跟你爸商量过了，找人花点钱帮你转到十中去，不让你再待在这个破学校里。这个破学校里全是坏学生，没一个好人。"

陈暖不以为然地扒完了一碗饭，又添上一碗，说道："十中跟十一中有区别吗，不都是晴川最差、最混乱的高中？"

"十中起码要比十一中好一些吧。我倒是恨不得你能跟陈暖一样上一中呢，那里都是好学生，耳濡目染，说不定你也能和他们一样考个好大学。"

"陈暖已经是一中的扛把子了，我整天跟她睡一起、吃一锅饭，有用吗？"

"你这孩子，那你说怎么办？反正这学你必须要上下去，就算上不了大学，至少高中要给我读完。"

"我的意思是不用转学，而且我不仅要上大学，还要念最好的南华大学。"

陈玉凤嘴巴张大看着她，又伸手摸摸她的额头："小小你没发烧吧，是不是身体还不舒服？我再带你回医院看看。"

"我是你生的，你就这么不相信我？"

"就因为你是我生的，你有几斤几两我还不知道？"陈玉凤号起来，又意识到面前是一个刚刚才跳楼未遂的人，不能刺激她，便软下来笑了笑，"妈不是那个意思。那个南华也没什么好的对吧，陈暖不是也经常抱怨课业多吗？妈不想给你那么大的压力，尽力就好，尽力就好。"

呵呵，陈暖吃完准备去刷碗，陈玉凤拦下来："我来洗就行了，你早点休息，明天精神饱满地去上课。"

以前每次吃完饭都是她洗碗，现在看来，变成陈小小也不全是坏事。

陈暖回到了自己的房间。自从她出去上大学之后，这屋子里除了一张床,几乎被陈小小霸占了。她跟陈小小唯一相同的一点就是完全没有整理东西的概念,以前上学时东西都堆在一起,整个屋子跟一个废品回收站差不多,陈玉凤每次都要边收拾,边骂人。

桌上有一本高三数学习题集,陈暖从桌上的笔筒里抽出一支水笔,开始给自己的智力做个测验。

她怕自己不光身体换了,要是连脑子都变成陈小小的就糟了。她只比陈小小大几个月,两人是同一年上的学,但是她初中跳了一级,高中又跳了一级,自那以后,她们两个就不在一个频率上了。

看来人生还真是没捷径,陈暖不由得感慨了一句,老天总会想办法让你补回来的。

高三的知识她高二就学完了,时隔两年多,不知道她还记不记得。

她低头看了一下手表,记了一下时间,一直翻到习题最后面,直接开始考试。屋子里安静得只能听见笔尖飞快摩擦纸张以及翻页的声音。

一般情况下,如果她正常发挥的话,这种难度的卷子一个小时就足够了。

结束答题,她把笔放下,然后立马抬手看表,一小时二十分钟。她吐了一口气,看来还是生疏了点,在高中巅峰状态时期,两小时的数学卷子,四十多分钟她就能交卷了。

她站起来活动活动筋骨。陈小小的校服挂在柜子外,右胸口假口袋的地方绣着黑色的"第十一中学"几个字样。

十一中,晴川最混乱的高中,坐落在晴川的最北边。陈小小每天骑电动车都要花半个多小时,去的时候还像一个人,回来的时候就脏得像鬼了,东西也老是丢。

陈暖记得陈小小初中升高中的那年暑假,陈玉凤得知她的成绩只能去上没人愿意去的十一中的时候,足足在家里号了一个星期。

那时候,陈暖刚刚念完高一,正准备跳级升高三,这种悬殊以及心理落差,让全家人一段时间里都不太好过。

那年也是陈小小在学校里被修理得最惨的一年。陈暖曾经帮她出过一次头，结果她被修理得更惨，最后以她跟陈暖冷战一个星期结束。这件事告诉我们，可怜之人必有可恨之处。其实，陈暖那段时间也有一些糟心事，不过，那都是后话了。

她挺挺腰背，嘴角一歪："十一中是吧，让你们看看什么才叫真正的恶霸！"说完，她伸手在印有十一中字样的位置用力拍了一掌。

"小小，妈今天送你去学校吧。"陈玉凤心里担心，虽然她跟学校请假的时候说的是生病，但难保不会有些风言风语。

"不用。"陈暖仰头把碗里的最后一口粥倒进嘴巴里，"不过，我今天不骑电动车，坐公交车去。"她怕那辆电动车去了就再也回不来了，白白损失一笔钱。

"那我送你去公交车站，等你上车我再走。"

陈暖看她着急，心想虽然她平时很刻薄，但也算是一个好妈妈，于是安慰道："你放心，我绝对快快乐乐上学去，平平安安回家来，走了。"

"路上小心点啊，你把伞带着，今天可能会下雨。"陈玉凤看她甩着膀子，走得跟一个男人一样，不由得皱起眉头，"这走路姿势怎么跟陈暖一个德行？真是跟好人学好人，跟坏人学坏人。"

公交师傅在离学校还有八百米的地方就把陈暖放下来了。

"师傅，还没到站呢。"

"前面就不过去了，你自己走吧。这学校的学生都不是省油的灯，上次把我四个车胎的气都放了。"司机师傅很是心酸地说道。

陈暖被赶下来之后，公交师傅像逃命一样，迅速掉转了车头，一会儿就消失不见了。

四周都是树林，顺着路一直往前看也看不到学校的一丁点影子，周围安静得很，连鸟叫声都没有，这鬼地方难道真的是鸟都不拉屎吗？

保持警惕，陈暖握握两只拳头，挺挺腰部往前走。

周围突然响起一阵不寻常的动静，陈暖放慢脚步，低头瞧见前面有一根绳子扭曲地放在地上：哼，想暗算我？陈暖左右瞟了一眼，直接伸脚跨了过去。刚跨过去没走两步，前方一根绳子突然蹦起来，她来不及躲避，直接一只手侧翻过去，轻巧落地。

"我去！"旁边树丛里突然传出一阵嘀咕声。

她转头看的时候，一个身影飞快地往树林深处逃走。

"鬼鬼祟祟，就这点伎俩？喊！"陈暖把书包往上提了提，继续往前走。

陈暖终于看到一块白牌子上写着黑字——第十一中：啧，哪个学校会把自己的牌子设计得跟灵堂一样，生怕别人不知道这不是正经地方。

陈暖往学校里面看了两眼，到处是树，南面隐约有栋大房子。她看看手表，是正常上学的时间，到现在怎么连一个活物都没看到？

她伸手正要推门，脖子处突然被一个冰凉的东西抵住了。她将视线往下移，是一把小刀，另外一只手被人拽住了，背后的人足足比她高了一个头。"把钱交出来，否则我对你不客气。"一个低沉的男音在她耳边响起。

陈暖抬头看看天，又低头，透过缝隙看到一条破洞牛仔裤，这种台词，她还以为自己穿越了呢。她开口道："兄弟，你看我这样像有钱人吗？"

"那你总有手机吧。"他本来伸手要掏，看她裤子有点紧，咳了一声，"在你右边裤子口袋里。"

陈暖掏出手机递给他，趁他不备，左手捏住他的手腕，往上一扳，反身抓住对方的腰部，肩膀一顶，直接一个过肩摔把他扔到地上，地上的高个子缩成一团，嗷嗷叫起来。

"就你这样的，还学人打劫。"她蹲下去把刀捡起来，晃了两下，"还是一把塑料的。我幼儿园就开始收保护费了，敢抢到姑奶奶头上

来。"她一把拎住高个男的衣领,把他拽起来看看是什么德行——一头小黄毛,耳朵上还戴着耳钉,一张剑眉星目的脸,她一愣,"哟,长得还挺人模狗样的。你要真缺钱,可以去当小白脸啊,比这靠谱多了。"

"放开。"他一把甩开陈暖,站起来,"是你自找的,谁让你八点以前来的!所有八点以前到校的学生必须要交占校费。"

"占校费?这谁规定的?校长?"

"我规定的。"他用拇指指指自己,一副老子天下第一的架势。

"你们学校的人是不是都挺喜欢找存在感啊,一个比一个奇葩。"

"我们学校?"他仔细看看陈暖,"我说你看着怎么这么眼熟呢,不就是二班那个傻妞吗,整天呵呵笑,还跑着跑着就喜欢摔倒。"

陈小小在学校居然是这种形象,陈暖完全不想背这个锅。她捡起地上的手机,转身就要走,突然被地上的绳子绊了一下,旁边的树上传来一阵轰隆声,一个沙袋迎面就打过来。

"哈哈,中招了吧。""小黄毛"还没笑完,就看到对面的人身形利索地用力拍了两下沙袋,直接抱着沙袋稳住了,然后在空中转了个身,稳稳落在了地上。

"什么情况,开挂的吧!""小黄毛"瞪大了眼睛,满脸写着不相信。

陈暖捡起手机,经过两次激烈撞地,手机壳完全裂了。她转过身,说道:"你,把手机掏出来。"

"干什么?""小黄毛"有种不好的感觉。

她看他裤子右边凸起一块,直接上手掏。

"你干什么,你别乱摸。"他扭起来的时候,陈暖趁机把手机掏了出来:"哎,真幸运,居然是一样的型号。"陈暖直接把他炫酷的黑色骷髅手机壳拆下来,装到自己的手机上。

"这个是我最喜欢的,你凭什么抢我东西?"他哇哇乱叫,过来又要抢。

陈暖把自己的衣领拉开，直接把手机扔到衣服里。刚刚她就看出来这是一个假装不文明的主，说道："你能抢我的，我不能抢你的啊？品位不咋的，手机壳还挺好看的。"

"你还给我。"

"不给。"

"不给我就揍你。"

"小样，你打得过我吗？"陈暖辫子一甩，转身就往学校里跑。

两人吵吵打打的时候，陈暖一直在找教室，从一楼一直跑到三楼，厕所都路过了好几次。

"停。"两人气喘吁吁的，陈暖首先叫停，"小黄毛，咱们暂时休战，你告诉我一下二班在哪儿。"

"你自己班级你不知道，少装蒜，把手机壳还我。"

"你不告诉我拉倒，我就不相信这学校没活人了。"

"这里不到第一节课开始前一分钟都不会有人来的，包括老师。"

"这是高中吗，这么散漫？"

"你搞得好像第一天来这儿上学一样，我没时间陪你玩失忆游戏，快还我手机壳。"

"你知不知道你的小肚鸡肠跟你的颜值很不匹配？是你先弄坏我东西的，这是赔偿。别再叽叽歪歪，否则我揍你。"

"你！我跟你拼了！"两人就要扭打起来。

"咚！"好像有什么东西掉下来的声音从走廊尽头传过来。

"什么东西？"

两人怔住了，慢慢挪过去。高大的树影把太阳完全遮挡住了，阳光从枝丫缝隙里透出来，在地上留下斑斑驳驳的影子。这个地方大白天的也让人觉得阴森可怖，背后起了一阵冷风，从脖子里钻进去，陈暖吸了一口冷气，转过身道："我怎么感觉后面好像有人？"

她抬头看旁边的人，发现"黄毛"看起来比她还紧张。

咔嗒咔嗒,走廊尽头一扇掉了漆,露出腐旧木色的绿门来回撞着。

"你别过去了。""黄毛"咽咽口水,"走廊尽头的厕所不能去。"

"为什么?"

"传说曾经有个学生因为考试没考好,吊死在里面最后一个单间,除非三个以上阳气充足的男人一起进去,否则就会被上身。"

"真的假的?这学校还有学生因为考不好就上吊?"陈暖表示质疑。

"咚!"突然响起一道更大的东西砸在地上的声音,吓得两人一抖。

"啊!""黄毛"大叫一声,掉头就跑。

走廊无端起了一阵风,陈暖搓搓身上的鸡皮疙瘩。她不怎么信这种鬼神之说,但是心里还是有些发毛,于是转头赶快去找自己上课的教室。

这学校尽是些奇怪的人、奇怪的事,难怪陈小小这些年的智商越来越低,还变得神经兮兮的。

找了一会儿,陈暖终于找到挂着二班牌子的教室了。

里面果然一个人都没有。陈暖走到讲台的位置,看贴在右上角的座位名单。除了陈小小的位置,她把全班同学的姓名一一照着位置对应上,以防有个什么哥啊姐的跟她打招呼,她不认识,露馅可不好。

陈暖有一个很强悍的技能,只要记过一次的东西就很难忘记。这么多年,她学什么都很轻松,跟这一点有很大的关系。

她走到陈小小的位置,桌面上用各种颜色的水笔写着各种笑话,凳子上到处是大块小块的墨点,还没干透,如果就这样坐下去,一定会变成斑点狗。

"够缺德的。"她去厕所找了一块抹布,又拎了桶水来擦桌子、凳子。等她擦干净,打算干点学生应该干的事情,比如拿出书本早读一下时，从教室外进来一个模样三十多岁的男人，个子不高，戴着眼镜，穿着横条纹衬衫，手里还拿着书和水杯。看到里面已经端端正正坐着一个人了，他愣了一下，又退出去两步，抬头看看挂着的班级牌子，确定没走错后重新进来。

"老师早。"陈暖礼貌地打招呼。如果她没看错，对方露出的表情除了惊愕，更多的是恐惧。

老师轻咳了一声来掩饰紧张："早。"他把教案和水杯放在桌子上，转过身把黑板上被学生画得乱七八糟的东西擦掉，开始板书。再不写，等会儿人多了，就更没办法写了。

戴明是高三二班的班主任，只要是早上的课，他都会提早到校把该准备的先准备好，其实最主要的原因还是他怕被人整，先勘测场地。

"老师，你好像写错了。"

戴明一脸疑惑。

陈暖伸手指指黑板，说："复合函数单调性判断，应该是同性则增，异性则减。"

戴明低头一看，自己果然写反了，连忙把它擦掉修改，吐了一口气，转头看陈暖。对方笑眯眯地看着他，让他一时头皮发麻。以他在这儿教学这么久的经验来看，这绝对有鬼，直觉让他赶快离开。他拿上满满的水杯："我先去倒杯水。"丢下一句话，他匆匆出教室了。

一会儿工夫，教室里又只剩陈暖一个人了：什么情况？

走廊里忽然响起脚步声，有女学生勾肩搭背地进来，嘴巴都涂得通红，眼睛画得和熊猫一样，和学生的形象相去甚远。

看到陈暖坐在里面，她们看她的表情好像她才是一只熊猫，相对笑了两声，就走进教室坐在位子上。一直到教室坐满，也没有一个人主动过来跟陈暖说一句话。她算是明白了，陈小小这货在这儿混了两年，竟然连一个知心朋友都没交到。

刚刚那个矮个子老师又进来了，他这杯水倒得可真够久的。

陈暖从小到大,小学在一小,初中、高中都是第一重点,大学也是全国一流的,如果说她这辈子有想象不到的事情,应该就是眼前教室里的场景——

右上角第三排的短头发女生正在做针线活,缝她破了洞的肉色丝袜;三点钟方向,一个看起来像男人的同学正在敷美白面膜,他后面的看起来像女人的同学撑了一把阳伞放在桌上,给他遮挡来自窗户外的阳光。

玩手机、看小说的算是比较有素质的了。最夸张的是,她旁边隔着过道的一个满脸青春痘的男生,从脚边超大号的白色袋子里拿出一个电磁炉放在桌上,开始煮泡面……

矮个子老师也是她这辈子见过的心地最善良的老师,五官失灵到对眼前的景象看不到也听不到,自己讲自己的,整个课堂零交流,达到互不干扰的最高境界。

"这学校到现在还没倒闭,简直就是一个奇迹。"心大如她都忍不住叹一口气。好不容易坚持到最后一堂课,她正趴在桌上昏昏欲睡,突然感觉凳子被人从后面踢了一下。转过头,她看到了一张嬉皮笑脸的肥脸,于是把头转回来,一会儿凳子又被踢了一脚。第一下能说是无意的,这第二下可就完全是挑衅了。

"有事?"她问胖妞。

"没事。"对方又是嘻嘻笑笑的。

陈暖哼了一声,点点头看她,转过身把凳子往前面挪了挪。

她刚要动笔写两个字,后面直接来了一个大力脚,让她的脑袋差点栽到桌面上。她的火气噌地就上来了,她转头瞪了对方一眼。对方的眼睛瞪得比她的还大:"踢你怎么了,你再瞪试试看!"对方的手指都要戳到她的脸上了。

陈暖微微一笑,转过头。下课铃声响起,胖妞站起来活动身体,陈暖慢悠悠把脚伸出去,身体失衡,肥妞砰的一声摔下去,连带着碰倒了旁边的桌子和椅子，连贯效应发出巨大的噪音。

"陈小小，你找死！"

陈暖站起来拍了拍衣服："我以为你喜欢玩你踩踩我、我踢踢你的游戏呢。"她转过身把抽屉里的盒饭拿上，说道，"到饭点了，我要去进食了。你最好不要趁机洒墨水在我桌子或者凳子上，我已经没耐心再擦了，不然我会直接坐在你的位子上。"

对方爬起来伸手想抓住她，她准确地把饭盒往前面桌上一丢，反身一只手抓住对方的胳膊，一只手抓住肩膀，直接一个落地摔。又是轰隆一声，体积大的人干什么都会惊天动地，包括被打。

陈暖在一众人的瞠目结舌中，到前面把饭盒拎走了。

踏过操场，把袋子里的便当盒拿出来，打开来香喷喷的，陈玉凤没别的优点，饭做得还是可以的，幸亏没弄坏，否则陈暖绝对会把那个肥妞拆了再装起来。

她用筷子夹了一块肉，刚准备放到嘴里，树上一阵抖动，一个人像猴子一样灵活地跳下来，叶子全撒碗里了。

"终于逮到你了，快点把东西还我！""黄毛"挺直身体，双手叉腰。

"你有病啊！"陈暖把幸存的肉塞到嘴里，一个过肩摔又把他扔到地上了，"把我饭都弄脏了。"陈暖心疼地把叶子一片片挑出来。

地上的人吐吐嘴巴里的灰，从地上爬起来，在她旁边蹲着，幽怨地盯住她："把东西还我。"这次他明显老实多了。

"你再说，我就再打你。"

"呜。"

陈暖转头看到他用夹着愤怒、怨恨、委屈的眼神直直盯着她。

"你这样看着我，我吃不下。"

"呜。"

陈暖夹了一块肉塞进他的嘴巴里："安慰一下你受伤的心灵，别盯

着我了。"

"喂,你把我当小狗吗?"他叽叽歪歪地嚼了两下,"还挺好吃的。"过了一会儿,他转过头来继续看她。

"吃人嘴软,拿人手短,咱俩扯平了,别跟着我了。"陈暖站起来,他也跟着站起来,意思是就要跟着她。

陈暖撒开脚丫子就跑。

"你别跑!"

"你让我不跑我就不跑啊。"最后绕了学校两圈,终于把他甩掉了,陈暖吐了一口气,"真难缠。"转过身,她发现操场对面站着一个人,正朝她招手。

是那个矮个子班主任。

陈暖跑过去:"老师,有事?"

"你跟我来一下办公室。"

陈暖跟着老师到了教学楼后面的一栋小房子里,看起来简直就像前面的庞然大物生的,同样阴郁又很蠢。

现在是饭点,办公室里也没什么人,外面绿树荫浓,巨大的风扇叶子把桌上的书页刮得哗哗乱响。他走到最里面饮水机的旁边给她倒了一杯水:"坐吧。"

这看起来是要长谈的架势。

"你之前的事情我都知道了。其实,学习成绩只是人生很小的一部分,你不要自暴自弃,也千万不要报复社会。如果你真的想发泄的话,可以跟老师谈心,或者跑步运动也可以。"戴老师语速很慢,怕她激动。

"老师,你是不是以为我精神失常了?"虽然他说得很委婉。

"不不,老师绝对不是这个意思。你们青春期有情绪波动是很正常的事情,不过在学校,最重要的就是人身安全。"

说了半天,陈暖终于明白这个矮个子班主任的意思了,解释道:

"老师，我没发神经病，以前我是太压抑自己的天性了，从今天开始，我要重新做人，努力学习，成为十一中第一个考上南华的学生。"

"噗！"对面一口水喷出来，还好陈暖躲避及时。

"咯咯。"戴老师清了两下嗓子，"你有这个梦想很好，但是南华对你来说可能难度稍微大了一点，也有很多专科学校非常不错的。你放心，只要你认真学习，一定能上大学的。"他心里想的是：自己当年高考的时候都没奢望过南华，你还真敢想。

"成功的第一步就是敢想。老师，没什么事的话，我先走了。"

"等一下。"戴老师连忙喊住她，"我看你要不再回家休息几天？"

"老师，我真没病，吃嘛嘛香。"

他看起来有些为难："我的意思是，你可以先请假回去几天。"

陈暖看看他，问道："老师，你是担心我被刚刚那个肥婆报复吗？"

"在学校，人身安全最重要。"他重复了一句，"你要是担心课程跟不上，我下了课可以给你单独辅导。"

陈暖心想，这老师虽然胆小怕事了一点，但本质上还算一个不错的人，于是道："谢谢老师关心，我想我应该会解决好的。"陈暖笑了笑，转身出了门。

进教室之前，陈暖脚步放慢了些。班主任的提醒她放在心里了，她不傻，遭到报复是完全有可能的。

一进教室，她就感觉到教室里飘散着一股不同寻常的气息。她走回座位的时候，发现周围的人都在装作不经意地瞟她，顺着他们的视线望过去，她发现她的桌子被拖到了最后一排最里面的角落，孤零零地放着，桌腿还瘸了一条。

"坐那个位置的人，就是被全班下了惩戒令的人。众怒难犯，她死定了。"

"谁叫她惹谁不好,偏惹唐心那个大姐头。上次被下惩戒令的学生没撑过一天就转学走了。"

"陈小小以前就是一个受气包,屁都不敢放一个,我看她的勇气也到此为止了。"

"管她呢,自作孽,不可活。"

陈暖从一片貌似窃窃私语,其实声音大得整个教室都能听见的谈论声里经过。从门口到座位总共没几米,她躲避着不时伸出来的脚,像玩杂耍的。眼看要到位子上,旁边人也不躲起来绊她了,直接踹她的脚,她抓住桌子边缘,身体往后一个空翻,稳稳落地,顺便一脚踩在刚刚的罪魁祸"蹄"上,对方发出一声惨叫。

陈暖悠悠坐到最后一排,唐心那个肥婆恶狠狠地盯着她,她回了一根指头给她:"玩以多欺少是吧?我才是祖师爷。"

抽屉里忽然传出窸窸窣窣的声音,前面的两个男生低头坏笑,肩膀一耸一耸的。她低头看去,嘴巴一咧,把手伸进去抓出一条小黄鳝、一只老鼠,然后把前面人的衣领一拉,直接扔了进去。

"啊啊!"教室里顿时响起惨叫声,一个人风风火火地往外面跑。

陈暖伸出两只手,在另外一个男生的衣服上擦了两下。她感觉到手下的皮肉一阵颤抖,其他人不约而同地从牙缝里吸了一口冷气。

"把东西还我。"陈暖下课后,刚准备去厕所就被喊住了,一转头就看到一张幽怨的帅脸,顶着一头小黄毛。

"你这人还挺执着啊,说不给就不给。"陈暖迅速跑进女厕所,刚关上里间的门,忽然听见外面传来匆匆的脚步声,去拉门发现门从外面被锁上了。她踩在马桶上抓住旁边的墙,一个金蝉脱壳,翻到了另外一间,一盆水就在眼前从外面倒进来。

"看你还怎么嚣张!"外面传来得意的笑声。

"活该,这回成落汤鸡了吧!"

"你们是在说我吗？"

然后，三个女生就看到陈暖从另外一间厕所出来。她们仓皇要跑，陈暖比她们更快，直接把门关上了。

"你……你要干什么？"

陈暖把管子从杂物间拖出来接在水龙头上，歪嘴一笑："我陪你们玩打水仗的游戏啊。"龙头一拧，对着她们就是一顿猛喷，顿时变成人间惨剧。

"啊啊啊！"三个女生声音一个比一个高，冲着跑出去。

"就这种小儿科还来算计我，简直掉档次。"陈暖扔掉手里的水管，安安稳稳地上了个厕所。

出来之后，她感到气氛不对，一群女生正气势汹汹地从走廊尽头杀过来。她掉头跑走，明摆着以多欺少就没意思了。

她噔噔噔绕着学校跑了N圈，最后在天台逃脱了。

"累死我了，这一天要跑学校多少趟啊？"她直接在平台上躺倒，打算等放学没人了再溜走。天气还有些闷热，赤腥色的云朵大片地挂在远处，这样的天色让她想起被陈小小砸到的那天，天空也是这种让人心慌的颜色。

等等，她忽然坐起来，难道那一天是什么特殊的日子，比如天体逆行、行星爆炸之类的？她赶紧把手机掏出来，上面显示空格："怎么没信号啊？"她伸手把手机举过头顶，多方位找信号。

"咔嗒，咚。"她抬头的时候，看到"小黄毛"站在她面前，门被锁上了，他拿着钥匙嘚瑟地晃，露出一颗小虎牙，"哈哈，这回你跑不掉了吧？"说着，他用力把钥匙从楼上丢下去，就看到钥匙划了一道弧线，然后再没了踪影。

陈暖张张嘴巴："大哥，你把钥匙丢了，请问你自己怎么出去？"

呃……他的脸色一瞬间不对了，显然没想到这茬儿。

陈暖朝天翻了一个大白眼："让开。"她走了两步到中间，两只手

朝前互相交叉，气沉丹田，"啊"地吼了一大声，又后退两步，一个飞毛腿朝门冲过去。

"咚——"像是打扁了的鼓声，陈暖感觉自己被人裹起来打了一顿，震得浑身发麻，门上却连一个脚印都没留下。

巨大的冲击一下子把她弹飞了，脑袋往后仰直接倒在地上，她的脑子和身体像条鱼一样弹了两下，眼前是满天的赤红色，耳边嗡嗡嗡的，身体里好像有另外一个声音在跟她说话。

站在远处的男生吓了一跳，看她身体抽了一下，迅速跑到她身边，把她抱着半抬起来，像晃小鸡崽一样晃她："喂，臭丫头，你没死吧？"

眼前的人神色恍惚，脑袋低垂，嘴巴嗫嚅："黄潇……"眼睛一翻晕了过去。

陈暖醒过来的时候，眼前是一张放大无数倍的脸——这么近的距离，不要说痘痘了，连毛孔都看不到，到底是不是人？这点让身为女生的陈暖很不爽："干什么，你想偷袭我啊？"她脑袋一顶，上去就撞。

"啊！""黄毛"捂住脑袋，"我是想看看你死了没有，好心没好报。"

陈暖拍拍屁股站起来，一抬头，看到满天繁星，还好天台上有个壁灯，照着他们这一小块地："天怎么黑了？"

"你已经躺一个小时了。"

"那你怎么不叫人啊？"

"我嗓子都喊破了，已经放学了，学校连一只鬼都没了。"

"小黄毛，你是故意的吧，把我关起来，刚刚还想偷袭我，猥琐下流。"

"谁猥琐了？"对面的人急起来，"我看你还不醒，考虑要不要做个人工呼吸什么的，我牺牲大了。"

"别以为你长得还算人模狗样就可以为所欲为，我可是正经人。"

陈暖问他，"你叫什么名字，我小本本给你记上，这事没完。"

"又来这套！"这回换他吹胡子瞪眼了，"你刚刚还叫我名字了，现在又装作不认识我，你玩失忆玩上瘾了是吧？"

"我什么时候叫你了？"

"在你晕倒之前，还问我怎么在这儿，你是不是有神经病啊？"他气得一屁股坐在地上。

陈暖回想起她晕倒的时候，好像突然被另外一个声音挤出去了，难道是……陈小小？

"你想起来了？"

"你跟陈小小，不，跟我熟吗？"

他郁闷地吐了一口气，然后说道："我再陪你玩最后一次，我叫黄潇，记住了吧？咱俩不熟，以前不熟，以后也不会熟。你赶紧把手机壳还我。"

"我刚刚都晕了，你干吗不直接拿走？"

"我不喜欢乘人之危。"

"你都去打劫了，还能有这么高的思想觉悟？"

"那我也是光明正大地抢。你给我。"

"你对这个手机壳这么执着，该不会是哪个小女朋友送的吧？"

"我没女朋友。你不懂，这是限量版，很难抢到的。"

"我那手机壳在我心里也是限量版，独一无二，也特别珍贵。"

"你那个破手机壳满大街都是，骗谁啊！"

"好吧，协商不成，那咱就等着吧，等明天八点以后来人开门。"

"你不怕跟我待着了？"

"我有得选吗？这学校其他东西不怎么样，这门倒是结实。再说了，反正你也打不过我。"

黄潇噘着嘴巴，靠着墙坐在一边。还好天台靠门这边有伸出来的棚子可以遮挡，不至于以天为被。

"黄潇。"

"嗯?"

"你刚刚没给我做人工呼吸吧?"陈暖转过头问他。

"没有。"他不耐烦地白了她一眼,"我还不愿意呢,我都没亲过女生。"他后面这句话说得小声。

"处男啊!"

黄潇转头瞪她:"关你什么事!"

"我以为像你这种江湖儿女,应该很懂儿女情长,而且以你的长相,你应该很招女生喜欢。"

"女生麻烦死了,比起谈对象,我更喜欢打游戏。"

"游戏?什么游戏?"

"《赤道联盟》。"

"哦?"陈暖一笑,跟她玩的一样啊,"你的技术怎么样?喜欢玩什么类型的角色?"

"什么意思,你也玩?菜鸟吧?"他一副嘚瑟的样子。

"我菜鸟?哪天PK一次,虐得你妈都找不到。"

"好啊。"黄潇顿时来了兴趣,两人开始讨论游戏战术,越说越来劲。

天上的星星慢慢隐了,滚起黑色的云层,不一会儿就滴滴答答,他们头顶的棚子响起鼓点的声音。

"下雨了?太背了吧。"黄潇把手伸出去,瞬间手上被砸了一大片雨水。

轰隆!天上闪了一道银蛇,吓得两人在原地弹了一下,两人要是人品差点,说不定当场被劈成人干了。

"这楼顶有避雷针吧?"黄潇左右看看,他虽然没啥文化,但基本常识还是有的,转头看旁边的人,发现陈暖头低着,两手抱住腿,她从刚才打雷开始就没说话了,"喂,你没事吧?"

陈暖摇头："你先别跟我说话。"

黄潇看她抱着腿的手微微颤抖着，心想：这丫头刚刚不是天不怕、地不怕吗？虽然他也紧张，但不至于被几道雷吓成这样吧？

天上又是轰隆一道炸雷，陈暖浑身跟着颤抖，伸手把耳朵捂住，眼睛闭上，嘴巴大口喘着气，脑袋里开始出现断断续续的画面——天上下着大雨，她躺在地上，看着血和地上的水融合成一团流进下水道里，鼻子里都是血腥气，她大口呼着气，旁边的人头发结在一起，泡在水里，血从上面一直流下来："妈妈……"

"啊！"又是一道响雷，她喉咙哽咽，眼睛升起热气，突然撞进一个温暖的怀抱，抬起头看到冒着青苔的下巴，脖子上的喉结上下滚动："先说好，我不是在占你便宜，我怕你把自己吓死。"

外面电闪雷鸣，陈暖往里缩缩，头顶着他的胸口，像是抓住一根救命稻草一样拼命往里面藏。

夏天的大雨来得突然，走得也突然，像是一下被雨神收回了口袋。黄潇把手往外伸了伸，说道："好像没下雨了。"

陈暖头顶都是汗，嘴唇也发白，慢慢把眼睛睁开，自己靠着的胸口咚咚地响。她一下子把距离拉开了，转头靠在墙边平复情绪。这是她第一次被一个男生抱。

"你没事吧？"黄潇问她。

"没事。"她吸了一口气，转头看他，"刚才的事情不要告诉别人。"

"你到底怎么回事，为什么这么怕打雷？"

"没什么，我就是想起来一些不太好的事。刚刚谢了。"陈暖的脸色渐渐缓和，理智也找回来了。

黄潇稍稍别开头，有些不自在地说："我也是第一次做这种事情。"

气氛微微尴尬了起来，两人单独坐着，都不说话，铁门忽然晃荡了

一下,吱呀开了一条小缝。

黄潇站起来,在门沿摸了摸,直接打开了,说道:"什么情况?谁给我们开门了?"

"真的!"陈暖激动地站起来,"不会是刚刚打雷把门锁打坏了吧?"

黄潇看看锁芯周围:"没有,应该是有人打开了。不过都这个时间了,学校怎么还会有人在?"他望着底下漆黑一片,"难道……真有鬼。"说完,他身上的鸡皮疙瘩全起来了。

陈暖走过去,往楼梯口喊了一声:"有人吗?"回应她的是回声,听起来更加让人毛骨悚然。

"有人吗?"她又喊了一声,又是阴森森的回音,没人应答。

"你别喊了,听起来就吓人,走吧。"黄潇看着陈暖走路不利索的样子,"你的腿伤了?"

"可能是之前踹门时别着筋了。"她轻轻活动了一下脚,"我以前受过的伤比这重不知道多少倍,没多大事。"她抬头看到黄潇一脸奇怪的表情,"怎么了?"

"你以前好像走路都不怎么利索,还喜欢摔倒,怎么突然有这么好的身手了,就跟换了一个人一样。"

陈暖一愣,转头解释:"其实,我一直都有做锻炼,我比较低调。"她这话完全没有可信度,从她这一天轰轰烈烈的事迹来看,她可一点都不低调。

好在对方智商不高,趁他还糊里糊涂思考的时候,陈暖赶紧让他走。

晚上的学校比白天更瘆人,从树丛里透过来的白月光洒在走廊里,白茫茫像是铺了一层雪。两人不自觉加快了脚步,陈暖暂时把腿伤忘了,小步子溜得飞快。

拐到三楼走廊的时候,"咚!"从尽头又传来什么东西掉下来的声音,头皮一下子被拉紧,陈暖想起早上黄潇跟她说的那个吊死鬼的事情。

"这里也太阴森了吧。"

"别回头,快走。"

两人刚走到拐角,"吱!"传来旧门扇打开的声音。

嗒,嗒,走廊响起了脚步声,两人都能听到自己咽口水的声音。

"跑,跑!"黄潇边喊边拉了陈暖一把,陈暖受伤的脚突然抽了筋,差点滑倒,两人一下子拉开了距离。黄潇一转过头,瞳孔突然放大,伸出的手指颤抖着,陈暖顺着他的方向慢悠悠转过头,只见惨白的月光下站着一个歪头伸舌的男人,面色森森。她还没来得及喊,就被黄潇一个横抱,玩命似的往外冲。

"啊啊啊啊啊!"惨叫声不绝于耳,两人一路狂奔到大路上。

"天哪,刚刚那是什么玩意?"陈暖吓得要飙脏话。

"肯定是那个上吊的学生。这个学校阴盛阳衰,肯定会有很多冤魂。"

"二十一世纪哪儿来什么冤魂啊,我才不信。"

"你刚刚吓得腿都软了,还嘴硬!"

"我那是抽筋了。"两人一直跑到大路上才停下来。黄潇把陈暖放下,额头上、身上都是汗。

"不过,你这个人还挺讲义气的,没自己一个人跑。"

"那是当然。"他左右看看,"你怎么回去?"

"我坐公交车。"

"现在这个点应该已经没车了,我送你回去吧。"

"你有车?"

"废话,跟我过来。"黄潇看看陈暖的脚,"算了,你在这儿等着,我把车开过来。"

她看到黄潇钻到草丛里去了,然后推出来一辆双排筒、画得五颜六

色的大摩托车。

"你这是非法改装吧,有正规摩托车驾驶证件吗?"陈暖毫不留情地拆穿他。

"你管那么多,上来。想回家就要听我的。"

陈暖瘸着脚,想着不坐白不坐,上去,双手抓住他衣服的两边。

"你抱着我。"

她伸手给了黄潇一巴掌:"你又想占我便宜。"

"行,你后果自负。"他油门一轰,陈暖差点一个倒栽葱:"你赶着去投胎啊!"她的嘴巴被风灌成了各种形状,她紧紧抱住——不如说勒住他的腰。

前面的人抱怨起来:"你的手劲能不能小点,我都快喘不过气来了。"

"那你不能开慢点啊?"

到家的时候,陈暖已经被吹成了一个疯子。她自暴自弃地甩甩头,转头瞪了他一眼:"算你狠。"

"你等……"黄潇话还没说完,陈暖往后退了一步,打开书包,把钱包拿出来,从拉链的地方扯了一个挂件下来塞到他手里,"手机壳我是不会还的。这是《赤道联盟》十周年赛季的奖品,看在你今天晚上还算有义气的分上,送你了。"

黄潇立马激动了:"这是只有前三名才有的纪念品,还是我最喜欢的人物角色。"

"那正好,皆大欢喜。我要进去了,不然陈玉凤要疯掉了,家里不能再多一个疯子了。"陈暖转过身,背对着他挥挥手,一瘸一拐地往屋子里走。

黄潇看着手里的东西,又抬头看着顶着一头乱毛摇摇晃晃的人,嘴角勾了勾,露出一个微笑,随即车头猛地一甩,轰着油门就朝另外一个方向而去。

他打开音乐，迎着风摇头晃脑地嚷起来。后面突然响起一阵急切的喇叭声，四辆黑色摩托车前后左右直接把他围住，几辆车僵持着行驶了几百米，一直到天桥底下他们才将他逼停。

四个穿着背心、露着雄壮后背的社会小青年手里拿着棍子："黄潇，我今天看你往哪儿跑，我的事情你也敢管，你活腻了。"

黄潇抬头看了一眼他们，从摩托车上下来："我这辈子最讨厌打女人的男人，尤其是你这种长得丑的人渣。"

"你别太嚣张，老子今天非好好教训你，看你以后还敢不敢多管闲事。"带头的刺头男扬着棍子就冲过来。黄潇侧身一避，右手拧住对方的胳膊，然后一脚把他踢了出去。后面跟上来三个，黄潇迎面给了一拳，接着脚下横扫，趴下一个，又反手一记重拳砸在跑过来的男人脑袋上，那男人唾沫都飞了出来，一个半飞跃就摔在地上了。

他左右看看："没事打什么架，差点把我东西弄坏了。"说完，他把掉在地上的挂件捡起来，吹了吹，小心放回口袋里，然后戴上头盔，脚下一蹬，排气管轰隆隆滚出黑烟，继续唱着歌摇头摆尾地回家。

摩托车沿途留下了一路的噪音和废气，一直开到城郊，周围都是树木，一条小道一直蜿蜒到头，眼前出现一道欧式铁门，刚到铁门门口，右上端的摄像头转动红点，绕了一圈，门自动开了。

黄潇一直将车开到最里面一栋白色的三层建筑前，铜铁大门前站着一个穿制服、打领结的中年男人，看起来已经等了很长时间。

"刘叔。"

"少爷您终于回来了，电话也打不通，我着急了半天。"

黄潇把头盔拿下来，旁边跑出来一个年轻人，帮他把车停到车库去。他对刘叔说道："手机没电了。我没什么事，就是在学校耽搁了一会儿。我爸妈还没回来吗？"

"今天公司有酒会，他们说会晚一点。"

"哦，我先上去洗澡了，身上都是汗。"黄潇噔噔跑上二楼。

刘叔端着晚饭上楼，敲了两下门得到回应："进来。"

黄潇刚从卫生间洗完澡出来，赤着上身，露出精壮的脊背，正在一边哼歌，一边吹头发。

刘叔把饭放在桌上，转头看他："少爷今天心情不错，是不是学校发生什么有趣的事了？"

"嗯……"黄潇坐在凳子上喝汤，"算是吧。"

刘叔在旁边站了一会儿。

"刘叔，你是不是有什么话想说？"

刘叔犹豫一会儿后笑道："是这样的，老爷的意思是，最后一年想请私教在家里教学，之后送你出国。"

"我有学校，干吗要在家里上课？"

"其实……老爷一直不赞成你去上十一中的，你想去一中还是二中或者出国，都是老爷一句话的事情。"

"这事儿都说了八百遍了，我就算去上一中又能怎么样，我压根就不是读书的料，而且那里都是书呆子，一点意思都没有，还不如十一中呢。"他戳戳筷子，"我不仅要在十一中念完最后一年，而且从今天开始，以后我每天都会去上课。"

少爷突然怎么了，以前把上学当作一项娱乐消遣，现在却这么认真。少爷是他从小带大的，事出反常必有原因。他目光扫过少爷床头柜上放着的挂件，问道："少爷，那个是你新买的？"

"别人送的。"他头也没抬地回答。

刘叔微微笑道："女孩子？"

黄潇一愣，看着刘叔笑得一脸不对头，解释道："不是你想的那样，这是交换，她还把我的手机壳拿走了呢。"

"交换？"他看看黄潇放在桌上的光板手机，那个手机壳可是动漫节少爷费尽心思排了一个晚上的队才抢到的，就这么送人了？

刘叔想着他年纪也不小了，暗恋一个女孩子也很正常，于是问道：

"那个女生长得好看吗？"

"难看。"

"呃……"

黄潇看他一脸不相信："我说的是真的，顶多就算普通。"顿了一会儿又道，"不过，人还挺有意思的。"

"少爷，女孩子有的时候送东西也许别的意思。"

"什么意思？"

"以后你会慢慢知道的。"刘叔为自家少爷的情商叹了一口气，把东西收好，嘱咐道，"少爷，你早点休息。"

黄潇躺在床上，把挂件拿在手上看，从床头柜上拿过手机挂上，晃了晃，满意道："这样也不错嘛。"

"打局游戏。"他坐到椅子上，晃了一圈，桌上是超大屏幕的显示屏，为了打游戏，他花了十几万装配主机显卡。

登录游戏后，他跑单打了一局做个小任务，赚经验和货币，突然公会聊天群响起来：上线的来龙领，刷Boss。

"今天谁领队？"

"吃掉小绵羊。"

"哇！"群里顿时炸开了锅。

黄潇也一愣，他所在的公会"天地一剑"是《赤道联盟》最老的三大公会之一，他在里面是四年的老人了，加上技术不错，已经混到副会长级别了，于是发私信给会长"摸摸大"："什么情况，吃掉小绵羊不是退会了吗？"

"我把自己的紫金武器断横剑给他了。"

"不是吧，那个你打了很久的隐藏才得到的，而且经验和级别已经刷到顶了。"

"东西可以再有，人才难得啊。吃掉小绵羊是近几年突然出现的高手，入《赤道联盟》还不到三年，各大积分榜刷了个遍。这家伙没什么

节操,重度贪财,有传闻说,《赤道联盟》里十大高手的号有一半是他刷的,只要有好处,都可以当枪使。"

系统通知:龙领隐藏Boss,天眼巨猿,首杀,公会"天地一剑"。

人员:"吃掉小绵羊""摸摸大""熊是本熊"。

"这么快!"黄潇反应过来,飞快滑动鼠标,画面切换到龙领——地面凸起一块,周围全是熔岩,一阵刺耳的叫声响起,乌鸦从旁边树上的枝丫上飞过。

中央站着两个人,是会长的法师,还有一个穿背心的黑衣剑士,公会其他人站在旁边看热闹,等着看能不能顺便分个仨瓜俩枣。

"东西你们自己分,我先走了。"聊天框弹出"吃掉小绵羊"的消息。

"等会儿十二点,失落之地还有独臂Boss,掉紫金装备概率百分之五十。"会长"摸摸大"用利益诱惑他,想让他再出个苦力。

"吃掉小绵羊"站着不动,也没有再弹出聊天框。黄潇动动鼠标,以为是自己电脑卡了,不一会儿屏幕上就噼里啪啦出现一行字:"我睡觉了,明天要上课。"同一时间,头像暗掉了。

这什么手速,是不是人类?

"怎么这样……"没了主心骨,晚上十二点的Boss又要刷很久。黄潇索性坐在原地开始在公会唠起嗑来。"你刚刚怎么不叫我?"黄潇飞快打了一行字给会长。

"我也没想到这么快。其实我和'熊是本熊',一个辅助,一个法师,压根没起多大作用,主要仇恨都是'吃掉小绵羊'拉的,一个高手能抵上十个猪队友。"

黄潇郁闷,怎么每次他想跟这个"小绵羊"并肩作战都赶不上,发出去的交友信息永远没回应呢?

"你们说这个小绵羊是不是人妖号啊,从来不发语音,只打字。"

"人家需要语音吗,打字比你讲话都快。女的不会有这么强的操作，肯定是男的。"

"他刚刚不是说要上课吗，不会是小学生吧？"

"现在小学生都这么逆天了吗？"

"你们歧视小学生吗？人家操作强不就行了？散了散了。"会长"摸摸大"赶人。

"好吧，反正不是女的，我也不太感兴趣。"

"你别失望，下次小绵羊上线，我第一个告诉你。"会长安慰他。

"我已经不抱希望了，走了。"黄潇关掉页面，背包里面有会长发过来的刚刚隐藏Boss的礼物，一时无聊，给装备升了升级。

对了，陈小小不是也玩《赤道联盟》吗？让他来虐虐这个小菜鸟！他把柜子上的手机拿过来，把微信里的联系人找了一遍，这才想起一个严重的问题："嗷！我居然没她的联系方式！"

第三章 喜欢只是一种错觉

"独有宦游人，偏惊物候新……忽闻歌古调，归思欲沾巾……"戴着圆框眼镜的女老师在前面陶醉地念诗，念完后在讲台上站定，"有没有同学知道这首诗的作者想表达什么？"

满屋子点豆子、昏昏欲睡的人，她这句话像在水里泡了一个闷蛋，没人理睬。在十一中教书，除了要随大流，还必须有过人的乐观心态。

"大家互动一下，就那个同学吧。"老师自说自话般地点倒数第二排撑着脑袋的男学生，因为他是全班屈指可数的书本立起来的学生之一。

"同学，同学。"女老师以为他没听到，催促着喊了两声。

陈暖趴在最后一排睡觉，昨晚打游戏太晚，现在昏昏欲睡，被吵得不行，不耐烦地踢了前面男生的凳子一脚："叫你呢。"

男生脑袋偏了偏，不打算动弹，女老师已经走到他身边来了："同学。"她侧身弯腰看。可能是没注意，男生抬头就挥了一下手，打到女老师的肩膀上，她穿着高跟鞋后退两步，差点要摔个狗吃屎，突然被一只手托住了，转头看到后面的陈暖站起来，对她小声道："老师，小心点。"

"谢谢。"她尴尬地笑了笑,自嘲道,"应该没同学回答了,那我继续讲课吧。"

陈暖看她脸色发红,极力忍住要哭的样子,不由得有点同情她,便举了手。

"同学,要是上厕所可以直接出去,不用举手。"

陈暖脑袋一垂:"老师,我知道答案"。

女老师脸上露出惊喜的表情,没想到还有同学主动回答问题:"你尽管说,说错了也没关系。"

"这首诗是唐朝诗人杜审言和晋陵陆丞早春游望时所写,他的作品多朴实自然,格律谨严。此诗表达了诗人宦游他乡,看到春光满地但不能归省的思乡之情。"

女老师眼睛睁得像是发现了新大陆一样,完全没想到陈暖能回答出来,还答得这么好。

"你回答得很好,坐下吧。"

陈暖坐下,教室里刚刚昏昏欲睡的学生也醒了,来自各方的注目礼不时地投过来。

"真是喜欢出风头。"

"不就答了一道题吗,有什么了不起!"

铃声一响,陈暖知道新一轮的过招又要开始了,四周两米以内的学生都开始撤退,那个"惩戒令"会一直虐到她跪地求饶。

走廊传来此起彼伏的惊叫声,唐心端着一盆水出现在门口,其他人迅速后退,那盆水朝着陈暖就泼过来,顿时如天女散花一般。陈暖右手一绕,从脚边一脚踢起一把伞直接撑开,水从伞面上滚珠似的滑落。随即四面飞过来各种暗器——书本、粉笔还有笔袋,伞在她手上灵活转起来,抵挡来自各方的攻击。

"开挂的吧!"

"演电影呢!"

罪魁祸首们都惊呆了。

现在已经不是在整人了，差不多是一群人教训一个人的架势了。唐心从旁边偷袭，上手就推她，她想躲，脚下不知道被谁使了个绊子，失了平衡，肩膀被打了一拳，退了两步。

"陈小小，这就是犯众怒的下场。赶紧给老娘滚，不然见你一次打你一次！"

"之前我还以为你吃激素了，现在看也不怎么样嘛，废物就是废物。"

"看你还怎么嘚瑟。"

众人奚落起来，陈暖低着头，肩膀抖了两下，轻笑了两声。

"笑屁啊，有什么好笑的！"唐心恶狠狠地叫了一声。

陈暖慢慢抬起头来，露出一张邪恶的笑脸，沉声道："很好，我已经很久没过得这么有意思了。"她两手交叉，互相捏了一下，关节发出像是要断掉的声响，眼睛凶狠地瞪起来，"待会儿你可别叫娘。"

惨叫声一直在走廊上传播，走廊尽头五班的同学也探头张望。"什么情况？"后排的高个儿扒着门框往外面瞧，然后转头捣捣旁边睡觉的人，"黄潇，你听到了吗？"

"什么啊？"黄潇脑袋朝下趴在桌上睡得迷糊，转过脑袋想继续睡，一瓶牛奶还有一个面包出现在桌上，他移动视线往上面看，一个身穿百褶短裙、有发育很好的胸脯、留着披肩发的女生朝着他甜甜一笑："黄潇，给你的。"

"我吃过早饭了。"

旁边的男生捣捣他，暧昧一笑："人家给你的，你就收着吧。"

他皱皱眉头，嘴巴一撇："我不喜欢吃面包，你自己吃吧。"

女生也不动，在他前面的位置坐下来，转头给旁边的男生一个赶人的眼神。

"收到，我给你让位。"

"黄潇，你今天晚上有时间吗？我有两张电影票，我们一起去看电影吧。"

黄潇看了她一眼，冷冷地道："我有事。"他站起来就要往外走。

"你有什么事啊？"她挡住他，"不会是和别的女生有约了吧？"

"我要打游戏。"

"我可以陪你打啊，去网吧怎么样？"她热情邀请道。

"你又不会打。"

"你可以教我啊。"

"我没时间，你让别人教你吧。"

"黄潇！"

"你别拉拉扯扯的。"

两人纠纠缠缠一直到外面，发现二班教室外面站了好多人。

"怎么回事？"

"还不是因为二班那个无聊的惩戒令，里面好像打起来了。"教室门被关上了，窗帘也从里面拉起来了，只能从偶尔跑过的身影，还有传出来的阵阵惨叫声中窥之一二。

"一群对一个，太猛了。"

"被惩戒的是谁？"黄潇有种不好的预感。

"不知道，好像是一个女的。"

"叫什么大大还是小小的，没什么存在感，这下肯定被修理得不轻。"

黄潇心里一咯噔："陈小小。"他转头就挤过人群跑到门口，推了两下门，但门被反锁起来了。他一着急，伸脚就把门踹开了。旁边的人都拥上来看，眼前的场景令所有人目瞪口呆——

此刻，教室里只剩下一小半人，其余的人包括老师已经不知道跑到哪儿去了，中间的桌子都被推到了两边，剩下的人一个挨一个像幼儿园的学生一样坐在一边，身体挺得笔直，满脸惊吓。

陈暖此刻正背对着门口,对着唐心,一个高抬脚踩在她后面的桌子上。坐在她旁边的几个男生像小鹿受惊一样在原地弹了一下,咽咽口水。

唐心的冷汗从脑袋上流下来,陈暖把右手拳头捏得咯咯响,然后伸手抓住她的脖子,一个后仰砸在桌子上:"啊啊!"

"你在干什么?"黄潇喊了一声。

陈暖保持着姿势,侧头看他,说道:"打人啊,你没看到?"

"救命啊!"坐在椅子上的学生作势要跑,纷纷挤到门口。

陈暖直起身,反手把一把椅子砸烂了,厉声道:"我让你们走了吗?"

"呜呜呜!"几个人苦着脸转过来就要哭,"对不起,我们错了,你让我们走吧,上个学而已,我们不想把命搭进去。"

"你们聚在一起干什么?"门口突然响起一道雄厚的男高音,一个满脸严肃的中年男人走了进来。

"刘主任。"周围的人小声问候,他目视前方,不客气地拨开围着的学生:"二班的学生留下,其余人都给我去上课!"

刚刚还十分激动的众人一瞬间变成了小鸡,看来,这人才是学校的老大啊。看到站在中间的女生,他挤挤眉头:"这教室是你的杰作吗?"

"是大家的杰作,我一个人干不出这么雄伟的事业,是不是啊?"陈暖笑了笑,转头问旁边吓蒙了的男生。男生看她的眼睛瞪了一下,用力点了两下头。

"你,还有坐着的那几个,都跟我去办公室,其余人把教室收拾好。再闹事,就都给我留校反省!"

陈暖和唐心,还有三四个男生一起被拎到了主任办公室。

头顶的风扇吹得哗啦哗啦响,二班班主任戴老师从外面进来,看到几个脸上和身上都挂彩的人,挤挤眉头,心想这下又要被刘主任教训了。

"看你们班做的好事,女生带头打架,你这班主任怎么当的?"

戴老师看看陈暖和唐心:"主任是不是搞错了?她们只是小姑娘,不会打架的。"他说得心虚。

"你们说,这事是谁带头的,只要你们说出来,我就记一个人的过,不会通通记大过。"

几个人都站着不说话。

"怎么,现在跟我玩沉默是金是吗?行,把家长都给我叫来,每人都记一次处分。"

"主任,他们都还年轻,要是档案上留下记录,对他们的前途会有影响的。"

"他们还怕什么影响!身为学生,整天不求上进,做出的事既不对自己负责,也不对他人负责。反正他们以后考不上大学,更加不要提什么前途了,我看不如早点回家,别浪费时间和学校资源了。"

陈暖举了举手。

"现在不是上课时间,举什么手,你有话就说!"

"刘主任,其实考大学一直是我的理想。我知道像我们这样的差生,爹不疼,娘不爱,出了社会是祸害.但是我们现在这么叛逆也有你们的原因。我们也想有人认同,也想被人信任,而不是一味地被你们说,我们做什么都不行,我们很差,永远不可能成才。您可以处罚我们,因为我们违反校规了,但是您也可问问我们为什么要起争执。其实……我们只是很容易受伤。"

"呜……"旁边站着的男生突然哽咽地哭起来了。

陈暖抬头,看到戴老师眼里满含热泪。

"主任,您就放过他们一次吧,都是孩子,年轻不懂事。"坐在后面的老师也开始劝道。

"是啊,年轻人都会犯错,再给他们一次机会吧。"

陈暖朝着旁边几个人使眼色示意他们哭,大家接收到讯号后,脸上露出悔恨的表情,像是要把肠子拉出来在脖子上绕几圈。

刘主任看看他们,又看看周围人,紧了紧眉头,长吐一口气:"只此一次,下不为例。"他手一抬,"不过你们先不要高兴得太早,家长还是要请的。还有,每人去操场给我跑十圈,跑不完不准回去上课。"

"谢谢主任。"几个人打了招呼就连忙往外面跑。

陈暖跑在最前面,后面的人跟了上来:"小小,不,大姐头,以后我们跟着你混了。以前的事情,你不要放在心上。"

"是啊,要不是你刚刚演的那一出潸然泪下,我们都要被记过了。大姐头,你果然是隐藏的高手。"

"跟着大姐头有肉吃!"某男同学振臂高呼。

这群家伙见风使舵的本事,一个比一个高。

"叫什么大姐头,难听,叫大哥。"

"好的,大哥。"

唐心也慢慢跟上来,如果说她之前嚣张得像老虎的话,现在完完全全就是一只小猫:"那个,以前是我有眼不识泰山,多有得罪,你别往心里去。以后要有什么事,你多罩着我们。"

陈暖看到他们一个个仿佛从野生动物瞬间变成家养的,很大程度应该是之前被揍服帖了,大度地说道:"你们一个个人高马大的,天天要别人罩着干什么?你不去惹事,谁会没事找你们麻烦?"

唐心朝天指指:"你懂的。"

陈暖往天上瞅了一眼,被刺眼的阳光顶了回来,不解道:"上面有什么?"

他们皱皱眉头,像是提到那个字眼就不舒服:"你就别跟我开玩笑了,你知道那几位可不好惹。我们也想本本分分做人,但是在这个学校,你不欺负别人,别人肯定来欺负你。"

"那几位?"陈暖不知道他们说的是谁,要是陈小小本人在这儿就能零障碍交流了。

后面急匆匆跑上来一个人，陈暖的右脸蛋突然被一瓶冰可乐袭击，她抬头便看到黄潇微微笑着的帅脸："请你的。"

陈暖接过来，几个小弟很识相地后退了。

"你怎么来了？"

"我过来看看你怎么样了，刘主任可不好惹。"

"怕什么，天塌下来还有地顶着呢，就是请家长有点麻烦。"

"你晚上放学在教室里等我一会儿，我带你去一个地方。"

"不去，我可是很忙的。"陈暖想也没想就拒绝。

"你忙什么啊，你肯定会喜欢的。"

"没好处的事情我从来不干。"

"我请你吃晚饭。"

"喊，我家里有吃的。"陈暖想：就这点蝇头小利还想诱惑我。

"我请你吃一个星期的早饭。"

"我自己会带。"

"五星级酒店的豪华套餐。"

"成交。"

"那说定了啊。"黄潇蹦蹦跳跳地往后面退，然后一溜烟就跑得没影了。

几个八卦小弟凑上来，问道："大哥，你什么时候跟黄潇那么熟了？"

"不太熟，一般熟。"

唐心过来冲陈暖笑："黄潇很帅的，学校里很多女生喜欢他。"

"哦。"陈暖擦擦脸，拧开瓶盖喝起可乐来，"我没兴趣。"

"大哥，你眼光好高……"

"不是我眼光高，而是我有别的目标了。"

"大哥，你看上谁了？我们可以帮你。"

"我不知道他叫什么，不过我有预感肯定能够再见到他。"陈暖喝完可乐，一脚将瓶子踢飞，那瓶子划了一道完美的弧线，准确落到垃圾桶里。

看台上站着一个长发披肩的女生，她用力捏了捏栏杆，脸色沉沉，旁边走过来两个绑着羊角辫的女生，说道："袁姐，那个丑丫头什么时候跟黄潇走得那么近了，不会有什么……"

"放屁！"袁媛一掌拍在栏杆上，手臂震得发麻，"黄潇怎么可能看上她？又丑又笨，她就是一个垃圾，凭什么跟我抢？"

"但是，这几天丑丫头像发神经病一样，跟以前那个懦弱的废物完全不同，就像……就像变了一个人。"

"她就算从小小变成大大，老娘也不怕她，别忘了我手里还握着那丫头的把柄呢。"

"也是。"另外两个女生对视一眼，奸笑了一声。

陈暖收拾书包从教室出来的时候，刚刚还喧嚣的校园一下就安静了。下课铃响才不过五分钟，人就跑光了，这个学校实力证明了什么叫人笨还不努力。

后背突然被人拍了一下，她转头，看到黄潇把黑色背包挂在胸口，耳朵上还戴着耳机，个子比她高出一个头。他侧身站在走廊上，红色的余晖温温柔柔地洒在他的身上，半边身子隐在了光线里，毛茸茸起了一层光圈，空气里飘散着余热的干涩气味。这家伙……长得还真好。

黄潇笑着露出右边的小虎牙："你是不是花痴了？"

"我只是在想，你这一头黄毛，那个刘主任是怎么允许你活到现在的。"

"我跑得比他快啊。"黄潇把包往上提了提，"我们快点走，晚了很可能又会像那天一样闹鬼。"

"你真相信这世上有鬼？"

"不然呢?那天你也看到了。"黄潇把摩托车从草丛里推出来,拿出一个红色头盔递给她。

"你有头盔上次不给我戴,还让风把我刮成一个疯子。"

"以前我没带过人,这是今天早上从家里带来的。"

"你这是有预谋的啊。"

"别说这么难听,我这叫准备妥当。"他跨上车去,"上来。"

"抱住我。"

陈暖这回老实了,把两只手放在他的腰部。

"我痒。"他扭了扭,伸手把她的手拉到肚子上,"出发!"话音刚落,陈暖就被一道巨大的冲击力颠得上半身快和坐垫分离了。

被颠得七荤八素后,终于到达了目的地,陈暖把那个大号的头盔转了一个方向,确认自己能够看到外面。

她走下来,抬头看看花花绿绿的牌子,问道:"你说的好地方就是网吧?"

"嗯,除了我家,就是这里的配置最高了。你不是也打游戏吗?这里是天堂吧。"

"我的大餐呢?"陈暖心想:老娘饭还没吃呢,陪你在这儿发疯。

"我等会儿给你买,现在来不及了,救场如救火。"他着急拖她进去。

黄潇去前台开了两台机,然后走到最里面的角落。那里坐着几个青年人,有穿西装打领带的大叔,有露着光亮脑门的肌肉男,还有一个看起来像男生的女性。能把几种完全不同样的人聚在一起的,也只有游戏和网络了。

"这是你女朋友?"他们一起打过几次团队赛,第一次看到黄潇带女生来。

"不是,我同学。她也玩这个游戏,带她来见见世面。"

"嗨。"陈暖抬抬手,坐下来把电脑打开,把游戏账号登录上去。

"啧,你这等级也太低了,才五级。"黄潇本来以为她只是菜鸟,没想到还是一个新手级别的。

"干吗?歧视等级低啊?"

"我要开团了,你先自己玩一会儿,我等会儿陪你练级。"

"随便。"陈暖抬起头,往后靠在椅背上,"把晚餐钱给我,我去买吃的。"她可没忘了这茬儿。

黄潇从裤子口袋里把皮夹掏出来放在桌子上:"你随便拿。"

陈暖瞅瞅那个黑不溜秋的夸张厚钱包,一打开,愣了一下,里面有一沓现金,还有十几张卡,她说道:"你这钱包不会是早上上学路上顺便抢的吧?我可不用赃款。"

"什么赃款,这是我自己的,你放心用。"

"奇奇怪怪,你既然有钱,干吗还拿塑料刀抢人?"

"那叫收占校费,我不是跟你说过了吗?"

"神经病。"陈暖抽了一张钱,就溜到外面去了。她在门口买了一份炒河粉,拿了一罐无糖汽水,才晃回网吧里。这个点正好是网吧的黄金档,各大学校放学时间,也是社会小青年蹲点聚头的时间。

"你是白痴吗?都怪你,都死了。"

"你怎么不说自己技术差?"

还没到位子上,陈暖就被左边包厢里一阵故意压低的争吵声吸引了。

她胳肢窝里夹着汽水,一边吃河粉,一边开门进去。两三个学生看起来年纪不大,但是打扮都是怎么老怎么来,一看就是虚张声势。

看见有人进来,他们紧张了一下,不爽道:"你谁啊?"

"你们几个小屁孩怎么进来的?没看到门口写着未成年人禁止进入吗?"她见桌上还放着练习册,又道,"肯定是作业布置得太少了。"

"不关你的事,我们都花了钱的。"

陈暖往他们屏幕上看:"玩《赤道联盟》吗?"再瞅瞅战绩,"就你们这水平,早点回家写作业吧。打游戏不行,学习再不好,以后你们在社会上还怎么生存下去啊?"

"喊,说得你多厉害似的,有本事跟我们单挑,我们只听强者的。"

一看就是电视看太多,这种中二病的台词一抓一大把。

陈暖晃晃手里的筷子,说道:"我不做浪费时间又不赚钱的事,先缴费,我帮你们刷Boss,今天绿野Boss有百分之五十掉紫金装备的概率。"

"绿野Boss很难打,就我们三个人肯定打不了。"

"谁说让你们上了,我一个人就够了。"

"你,行吗?"他们表示很怀疑。

陈暖走过去,把其中一个小孩拉开,自己坐到屏幕前,手速飞快地输入账号。看到名字的时候,其他三个人都震惊得愣在了原地,擦擦眼睛,问道:"你……你是……不会吧……"

陈暖嘘了一声,转头看看桌上的作业本,微微一笑:"要帮写作业吗?每人再加一百。"

"呃啊!"黄潇把耳机拿下来,看到屏幕上新地图第一名占领的记录满意地吐了一口气,"怎么样,小菜鸟,看到我的技术了吧?"他转头想炫耀来着,发现旁边的位置空着,"陈小小呢?"

"她不是出去后就一直没回来吗?"某人头也不抬地回答。

"啊,她该不会走了吧?"他站起来在大厅里找,走到拐角,脑袋一偏,从玻璃门往里面看,看到一个抬着脑袋、一只脚搁在凳子上的女生,开门进去,里面烟雾缭绕,烟味比大厅还重,他叫道,"陈小小,你在这儿干什么?"

"打游戏。"她把桌上的烟盒拍给他,"你去前台再给我买包烟来。"

黄潇愣了愣,看到烟灰缸里已经竖着五六根烟蒂,说道:"你这么

抽会死人的。"

"死不了。"她的脑袋靠靠，把桌上的几张红票子收入口袋。

"这钱哪儿来的？"

"我刚碰到几个小屁孩，教了一下他们做人，赚的。"

"你简直比我还没节操。"黄潇摇摇头坐下来，看她的游戏画面还是那个低等级的号，她正在机械地刷怪提升经验。

"你这么刷太麻烦了，我帮你参团去打几个大Boss。"

"好啊。"陈暖动动脖子，坐在他旁边的位置，有人义务帮她升级，她高兴还来不及。

黄潇技术还是到位的，看到界面上跳出连升三级提示的时候，松了一口气："你看，这不就简单多了。"

他转头看到陈暖脑袋仰着，嘴巴张着，已经睡死过去了。

"一个女生的睡姿居然能这么丑。"他把身上的背心外套脱下来给她盖上。

陈暖动了动，换了一个姿势，蜷缩成虾子的形状，继续神游去了。

他帮她连续刷了两个小时的怪，活动活动僵硬的脖子，从口袋里掏出一支烟放到嘴巴里。

冷气开得很足，陈暖醒过来，擦擦眼屎，看到黄潇戴着耳机在抽烟，她的瘾也上来了，从桌上盒子里面摸出来一支。火机呢？她左右看看，把椅子移动了一下，伸手拍了黄潇一下。黄潇转头，她身子往前一倾，嘴巴里含着的烟碰上火星，她吸了一口，烟亮了起来。她把头抬起来，看到黄潇的脸色有些奇怪，问道："怎么了？借个火，不至于吧。"

"没什么。"黄潇头一转。

陈暖放在桌上的手机响起来，她接通："爸，嗯，我马上就回去。"

黄潇站起来，说："走吧，我送你回去。"

"你不玩了？"

"嗯。"

陈暖把身上的衣服递给他："谢谢。"

"客气什么。"他看看她，"以后别随便在男生面前睡觉，危险。"

"怎么着，你想非礼我啊？"

"不是。"他把脑袋往前凑凑，"是太丑，对方肯定会被你吓跑。"

"喊。"

陈暖从车上下来，把头盔丢给他："能换个颜色吗？我也喜欢黑的。"

"好，晚上回去我换一个。"黄潇一只手搁在摩托车上，伸出长长的手臂，"你把手机给我。"

"干什么？你要是想抢手机壳，趁早把心思收了。"

"你先拿过来。"他把手机接过来，在上面迅速按了几下，"这是我的电话号码，微信我也加上了，以后可以直接找我。"

"找你干什么，我闲的啊？"陈暖背着挥了挥手，"走了。"

黄潇看看微信上面的小绵羊头像，笑了笑，收敛了神色，修长的手指在手机屏幕上跳跃了几下修改备注："吃掉小绵羊"本人。

他刚刚看到陈小小的游戏账号里突然收到一条匿名信息，这是关联账号，显示发给"吃掉小绵羊"：晚上十一点，死域吸血鬼怪，酬金紫金法宝，力量之铠。

"原来是你，我终于见到本尊了。"他嘴角挑起来，露出一个迷人的微笑，脚下一踩油门，轰隆隆一声留下一个帅气的背影。

陈暖进屋时，陈玉凤和陈平刚刚吃饭："你们怎么才吃饭，不是让你们别等我了吗？"她看看墙上的钟，都已经快八点了。

"你怎么回事？一个女孩子天天下了课也不回家，整天往外面

跑。"陈玉凤饭也不吃了，干脆过来教育她，"你身上怎么有烟味啊？"她顿时眉毛皱起来。

陈暖一愣：糟糕，怎么忘了去味？她胡诌道："我挤公交车，旁边有人抽烟。"

"妈告诉你，千万不要跟那些乱七八糟的小混混交朋友，他们会把你带坏的。你只要本本分分把学上完，以后嫁个好人家我就安心了。"

"她才多大，说嫁人太早了。"陈平插嘴道。

"她十八了，不是八岁。女孩子什么最重要？名声最重要。我就你这么一个女儿，不指望你指望谁？"

"不是还有暖暖吗？她也是我们带大的，不是和亲生的一样吗？"

"你可别提了，那个扫把星！你去问医生了吗，那丫头到底什么时候才能醒？我们还要伺候她多久？这日子简直没法过下去了。"

"医生检查过，说她身体很健康，只是不知道为什么一直不醒。她还年轻，只要我们坚持，她一定会醒过来的。"

"耐心，耐心，整天就会说这几句话，要那些医生到底有什么用？"

陈暖看他们争执起来，没空管自己了，赶紧回房。

洗澡的时候，她在琢磨：陈小小为什么还不醒？那天和黄潇在天台上，自己晕倒之前，黄潇说自己叫了他的名字，难道受到重力撞击之后，陈小小就回光返照了？

她套上衣服，从卫生间回到房间，想着被陈小小砸到的那天，也就是八月二十号到底是什么日子。她在搜索引擎上输入那一天的日期，翻了几条，都是什么星座、宜装修、嫁娶之类的信息。

没什么特别啊。她往后翻——八月二十号凌晨，狮子座流星雨从A市骊山上空大片降落，此前没有任何天象预测，有很多人遗憾错过这一盛景。

流星雨？不会和这个有关吧？陈暖正坐在床上思考，突然收到一条信息:"你睡了吗?"

看看头像,是一个写着hx的图片。

"我准备睡。"

"你要不要打一局游戏?"

"不打了,我有点困。"陈暖仰头到在床上。

"有点无聊,要不,我们聊会儿天……"黄潇盯着屏幕,直到暗下去都没有再收到回信。

什么情况?他把手机举起来:"难道没信号?"

他又发出去一条:"还在?"

他等了两分钟,依然没有回应:"不会睡着了吧?"

在他发蒙之际,一条语音邀请进来,是袁媛。

"有事?"

"没有啊,我就是有点无聊,想找你聊会儿天。"

"我准备打游戏,现在没空。"他坐在桌子前面,把电脑打开。

"我说你听着就可以了,不打扰你。"那边的人顿了顿,"我就是想问你一个问题。"

"什么?"

"你说男生都喜欢什么样的女生啊?"那边的人声音嗲嗲的,撒起娇来。

"每个人都不一样。"

"那我大致揣测一下,男生应该都比较喜欢长得漂亮、身材好的女生吧?"

黄潇眼睛盯着屏幕,顺口回了一句:"那样的女生的确比较讨人喜欢。"手机忽然振了一下,他瞟了一眼,上面跳出来一条信息:"刚刚睡着了。"

黄潇立马把手机拿起来,对袁媛说:"我现在真有事,挂了。"那边的女生还要说什么,他又补上一句,"对了,以后晚上不要找我语音

聊天,也不要打电话给我,就这样。"他按了挂断键,连忙回信息给陈小小:"我还以为你翘辫子了。"

等了一分钟,她又不回!

陈暖迷糊着再次从梦里醒过来的时候,是被催命铃声叫起来的,她接通:"喂?"

"我发信息,你怎么不回?"那边的黄潇抱怨道。

陈暖看看手机,然后眼睛闭着,说道:"我睡着了。以后晚上不要打电话给我,我家隔音不好,影响别人休息,挂了。"手机脱离的那一刻,她又昏睡过去了。

"啊啊啊!"黄潇气得恨不得把她从电话里拽出来暴揍一顿。这女人什么态度啊!但他忘了刚刚自己做了同样的事情。

对高中生来说,体育课就是吃了一星期白粥后的丰盛大餐。

自由活动的时候,陈暖躲在一边的树荫下,看男生打篮球,听女生聊家常。

她已经差不多两年没有过高中生活了,比起大学里的自由奔放,现在简直是缩手缩脚。

"陈小小。"

她愣了半秒才转过头。老实说,她到现在还有点不适应自己的名字变成了陈小小。

脑袋一转,嘴巴碰上一片冰凉,冰得她往后一缩:"干什么?"

"请你喝。"黄潇把可乐递给她。

"不喝。"

"为什么?"

"来大姨妈了。"

黄潇:"呃……"

陈暖转头看他,问道:"你知不知道男人不能经常喝碳酸饮料?"

"为什么？"他又变成了好奇宝宝。

"杀精。"她看到黄潇的脸色黑了一下，"要你多读书、多看报，这些有用的知识一点都不了解。现在生不出孩子的人特别多，其中原因在男性的比例逐年升高。"

"什么生孩子，那还要很久以后。"

"你要是不小心，很可能会提前。"陈暖拍拍头，"哦，不好意思，我忘了你还是处男呢。"

"你再提，我就掐死你。"

"掐吧，掐吧，你也就趁我虚要我命。"她捂了捂肚子，"天哪，疼死了。"

"很疼吗？"

"你让我在你重要的部位踢一脚试试。我回教室喝点热水，你自己玩吧。"陈暖往教室方向走，半道上从旁边冲出来三个人。

"有事？"

"陈小小，你现在很厉害啊，以前看到我们吓得腿都软，现在居然敢用这种语气跟我们说话。"

"没事我就先走了。"陈暖不打算理她，后面的人伸手就过来抓她的头发，她回身，直接拧住那个肉胳膊，作势往上一拧，对方疼得脸部扭曲起来，关节发出咔咔的声响。

"大哥！"唐心和大破走过来，看到陈暖被人为难了，一左一右地护着。

"哟，唐心，你以前不是二班的老大吗，这么快就变小弟了，还是给一个瘪三废物当小弟？啧啧，难怪学校里的人说二班的都是废物、垃圾，在这里，有谁把你们当人看？"

"你……"

陈暖拦住她，说道："这三位不知道是不是托塔天王下凡的人物，我们二班都是文明人，这里是学校，不是拳击场，我们只有一个目标，

就是好好学习,以后上个好大学。你们要是想找麻烦,这学校不是还有很多人吗,每人每天找一次,也够你们消遣了。我们的时间很宝贵,不能在你们这儿浪费了。"三人说完就要走。

"陈小小,你给我站住!"

"你让我站住我就站住啊,喊。"

中间的披发女生冲过来一把拦住她们,说道:"你嚣张什么!你就是一个又丑又笨、一无是处的垃圾。你以为你是你那个天才堂姐陈暖啊!我知道,你这些天这么反常,都是在学她,可惜,东施效颦,假的就是假的。"

"哟,你还认识陈暖啊。"陈暖第一次在这学校听到自己的名字,感觉还挺特别的。

"是当年一中那个天才吗?听说她在一中可是横霸一方的人物,学校里没人不怕她,那些好学生个个都被压得抬不起头来。"唐心果然是江湖中人,说出来的话都带着江湖气。

"哪儿有那么夸张?好学生坏起来比坏学生还让人讨厌,完全是自作自受。"陈暖为自己辩白。

"哼,那也是她,不是你。还学习?就你那个成绩,别说考大学了,高中都毕不了业。"袁媛走近两步,"我警告你,离黄潇远一点,否则我让你在这个学校一天都待不下去。"

陈暖"嗬"了一声:"搞了半天原来是争风吃醋啊,你喜欢黄潇?"

"怎么样?"袁媛把胸脯挺了挺。

她从上到下扫了一眼,不屑道:"别怪我说实话,你这外形跟他还是有一定差距的,人品也是,你配不上他。"

"你放屁!难道你配得上?就你这个丑女,黄潇眼睛瞎了都不会看上你。"

"这就是我跟你的区别了。虽然我不好看,但我有自知之明啊,所以我不痴心妄想。你也回家洗洗睡吧。"陈暖走两步又退回来,"还有,谁说我们二班的是废物?这次的期中考就让你们看看谁才是废物。"

"你该不会是在向整个高三年级挑战吧?你们班的成绩一直是垫底的,连倒数第二都没爬上过,很有难度啊。"对方的脸上写满了嘲讽,"我看你是假奶粉吃多了,把脑子塞住了吧?还是学陈暖学上瘾了?你要真有她一半的本事,早就不用待在这儿了。"

"大哥。"唐心和大破很担忧地看了她一眼,打架她们能凑个人头,学习可真的不行。

"我就是最近假奶粉吃太多,喜欢专治各种不服,想赌吗?"

"好啊,你要是输了,就给我立马从学校滚出去。"

"行。要是你输了的话,我要求不高,对我们班每个人说一句'都是我太丑,我错了。'"

噗,唐心和大破差点破功笑出来。

"走着瞧,丑八怪。"她们转头气势汹汹地走了。

"大哥,这下玩大了,我们真的不是学习的料。"唐心担忧地说。

"我说能做到就能做到,再说了,谁天生就是学习的料?就算真的没料,逼也能逼点出来。"陈暖拍拍他们的肩膀,心里想的是:有我来辅导你们,你们可走大运了。

"就算我们愿意,其他人也不一定会配合吧?"

"这个就交给我了!"陈暖捂捂肚子,"不跟你们扯了,我去上个厕所。"

下午是班主任戴老师的数学课,陈暖埋着头,头顶的大风扇一点用都没有,她感觉上身和下半身都在流东西,很快就会缺水致死。

旁边的凳子忽然动了一下,她脑袋偏到右边,看见黄潇一脸兴奋地看着她。

"大哥,现在是上课时间,你跑错班了。"陈暖小声提醒他。

"我拿这个给你。"他从袋子里拿出来一个保温杯,"我百度过了,女生来那个,喝红糖水肚子就不疼了。"

"大夏天你还带一个保温杯来学校?"

"我刚刚去学校超市买的。"

陈暖看他左手上有一块地方红红的,还起了白色的皮,问道:"你的手烫着了?"

"我第一次泡这东西,差点洒手上了。"

这保温杯质量不太好,外面也热乎乎的,放在肚子上正好当水袋用。她脑袋侧着搁在桌子上看他:"黄潇。"

"嗯?"

"我长得怎么样?"

黄潇愣愣地转头看她:"要我说实话吗?"

陈暖松了一口气:"这我就放心了。来,好哥们把手伸出来。"

"哎。"

她头不动,伸手下去拿出一个创可贴:"我也不知道这个有没有效果,反正都是消炎。"她拉住他的手给他贴上,说道,"你将就着点用。"

"好像贴歪了。"

"差不多吧。"

"我觉得右边露出来有点多。"两人正在比对,突然觉得气氛有些不对头。

两个头抬起来,发现有一半的人在看他们,还有一半在装作没看见他们。戴老师站在讲台上,也是一脸八卦,神情很慈祥地说:"这位同学好像不是我们班的吧?"

黄潇愣了愣,他脸皮再厚也架不住一屋子八卦的目光:"你慢慢喝,我先走了。"说完,他跑得比兔子还快。

陈暖左右看看,唐心和大破笑得最欢。她一抬手,砰的一声砸在桌上，桌子抖了两下："上课！"

画面比排练过的还要整齐，所有人第一时间回过身子，装作认真听讲。

戴老师尴尬地抬抬眼镜，她说话比他管用多了……

陈暖被请到办公室的时候，又是饭点，她觉得戴老师完全是故意避开人多的时候和她讲悄悄话。

"小小同学，我们班级从开学到现在，班长的人选一直没定下来，从你各项优异的表现来看，我觉得你很适合担任这个职位。"陈暖不想吐槽，应该是很多职位都缺失吧。

"老师，其实有句话我一直想说，我觉得我们班可以更好，只要拼一把，也许可以人人上大学，大家奔小康。"

"这个可能有点难实现，当然了，你的想法是很好的，值得鼓励。"

"老师，现在不是画大饼的时候。都是因为我们班级成绩太差，你看看你的办公桌这么小，还被别的老师越挤越往后，是时候反抗了。"

"我们是文科班，是考不过理科班的。"

"文科怎么了？您知道当年A市文科状元沈月吧，人家数学考得可比语文还要好。现在都讲究全面发展，我们只要短板不太短，长板加长，就会比大多数人要好了。"

"你说的是没错，前提是他们得用心学才可以啊，大部分学生的目标是上个职业院校就行了。"

"那是因为他们不知道上大学有多好，等他们提前进入社会后，一定会后悔没多上两年学。"

"嗯。"戴老师沉思，"没想到你还没上任，就替老师分忧解难了，真是不错。小小同学，老师相信你只要努力，一定可以考上大学的。"

"您放心，这件事情交给我这个班长来干，老师您尽情把东西传授

给我们就行了。"陈暖就差上手拍肩了,"对了,老师,学校医务室在哪儿,我想去拿点药。"

"就在操场对面那个白房子那里。"他顿了顿,又慢慢地开口,"那个小小同学,你们现在是抓紧时间学习的时候,等上了大学,再相处也不迟。"

陈暖看他说得委婉,想想自己已经是大二的人了,吐了一口气,说:"老师,我想早恋,但是已经晚了。"

到饭点了,她今天没带饭,和唐心、大破一起去学校食堂吃午餐,她终于知道中午去小超市的人比这儿多两倍的原因——

西红柿炒鸡蛋,西红柿比较多。

宫保鸡丁,没有鸡丁。

唯一纯荤的,煎鸡蛋,咸得下不了口。

陈暖正朝一片看起来还算正常的青菜下手。

"各位同学、老师,中午好,又到了午餐时刻,校园之声与您相约。让我们先听一首《爸爸妈妈》来表达我们的思家之情。"

听着广播里油腻腻的声音,陈暖皱起眉头:"这什么破节目,菜已经够倒胃口了,耳朵还要受折磨。"

一曲放完,广播里面传出一声清咳,然后那人说道:"众所周知,这世界上的人分为好几种,首先是男人和女人,其次又要分为美女和恐龙,丑男和帅哥。除了外表,脑子也是一个很重要的东西,所以就有天才和笨蛋这两种生物。刚刚,我从某个同学那里听到一个重要消息,高三二班有一个叫作陈小小的同学,放出豪言要在这次即将到来的期中考试中,让二班学测年级第一,此等壮举勇气可嘉,让我们一起给她还有整个三年二班一点掌声,加油打气。"紧接着,喇叭被调了双倍音效,一首《相信自己》响彻全校。

唐心嘴巴里的菜还保持着原样,她往下咽了咽,然后说道:"大哥,我们好像摊上大事了。"

第四章　学习总动员

陈暖站在讲台上，两手背着，下面鸦雀无声，这种诡异的气氛，只有大考过后或行军打仗之前才会出现。此时已经过了放学时间很久，作为班长，陈暖决定针对中午的事件做一次全民学习计划总动员。

"班长，已经放学了。"

"我知道。"

"我们是不是可以走了？"

陈暖从抽屉里抽出一把从道具室拿来的大砍刀，哐当一声砸在桌上。

看到明晃晃的刀刃，众人顿时吸了一口气：妈，救我！

她微微一笑，说道："大家别这么紧张，我们先来看部电影好不好？"

"看电影好啊。"大家交头接耳，脸上终于出现血色了。

陈暖用投影仪播放电影，把窗户和门都关上，以防把狼招来。放了半个小时，陈暖关掉投影仪，问道："大家觉得怎么样？"

众人一副便秘的表情："这不是电影，是纪录片吧。"

"不管是什么形式，只要有收获就是好东西。来，说说感受。不要

拘谨，随便说说。"

"就是讲大学生活的，没什么特别。"

"你们觉得大学生活怎么样，看完之后有没有一种很向往的感觉？"

"我只有看小电影才会有冲动。"一个青春痘男生没羞没臊地开口，引来一片哄笑声。

陈暖伸手砰地拍了一下桌子，众人抖了一下，瞬间安静了。她伸手指指，说道："你说得没错，男人这辈子追求的两样东西，不就是美女和金钱吗？但是大家扪心自问一下，假设现在出现一个肤白貌美的大长腿美女，人家有可能看上你们吗？"

"有钱就行了。"后面的人没脸没皮地接上一句。

"对，我相信这世界绝对有不读书也能赚到钱的人，但是请你们把富豪榜翻出来看看，站在金字塔顶的那群人，个人荣誉都能写出一本小传。人长得丑还没有一技之长，以后别说白富美了，绝后都有可能。现在就是一个重获新生的机会，最后一年，大家努力一次，也许就能够创造奇迹。"

"我还是想打游戏。"

"对啊，我爸说等我念完高中让我回家帮他卖肉。"

"白富美想想就算了，晚上关了灯都一样，找个跟我差不多丑的就行了。"

"等会儿去不去网吧？"

"去，不过我没钱了，你借我一点。"

"我还要回家看我男神呢，今天有新剧更新。"

"要不去我家？我妈最近出差，带了一盒面膜回来，超好用。"

"真的吗？我要试试，这样我就能又白又美了。"

众人说着，拿起书包往外走。

"你们……"不一会儿，班级里就只剩下陈暖、唐心和大破三人了。

"大哥,你别失望,他们这样也不是一天两天了。"

"对啊,我觉得你刚刚讲得很好,让我对上大学充满了憧憬。"

"算了,先礼后兵,我会想到办法的。"

三个人收拾书包出来的时候,天已经完全黑了,月亮、星星都爬上来了。

他们刚出校门,就听到旁边的小树林里传来一声惊叫,听起来很是瘆人。

当他们以为闹鬼的时候,又是一连串的惊呼声,还有皮肉接触的沉闷声,好吧,是打群架。

他们三个人跑过去的时候,发现自己班里的三四个男生被围在中间,外面站了多一倍的人,对着中间的人拳打脚踢。

陈暖冲上去就是一脚,直接踹倒了面前的一个男生。看到有管闲事的,对方瞬间把他们围了起来。

"你就是那个扬言要让二班以下犯上的丫头吧,好好教训你们一下,别忘了自己在学校是什么地位。"站在中间的是一个五大三粗的大高个子。

"他是谁啊?"陈暖看着这个叫嚣的家伙,唐心和大破已经习惯她的间歇性失忆了。

"是五班的曹岩,他在学校很有势力的。大哥,我们怎么办?"

"他们人多,等我数到三,就开始往一个地方冲,你们先跑。"

"那大哥你呢?"

"我断后。"

陈暖从树上扯了一根柳条下来,手心被摩擦得开了口子,开始数道:"三。"

"啊?一二呢?"几个人来不及抱怨,腿比脑袋跑得快,前仰后倒的。

后面有人大吼一声,要来攻击她,她扬起柳条,朝着对面快速甩抽一道,空中响起一道刺啦声,随后是柳条抽在皮肉上发出的声音,对方

"啊"地惨叫一声,后面传来更大的叫喊声,例如"冲啊!杀啊!"等增加气势的词语。

曹岩冲过来就是一拳头,陈暖侧身躲避,突然下腹一阵绞痛,脸一转,一个大粗拳头高速冲过来,她咬牙退了一步。拳头突然在离她两寸的地方停住了,她被人往后推了一步,眼前出现一个高个子,他一只手抓住了曹岩的拳头。

"黄潇,"曹岩咬牙切齿道,"你不要多管闲事。"

"别人的事情,我可以不管,她的事情我管定了。"

"揍他们!"

树林里没有灯光,只有微微的月光洒进来,她看到一个凌厉的身影单挑四五个人。她扶着树站起来,叫道:"好你个黄潇,玩深藏不露啊。"

这时,一个猥琐的身影拿了棍子准备从背后偷袭黄潇,她过去就是一鞭子,漆黑的树林里又传出各种象声词。

唐心和大破迈开步子玩命跑到外面,气喘吁吁停下来,转头看看:"哎,大哥呢?"

大破伸长脖子往黑漆漆的路上瞅:"不会吧,大哥不会没跑出来吧?"

"我们赶紧走吧。"旁边人说完就要散。

"喂,你们这群人有没有良心!为了救你们,大哥一个人在里面呢。"唐心为陈暖抱不平,"难道她比那些整天欺负你们,喊你们废物的人要坏吗?你们算什么男人?"

"对,大哥就是想让我们成绩好一点,又不是要害我们。胆小鬼,随便你们吧,我们自己回去。"

两人说着就要走,后面的人犯难了,左右看看,好像被他们说了一句自己就真的不是男性了。

"这样好像确实不太厚道,我也回去吧。"

"我也去，大不了被揍一顿。"

"我早看五班那群家伙不爽了，正好出口气。"

几个人义气铮铮地跑回刚刚的小树林里，刚刚还人满为患，现在忽然安静了下来，而且静得出奇，连一丝风吹草动都没有。他们模模糊糊好像看到有两团黑影慢慢走近，快要到跟前了，发现两个毛茸茸的脑袋正对着。

"啊！"一声号叫惊起树林里的一群乌鸦。

众人退避，立马转头，心中默念：少儿不宜，少儿不宜，我还小……

"鬼叫什么？"陈暖把头转过来，两手拍了一下，"还迷糊吗？"她问对面的人。

黄潇揉揉眼睛，说道："谁知道被突然飞过来的虫子暗算了。"

"要是撞上那一拳，你牙就掉了，你应该感谢我保护了你的大门牙。"

两人转过头看着一群目瞪口呆、恍恍惚惚的人，问道："你们怎么又回来了？"

"我们来救你的。"

"不用，已经解决了。"陈暖弯腰捡起丢在地上的书包，拍了拍。

"我送你回去吧。"黄潇像邀功似的，"头盔颜色我换了，是你喜欢的黑色……"

两个人自顾自说着话，聊着家常似的离开了，好像他们刚刚只是在讨论今天是买一棵小青菜还是两棵小白菜。

一阵风吹过，几个男人的校服从衣角处被掀起，他们个个张着嘴巴，难以置信。

"黄潇跟班长是什么关系？"

唐心抓了一下头，说道："应该是单相思吧，不过，以后他很可能变成我们大嫂。"

"啊？"

"你明明有那么好的身手,为什么每次我打你的时候都不还手?"陈暖把头上的头盔摘下来,拎在手里颠了一下,然后扔回给他。

"我从来不打女人。"他接过头盔,伸出手指抠了抠上面的喷漆,发出吱吱的声响。

陈暖看了他一眼:"算了,就当扯平了。"

"什么扯平了?"

毕竟我一直在撒谎,她在心里说道,然后留下一句:"我走了。"

黄潇看着她背后投下的一片阴影,这样的气氛和以前嘻嘻哈哈、打打闹闹的气氛完全不同,他突然身体绷直,在摩托车上半抬了身子喊了一声:"陈小小!"

陈暖背着大书包缓慢转头:"嗯?"

"我……"他的眼睛瞟了瞟,"我以后再也不骗你了,我保证。"说着,他认真竖起三根手指。

"嗯。"她露出一个微笑,嘴巴无声地做出口型:如果有一天你发现我不是陈小小,希望你也能原谅我。

"你说什么?"黄潇整个身子几乎抬起来。

她摇摇头,转身往阴影更深处走去。走到门口,她发现有个人背着书包,一会儿蹲起,一会儿直立,像是在原地等了很久。看到她出现,那人立马小走了两步过来:"你回来了?"

陈暖看看眼前这个中等个子的男生,留着平头,戴着眼镜,一副老实的长相,有些眼熟,但是就是想不起来在哪里见过,于是问道:"你是……谁?"

对方也有点尴尬地挠头,说道:"我叫孙木,和你是一个班的。"

"哦。"她嘴上虽然应着,可是完全没印象,看来这货平时存在感极低啊。

"我……"他踌躇了一下,"我有话想跟你说……"

黄潇昨晚睡得晚，起来时天已经大亮了，一看时间，已经九点了，着急忙慌地站在楼上喊："刘叔，你怎么不叫我？"

"我叫过你一次，你又睡着了。"刘叔低头在摆桌上的早餐，"赶紧过来吃点，再去上学。"

"我不吃了。"他急急忙忙跑出云，又跑回来，"我的早餐呢？"

"桌上不就是吗？"刘叔连说带笑的，他当然知道少爷问什么。

"我是说五星级酒店的早餐，没送过来吗？"他着急忙慌，"算了算了，我现在去酒店买一份。"

刘叔笑起来拦住他，打开旁边的柜子，拿出来一份牛皮纸袋包装的便当："早就准备好了。"

"你不早说，她肯定饿扁了。"他赶忙把便当放到书包里，一会儿就听到外面响起踩油门的声音。

刘叔走到门口，看着那道一溜烟跑得没影的身影，微微抿抿嘴巴，自言自语道："自己早饭都没吃，先关心别人有没有饿，哪家的姑娘这么厉害？"

黄潇到学校的时候，第一节课都要下课了，于是直接摸到二班门口，左右瞅瞅："嗯？她怎么不在？"

黄潇走到走廊上打陈暖的电话，被挂掉了，然后对方回了一条微信过来："有事？"

"你早饭不要了？"

"我吃过了。"

"我都拿来了，你在哪儿，我给你送过去。"

"我现在有事，等会儿再说。"

黄潇握着手机，看看暗了的屏幕，嘟囔道："有什么重要的事啊？"

一上午他都觉得无聊，终于等到中午吃饭休息，打算跑去二班找陈小小，顺便问问她早上在忙什么。

还没到二班，他就感觉到一股不对劲。整个学校正是最热闹的时

候,只有二班门关着,窗户也关着,窗帘也拉上了。这个场景很熟悉,跟上次陈小小打群架时一样。

她不会被欺负了吧?这么一想,他着了急,跑过去急吼吼地敲门。

过了一会儿,里面伸出来一个飘着幽怨眼神的小脑袋,脸色苍白得像是被吸干了血液,身体也藏着不敢出来,像是怕化了,对方问道:"什么事?"

"我找陈小小。"

他转过头往里面看了看。虽然声音很小,但黄潇还是听到了里面的女声,刚要破门而入,就被推了回来,对方说道:"班长说了,现在没时间讲闲话,有空再来。"说着,他就关了门。黄潇听见里面的人把门锁扭了扭。

"什么鬼!"黄潇挤挤眉头,抱着一肚子郁闷之气跑回了自己班级。

同桌看他一副闷闷不乐的样子,问道:"怎么了?"

"没什么。"

"你该不会被女生甩了吧?"

"怎么可能!"他突然喊了一声。

对方看他神情激动,解释道:"我只是随便说说而已……"

陈小小甩我?甩我?甩?他脑子里一连抛出了好几个问句。一会儿后,他像傻子一样笑起来:"不可能,不可能,我又不喜欢她,而且我们可是好朋友,很好的哥们,她怎么可能甩我呢?不可能,不可能。"

"你该不是魔怔了吧?"同桌同情地拍了一下他的肩膀,"要我说,你要真喜欢她就去告白,用力挽留她。"

"胡说!我怎么可能喜欢她!她又矮脸又大,身材还扁扁的,我喜欢猪都不会喜欢她!"黄潇豪放地喊了一句,全班都听见了。

窗口幽幽传来一声:"黄潇,你骂谁呢?"

他头抬起来,顿时心虚不已:"陈小小……我……"要是地上有根棍子,直接把自己抽死好了。

陈暖双手一拍，露出不平整的牙齿来："我认识你这么久，你就今天说了一句最准确的话。"她心想，陈小小确实很不咋的。她趴在窗台上伸出一只手："我的早餐呢？"

黄潇张张嘴巴，把放在抽屉里的早餐递给她，看她转身就走，连忙追出去，支吾地解释道："我……我不是在骂你，你别气啊。"一直追到二班门口，前面的人突然停下脚步，转头看他："对了，从明天开始，你不用再给我带早饭了，还有，我最近会很忙，没事就不要来找我了。"说完，她转头把班级门甩上。

陈暖是认真地在交代事情，但是从黄潇的角度看，完全不是这么回事，他只有一个念头：陈小小要跟自己决裂。

连续一个星期，就如陈小小说的一样，黄潇再也没能跟她打上照面。上课时间，他们班依然门窗紧闭，像是在密谋什么大事；放学的时候，他们班早已经人去"班"空，连跟毛都没留下。

可能很久以后就会留下一个关于高三二班的神秘传说：昼伏夜出，神出鬼没，像是隐藏在十一中的怪物。

"我就不信抓不到陈小小。"黄潇四点钟就起床，天还漆黑一片，刘叔正好出门上厕所，看到他行色匆匆，穿戴整齐开门出去。

"少爷，你去哪儿？"

"我上学。"

"现在？"

"嗯，我有重要的事。"

"少爷……"刘叔还想说两句。

"你别拦我！"

"今天是星期六啊。"他弱弱喊了一声，却发现少爷的身影已经消失在夜空了。

"啊！"黄潇在校门口一直等到九点，一个人都没出现的时候，才反应过来这个事实，仰天长啸了一声。

他去网吧待了一天。"嗷，又死了。黄潇，你今天的发挥有失水准

啊。"隔壁上班族大叔抱怨了一声,脑袋从旁边伸过来,"什么情况?跟你那个小女朋友吵架了?"

"什么女朋友……"他用手在桌子上撑了一会儿,然后转头问大叔,"大叔,我问你一个问题,如果你突然怎么都找不到一个女生,你说她到底干什么去了?还有,我怎么样才能找到她?"

大叔看了他一眼,满脸"我是过来人"的表情,眼神里还闪烁着微微的同情:"一个人要是存心躲起来,你是找不到她的。我劝你还是放弃吧,而且就算找到了也是伤自己的心。"

"什么意思?"

他伸手拍黄潇的肩膀,撇撇嘴巴道:"通常这种情况,她应该是有新欢了,说得难听点,就是你被甩了。"

"什么?"

"我知道男人第一次失恋都很难接受,其实也没那么糟,至少她没脚踩两条船。"

"什么鬼,她怎么可能突然有男朋友?而且她那么丑,谁会看上她啊?"

大叔的目光从刚才的同情变为了看智障的目光:"你不是喜欢她吗?"

"我没喜欢她。"

"那你这么着急找她干什么,丢了不是更好?"

"我……"他一时语塞,缩回脖子,拨了拨鼠标。

大叔看看他摇摇头:"你还是太年轻啊。"看着他纠结的脸色,大叔觉得挺好玩的,问道,"要是你现在出门,在马路上看到她和别的男生抱在一起,你会怎么样?"

"不可能。"他跳起来,看对面人一脸坏笑,郁闷地一推鼠标,背起大包,"不玩了,我先走了。"

"什么抱在一起,这种画面我都想象不出来。"他一边嘀嘀咕咕一边从网吧走出来,天已经黑了。

今天是周六，到了傍晚，路上堵得不像样子。他在马路这边等车，然后看到了对面走过的一男一女，女的扎着马尾辫，男的平头戴眼镜，两个人站在一起有说有笑，因为拥挤，男生的手臂好像还拥了她一下。他不禁张大嘴巴，心剧烈地跳起来，灯一绿就背着大包急匆匆往对面跑。

"人呢？"在拐角瞥到他们的身影，他迅速跟上。他与他们保持着一段距离，偷偷跟着，两个人走得不快，边走边在讨论什么。走了两条街，然后他们拐到一条幽暗的巷子里去了。

黄潇看到他们一起走进一个门的时候，心态崩了：带回家了？带回家！他什么也来不及想，冲过去就开始砸门："开门！开门！"

"你找谁？"是眼镜男过来开的门，一脸蒙的状态。

"不找你，我找陈小小！"说着，黄潇拨开他径直进了院子。这是平房，前面带了一个大院子，左侧还有一个单间，每一间的尺寸都很大。

陈暖在屋内就听到院子里的吵嚷声了："吵吵什么？"她踩着人字拖啪嗒啪嗒地跑出来，看到眼前的人一愣，"黄潇？你怎么在这儿？"

"我还要问你怎么在这儿呢。"他转头一指，"你一直找不到人，不会就是跟这人待在一块吧？"

陈暖左右看看，点点头："对啊。"

"啊啊！"他抓着门框哀号了两声，"你还是一个学生，怎么能谈对象？这是早恋，会影响学习的，我要去告诉老师，不对，我要去告诉校长！"他牛头不对马嘴地说了一通。

陈暖眉头紧锁，眼睛微眯起来："早恋影响学习？你整天打游戏就不影响学习了？而且我压根就没早恋。"

"那你干什么，还跟这男的待在一个屋子里，无耻，下流！"黄潇十分激动，其余两个人都有种被大风刮过的沧桑感。

陈暖解释道："你脑子里每天都在想什么？我只是在给他补习。我们二班要在这次的期中考试拿下年级第一。"

黄潇转过头看旁边站着的一直失语的男生。

"我想考一个好大学,所以找班长帮我。"

这下尴尬了,他结结巴巴地垂死挣扎道:"外面那么多地方,咖啡馆、茶吧,再不济网吧也行啊,干吗要在家里,一看就没安好心。"

陈暖叉着腰,摇摇头道:"大哥,你以为我是天仙啊,谁看到都要抢,连你都说猪也比我好。"

"我……"

"其实……"男生突然插了一句话,挠了挠头,"我觉得你挺好的。"

"什么?"

"你看!"黄潇像是抓到了小辫子,"你是不是大笨蛋,怎么能随随便便跟男生回家?"

"不是,我没想对班长做什么。"眼镜男连忙解释。

"我这么强壮,怎么可能啊!"陈暖也喊道,试图比他的声音更高。

"什么不可能,他都承认了!"

三个人像在比赛唱歌一样,一声喊得比一声高。

门口站着的大破和唐心正带着五六个同学准备进来,问道:"大哥,什么情况?"

陈暖摇头晃脑道:"你看到了吧,一群人,不是一对一辅导。"

"你给我出来。"黄潇伸手拽住她的胳膊,顶开人墙把她拉到外面去。

"去哪儿啊?"陈暖在后面拉拉拽拽,把他的手甩开。

"你陪我去打游戏。"

"不去,我还有事呢。"她转头要走。

"那你说要干什么,都听你的。"

"不是这个问题,我现在要和我们班级的同学一起学习,没空玩。"

"你和他学习就有空,陪我就没空,你还是不是我的好朋友了?"

"好朋友也不一定要天天在一起啊,等我有空就陪你打游戏,行不行?"

"一个星期,你都没想过找我一下,就算你有事,告诉我一下不行吗?"

"我知道了,下次告诉你,行了吧?"她不理解这么大的人干吗还为这个闹别扭,"而且你也不是什么都告诉我了啊,比如,你身手不凡,还有皮夹里一大堆钱的事情。每个人都有自己的秘密,怎么可能做到完全透明公开化?"

"你还在生我的气?"

"没有。"陈暖丢了一句。

"那你没有隐瞒过我吗?"

"什么意思?"她忽然停住脚步。

说出那句话的时候,黄潇其实已经后悔了,但是气愤烧掉了他的理智,他张口说道:"吃掉小绵羊……"

陈暖一瞬间明白了:"你偷看我的信息?"

"我不是故意看的。上次帮你刷游戏经验,你的号有关联信息。"

"好吧,那我们扯平了。"陈暖手一收,转身,"我先进去了。"

可能她也有点憋火,黄潇伸手过去拽她的时候,她本能地甩手推了他一下,他也没躲,直接撞在了旁边堆着的一堆杂物上,上面伸出来一根金属条,在他的左手臂上刮了一道,立马豁开了一条大口子,鲜血流了出来。

陈暖也没想到,愣在了原地,好像瞬间失语了:"我……"

话还没说完,黄潇表情平静,好像刚刚什么也没发生,转身,迈着大长腿,甩着那条血糊糊的胳膊,从巷子里走了出去。

巷子里一下子安静了下来,陈暖在外面站了一会儿,唐心打开门叫她,头伸出来左右瞅瞅,问道:"黄潇呢?"

"走了。"陈暖转身进去并带上了门。

唐心看她的脸色好像不太好，问："你们吵架了？"

"谁知道他突然发什么神经。"陈暖挤挤眉，不太爽。

唐心张张嘴，眼珠转了转，又问："大哥，你不会真的不知道他在气什么吧？"

"不就是我最近没时间跟他玩吗？小孩子脾气。"

"呃……我觉得他应该是吃醋了。"

"啊？"

"大哥……"她露出一张苦脸，"黄潇他可能喜欢你。"

"你想太多了，我们只是好朋友，他不会喜欢我，我也不会喜欢他的。"

唐心别过脸，觉得他们两个的情商都有待拯救，真可怜。

"我刚刚让你做的数学题做好了吗？"

"我马上去做。"她拔腿奔得飞快。

陈暖进屋的时候，里面正大闹天宫般乱成一团，看到她进屋，一个个瞬间恢复了小绵羊模样，规规矩矩地坐在凳子上装作苦思冥想。

孙木家是大院子，在这里完全可以搞一个大班级教学。

陈暖从门口抄了一根棍子，里面人的背部瞬间绷直了。大破躲在最里面，身体还扭得像蛇一样，在他的顽强抵抗下，陈暖把被两人扯得破破烂烂的本子拿出来，看看表："都半小时了，你一题都没做出来。"她转头看到一小瓶被藏在角落里的指甲油，"你能把你臭美的工夫用来做一题吗？而且你一男的，整天涂啥指甲油，打架都不好打。"

"我喜欢嘛。"他摸摸纤细的白爪子。他这副娘娘腔的风格，真的很难和他的外号"大破"联系起来。陈暖听到的时候，足足愣了半秒。

"全错了。"她用棍子敲敲旁边貌似在认真做题的孙木，不过看他的态度还算认真，就勉强把想要砸到他头上的棍子转移到桌子上。

陈暖以前不相信，除了陈小小，这世上还有做函数题能把图形公式代入的人。

孙木是挺认真的，虽然她不想承认，但他好像真的不只缺少了一点点天赋。转了一圈下来,一屋子的男男女女加起来就做对了两题半,那半题还只是代入对了一个公式。

"还是基础太差啊。"她撑住桌子摇摇头,没办法了。她转头快速在对面的写字板上行云流水地写起来。

这块超乎尺寸的写字板,也是孙大准备的。他的父母在这条街上开小饭馆,平时写字板挂在店里,他把两块拼了起来。

"不管你们用什么方法,把这些公式记在脑子里,一遍记不住就记三遍、十遍,哪怕忘了你爸你妈叫什么,这些也必须给我记住。还有,从现在开始,我写的每一道题,死记硬背也必须要记下来。"

"这是走捷径吗?"

"我教你一个成语,这是投机取巧。"陈暖晃晃脑袋,"你们基础太差,想让一个营养不良的人迅速成长为大胖子,只能打点激素了,而且这激素对你们没什么害。"

几个人互相对视了几遍,那表情跟刚出世的婴儿一样蒙:"这些我们有学过吗?"

唐心转过头问陈暖:"大哥,你确定这些真的会考吗?"

"我赌五十包辣条。考试嘛,重点不就是那些,作为参加了上百场考试的人,我闭着眼睛都能猜到。"

他们愣了一会儿,不知道谁飘出来一句:"班长,你以前好像不怎么爱学习啊。"为了听起来没那么明显的质疑的意味,他的声音压得像蚊子一样嗡嗡嗡的。

陈暖的眼珠子转转,她说道:"你们是不是特别想知道为什么我突然这么聪明?"

"嗯嗯。"

"陈暖,你们听说过吧?她是我堂姐,我让她给我补习了一整个暑假。她很厉害的。"

这下他们完全打消了疑虑,在晴川各大学校,陈暖的大名如雷贯耳。

"你们最差不过就是如此了,无论怎么学都是在进步,已经没有下降空间了,对不对?"

"有道理。"大家点头。

"不过,家里有一个学霸就是好啊,都不用浪费钱请家教了。"唐心问孙木,"对了,你姐姐不是开阳大学的学生吗?你既然想好好学习,怎么不让她帮你啊?"

开阳?不就是南华的死对头吗?全国最牛气的理工大学,她想起不久前那个炎热的午后,在南华大学会堂里和开阳进行的那场数学竞赛,没想到是自己最后一次作为南华的学生,也是作为陈暖站在众人面前,突然有点物是人非的感觉了。

"大哥,大哥?"唐心看她发呆,叫了一声。

陈暖回过神,问了孙木一句:"你姐姐上的开阳?"

"嗯。"他简短地答了一句,就低下头继续答题了,转头看墙上的钟,"这个点那边客人应该少了,去我家小饭馆吃饭吧,我跟我妈说了。"

听到吃饭,大家都超级开心,像小鸟似的飞出去了。

孙木家的小饭馆虽然不大,但是看得出来生意不错,陆陆续续有人出来。他们过去的时候,一张大桌子已经被收拾出来了。

"菜马上就好了啊。"孙妈妈是一个圆脸、手脚粗大的女人,笑起来时眼睛眯成一条线。站在隔壁玻璃窗里面的孙爸个子不高,时不时朝他们这边望一眼。

"以前,孙木从来没有带过朋友回来,年轻人在一起热热闹闹才好嘛。"

"我们是在一起学习。"孙木补了一句。

不知道是不是陈暖的错觉,孙妈微愣了一下,脸上飘过一个尴尬的表情:"挺好,挺好。"她伸手在围裙上擦了擦油腻的手。

"这手艺可以啊,跟疯婶不相上下。"陈暖心满意足地塞了一个小鸡腿到嘴里。

"疯婶是谁？"

"我妈。"她已经接受这个设定了。

一群人吃饱喝足之后，陈暖的肚子就开始闹不舒服了，她先溜到厕所上了个大号。厕所挨着后门，她出来的时候好像听到外面有人说话。

"我不要！"突然传出一声叫喊，里面的人压低了火气。

好奇心驱使，她偷偷开了一条缝，发现是孙木和他妈站在外面。他妈妈没了笑脸，微微绷着扭曲的眉毛表现出不满意："你姐姐下午就要回来了，她电话里说会带朋友来，家里容不下那么多人。"

"凭什么她带朋友来就要赶我们走？何况我们家那么大，你压根就不是嫌人多，你就是觉得她们做的都是正经事，我跟我朋友在一起都不干好事。"

"我没这么说。你也知道你姐姐本来就不赞成你跟十一中的那些学生来往，跟他们在一起没好处。"

"她不就是嫌弃我吗？她不就是上了名牌大学吗？所以她说什么都是对的。反正不管你怎么说，我是不会把我同学赶走的。"

陈暖看他过来，连忙撤到外面，融入大家的嬉嬉闹闹中。

一个下午，孙木都心不在焉，外面有点风吹草动，他都会立马抬起身子。死鸭子嘴硬，他明明怕他姐姐怕得要死。

陈暖本应该让他们早点撤的，但是她对孙木那个姐姐着实好奇，最主要的是对方是开阳的学生，她虽没什么集体荣誉感，但还是想看看对方是何方神圣。

"好吧，常与同好争高下，不与傻瓜论短长。"

"还是少跟他说点话，真够奇葩的。"院子里突然有人说话，孙木的身体像一根绷紧了的弦。

"孙木。"后面有人喊了他一声，他转过头，看到三四个男女，站在中间的是一个梳着长马尾、戴着眼镜、身体挺得笔直的女生。

"姐。"孙木弱弱地叫了一声。

孙倩看了他一眼，目光左右扫了扫，问道："这是？"

"他们是我的同学。"

"呵呵。"大家还搞不清情况,都热情微笑着打招呼。

孙倩双手抱胸,面无表情地点了下头,转头就和朋友往右边的房间走。

"一脸尖酸刻薄样。"忽然飘来轻飘飘的一句话。

孙倩突然停住了脚步,立马转头:"谁在说话?"

众人被她眼睛里的怒意吓住了,气氛一下子凝住了。她垂眼看到坐在座位上低头写写画画的女孩,问道:"你刚刚是在说我吗?"

陈暖抬起头,露出一张无辜脸,把桌上的书拿起来,说:"我在读书,说的是葛朗台。"

"嘀。"孙倩突然嘴角一挑,露出嘲讽的表情,"葛朗台是守财奴,多读读名著对你们来说有好处。"

"那是,我们就是没读过书才要多读书啊,这个生僻字我不太会,你能教我一下吗?"陈暖站起来就往她的方向走。

孙木突然拦了一下,冲两边笑笑,说道:"下次吧,我姐他们很忙的。姐,你去忙你的吧。"

孙倩嘴角又是一勾:"的确。"

"孙倩,别在这儿浪费时间了,走吧。"旁边一直没说话的小平头男插了一句嘴。

"嗯。"孙倩的脸色明显好了一些。几个人转身走了,孙木赶紧把门闩严实了。

"什么人啊!"大家都嘀嘀咕咕地发泄怨气。

"你刚刚拦我干什么?"陈暖要揪孙木。

"我看到你拿棍子了!"他喊了一声,"就在你屁股后面。"

陈暖转身抽出棍子,砰地扔在桌上:"依我的性子,早抽死她八百回了。"

"我终于知道为什么你有个高学历的姐姐,你成绩还是这么差,原来都是被欺压的啊。"唐心插嘴。

"别说了，赶快学习吧。"孙木很郁闷地坐在凳子上。

"你说得对，就是要努力学习。他们之所以嘚瑟，不就是因为学习好吗？自以为是名牌大学生就为所欲为。你们只要好好学习，一定能让他们刮目相看。"陈暖煽风点火。

"对，没错。"大家顿时斗志昂扬。看到一群头发怪异、衣着鲜艳的人认真地又记又画，陈暖不自觉挑了挑嘴角，其实……这群人还挺可爱的。

她突然想起了黄潇。他应该生气了吧，胳膊现在处理好了吧？想到这里，她又甩甩头：大男人能有什么事，大不了晚上问他一句死了没有。

虽然教他们极累，但是大家因为下午的事情都像被打了鸡血，效率噌噌直上。一会儿外面就天黑了，隔壁突然传来连绵不绝的音乐声，一下一下地挑动他们的神经。陈暖发了卷子让他们做随堂测验，因为这欢快的噪音，每个人都开始毛毛躁躁地挠头。

陈暖躺在躺椅上也很烦躁，渐渐迷糊的时候，突然哐当一下，什么东西被砸倒的声音把她惊醒了，紧接着是更大的音乐声，每个人都被震得摇摇晃晃的。

她把扇子丢了就要冲出去，孙木又要过来拦她："你还是别去了。"

陈暖朝其他人瞥了一眼："你们同意吗？"

"不——同——意。"

"我刚刚想好的公式都乱了。"

"这题我都算一半了，又要重新开始。"

"吵死了！"

"班长，我跟你去。"

"你们坐这儿继续把题做完，其他的交给我。"她把桌上的棍子别在腰上，伸手就去砸隔壁房间的门。过来开门的是一个矮个子女生："干什么？"女生满脸的不耐烦。

陈暖冲进去，不理里面的乱七八糟，伸手直接把音乐关了，瞬间世界清静了。

"你有毛病吧！"孙倩连忙从那个平头男的怀里跳出来大叫。

"我有毛病？你们才有病，大晚上的开这么大的音量，扰民一词没学过？"

"这是我家，我爱干什么就干什么，你有什么资格指手画脚？"

"我是没资格，他有资格吧。"陈暖把追过来的孙木拉过来，"他是一个高三备考生，需要一个安静的学习环境行吗？"

"真好笑，你们想干什么出去不就行了吗？"她手一叉腰，"孙木，下次不要把这些所谓的学生带到家里来，你看看这些人的素质，还是女生呢，果然是十一中的学生。"

"姐，你不要骂我同学。"孙木握紧拳头盯着她。

"孙木，你没搞错吧，拿看仇人的眼光看我，我是你姐，我能害你吗？"

"怎么了，怎么了？"孙妈孙爸也关店门回来了，"大晚上吵得外面都听见了。"

"你问孙木，我难得从A市回来，不就和我同学听点音乐吗，他就说我干扰他学习了。我们平时课业那么多，压力很大的。"

"孙木，这就是你的不对了。现在天也不早了，早点送你同学回去吧。"

"真是无语。"陈暖摇摇头转身就要走。

"你又在说什么？"那边的孙倩喊起来。

本来陈暖不想管这破家务事的，这女人偏要找碴儿。她噔噔走回去，看着一屋子第一次见面的人："你们看清楚我，今天是我们第一次见面，应该也是最后一次见面了。你，你，还有你，"她指指孙木，"是他爸，是他妈，是他亲姐姐。你刚刚不是说不会害他吗？照我看来，你们全家都给了他一刀。如果这货以后报复社会，或者一事无成，变成一摊烂泥，也全是你们造成的。"

"你到底在胡说什么？"孙妈横了陈暖一眼。

"他拼命想学好，你们是他的家人，除了说他不行，让他别碍手碍脚，就没别的作用了。"她伸手往孙倩的方向指指，"这些都是开阳的大学生吧，高学历，有素质，刚刚我冲进来的时候，这个男的一边抽烟，一边在猥琐地学电视上的女明星跳舞，至于你们的宝贝女儿，她和那个小平头抱在一起亲嘴，还摸来摸去。"

"你胡说八道！"孙倩像疯了一样大叫。

"对啊，倩倩怎么可能做这种事？"孙妈和孙爸也气得脸红脖子粗。

"这屋里的烟味闻得到吧？我不歧视抽烟，因为我自己也抽，但我看不惯明明都一样，干吗要装上层人。他们这些好学生做的事情，应该就是你们两个家长想象中我们这些垃圾学校的学生会做的事情。可笑的是，我们真的是在学习，但是没人相信。你们可以选择继续自我欺骗，但是别老对别人的人生指手画脚，谁行谁不行不是你们说了算！"陈暖这一段话，把外面围着的一圈人吓了一跳，一群人匆匆出门，以防被孙爸孙妈拿着扫把打出来。

"大哥厉害。"唐心、大破一左一右夹住她。

"班长太帅了，帮我们出了一口恶气。"

"不蒸馒头争口气，上不上大学我不在乎，但是我就要做到，给这些人看。"

"没错。"

"你说这话就对了，树活一张皮，人争一口气，整天叨叨有用吗？要拿他们最引以为傲的东西打他们的脸。"陈暖去小卖部给他们一人买了一瓶汽水，"明晚开始，学校晚自习走起。"几人在空中迎着黑夜干了一瓶汽水。

陈暖至今记得汽水在食道里游走的感觉，繁星漫天的闷热夏夜，变成了橘子味。

让她重新过一个完全不一样的高中生活，也许是上天的安排，这一

场把所有人的命运都交织在一起的安排，不知最终会走向什么方向。

"我先回去了。"陈暖看时间不早了，叔叔打了几个电话她都没看到，回去怕会被疯婶骂死。

"买点好吃的回去。"晴川有条小吃街，每天晚上九点过后才出摊，灯火通明，飘香四溢，久而久之，那里变成了晴川的一处景点。陈暖心想着，反正都要被骂，不如买点好吃的回去，把他们的嘴堵住。

叔叔最喜欢吃烤土豆，疯婶喜欢鸡爪。她买了一把肉串在人群里面穿梭，道路两边都是小摊，香味像是从两侧伸出来的手，抓住来往的路人。

她从人群里往外挤的时候，手上打滑，给疯婶买的辣鸡爪从一件白衣服上掉了下去，顿时响起惊叫声。

如果说鸡爪掉了很可惜，那碰到对面这人简直就是戏剧。孙倩和她的小平头男友也在这儿。

"真巧啊。"孙倩又标志性地抄起手。

陈暖没看她，转头朝旁边的男人瞥了一眼："我说你怎么看着眼熟呢，前不久你代表开阳去南华交流了吧？"

他挤挤眉头："你见过我？"表情的潜台词是：你怎么可能见过我？

陈暖学孙倩抄手，忽然笑起来："当然见过，第三名……"

他愣了一下，好像眼前的人和那个南华的女学生重合在一起了，惊讶道："你怎么知道？"

"我不光知道，还知道你输给一个女生，灰溜溜地走了。"

他顿时青筋冒起来，一会儿又缓和了："那是两所一流大学的学术交流，很正常。"

"南华校风不是挺严谨的吗，怎么随便什么人都能进？"孙倩在一旁说风凉话，从上到下扫了她一眼，"老实说，你这样的女生我实在看不出有任何魅力，孙木从来没有对我有过那种态度，看来不光是成绩，他看女生的眼光也要提高才行。"

陈暖翻了翻白眼:"你的眼光也不咋的,还说别人呢,我以为这小平头肯定是不会有对象的呢,这扁平的五官,你找得到嘴吗?"

"你!"孙倩指着她。

"怎么?"

"丑人多作怪,你这样的能找到男朋友吗?"

"我是丑人,你们是猥琐刻薄,这大街上没人比你们更登对了。开阳大学了不起?《泰晤士报》还有扫厕所的呢,我就没见过半瓶子水蹦跶得这么厉害的,第三名,对不对?"

"你再说一句,我就教训你。"小平头男都快挤到她跟前了。

陈暖的两只小眼睛像灯泡似的,努力瞪大,盯住眼前的人。

"你再看!"他伸手推她,手却突然被截住,一双骨节分明的手捏住他手腕,他抬头看到一头黄毛。

"你谁啊?"孙倩看到自己男朋友被欺负了,两人站在一边同仇敌忾。

陈暖脑袋晃了晃,突然伸手勾住黄潇的胳膊,说道:"我相好的。你刚刚不是说我找不到男朋友吗,这样的水准可以吧?"

黄潇被陈暖拉住的胳膊突然像被冻住了,动也动不了。

陈暖蹭了蹭:"我相好的又高又帅,我有时候都在想自己走了什么狗屎运。黄潇,你以后千万不要变学霸,这样别人都没法活了。我听说开阳大学里面全是恐龙和野兽,没办法,人丑就要多读书嘛。不过南华还不错,学生会里俊男美女特别多。"陈暖不仅涮了他们,还夸奖了一下南华。

"哼,像你们这样的也考不上大学。我们走。"孙倩拉着小平头男,两人气哄哄地走了。

陈暖看他们走后,松了手,转头看呆愣的黄潇,问道:"你怎么在这儿啊?"

他别过头,咳了一声:"其实我没走。"

陈暖愣了愣,问:"你一直在孙木家附近?"

"嗯。"

"我以为你生气走了。"她缓缓道,"早上我不是故意推你的。"

"我知道,我也不是有意看你游戏上的关联信息的。"两人都别开眼睛,像小孩子一样别扭地道歉。

陈暖看他左胳膊上的伤口都结痂了,又问:"你怎么不处理一下伤口,就这么甩了一天血胳膊?"

"也不怎么疼了。"

"现在药店应该还开着,等会儿顺路我去买点药水帮你处理一下。"陈暖指指路边的烧烤摊,"你喜欢吃哪个?"

"鸡翅。"

陈暖重新买了鸡爪,还有几大串鸡翅。黄潇受伤,其实她也有点内疚,想要补偿他一下:"你怎么不问我刚刚发生了什么事?"

"不管发生什么事,我都会站在你这边的,你别离我太远就可以了。"他心满意足地举着手上的鸡翅吹热气。

黄潇是她成为陈小小之后的第一个朋友,也是一直带给她温暖的人:"谢谢。"

"嗯?"

"没什么,遇到你挺开心的。"陈暖挥了挥手,"快点,不然不等你了。"

黄潇快走几步和她并肩,说道:"我送你回去。"

"你的手不是受伤了吗?"

"骑摩托小意思啦。"

"以后你不用送我了。"

"为什么?"

"从今天起,三年二班晚自习走起,你这个迟到早退的人跟不上节奏。"

"我跟你一块上自习不就行了?"

"你又不是我们班的。"

"陈小小，我有一个问题。"

"什么？"

"你怎么这么喜欢学习？还是你比较喜欢学习好的人？"

"我喜欢帅的，所以我们才能当朋友嘛。"

他努努嘴明显有疑惑，问道："你想上大学吗？"

"想啊，上大学有什么不好？"

"我本来觉得上不上学无所谓，不过你想的话，我陪你好了。"

陈暖转过头，似笑非笑地看他："你说得好像跟买菜似的，你想上，以你的成绩还上不了呢。"

"谁说的！我这么聪明，只要用用功肯定可以。"

"好啊，我给你一个奖励，要是这次期中考你进前一百名，我陪你打一天《赤道联盟》，把地图全扫了。"

"你说真的？"

"绝不食言。"

第五章　要出大事

陈暖的晚自习计划开始在全班普及，一开始只有七八个人，渐渐地，下课之后留班的人数越来越多。

这都要归功于唐心、大破还有孙木的努力，他们废了不少嘴皮子，口号都能写一本书了。

陈暖不指望他们能够一下子醒悟，但是她相信跟风的力量。戴明作为班主任，看见这种全民学习的画面，深感震惊和感动，每天也留下来给他们辅导。

"我已经和其他几科老师说过了，以后每天都有两科老师给你们上晚自习辅导。"他问陈暖，"你到底用了什么方法，让他们都突然想学习了？"

"江湖义气喽。"

"那他呢？"戴老师指指坐在最后一排抓耳挠腮的黄潇。

"奖励机制。"

陈暖发挥班长还有半个老师的作用，整个晚上不是坐在门口监督，就是到处晃悠，帮忙解决问题。

"怎么了，有问题？"她走到黄潇身边问道。

黄潇敲敲桌上的试卷，试卷已经被他抓得一道道的："这题不会算。"

"我看看。"陈暖坐在他旁边，拿圆珠笔开始指导，"你先把题目拆成几部分看，这样就很简单了。"

黄潇看她一会儿就解开了，恍然大悟道："这样看真的挺简单的。"

"其实，题目没你想的那么难。"

他从抽屉里面掏出来一个玻璃瓶，说道："这是我爸出差给我带回来的，说是对身体好，给你带了一瓶。"

陈暖将玻璃瓶拿在手上看看，打开闻了闻，没味道，尝了一小口，有点甜："还挺好喝的，我以为会是苦的。"

"你要是喜欢，我以后每天都给你带一瓶。"

"你比我更需要补脑子，自己留着喝吧。"

"那以后我和你一人喝一瓶，好不好？"

"嗯。"

空气里的温度突然升高了，陈暖抬起头，看到大家一直往这边看。突然，前面的男生举起手，说道："戴老师，我有个问题想问。"

"什么问题？"戴明踱着步子走过去。

男生嘻嘻笑起来："我怎么才能找到对象啊？"

戴明抬抬眼镜笑笑："这问题我没法回答，因为老师我也没有。"

"哈哈。"底下的人笑起来。

陈暖站起来，说道："你想找对象啊，没问题。只要你考到全班第二或第三名就没问题。"

"为什么？"

陈暖走到自己的位置拿过包："因为我有四张最火小鲜肉的演唱会门票。"

"是TY男团吗？"女生们都激动得要起跳。

"我想，你拿着这张票邀请哪个女生去看演唱会，应该不会被拒绝。"

"这票很难买的，而且很贵。"

"天哪，我超迷他们的。"底下顿时议论纷纷。

"小小同学，这……"戴明也搞不清楚什么情况。

"我把班费全用了。"

"什么？"

"反正我们班级的班费除了买被打坏的桌椅板凳，偶尔添置拖把之类的，就没有什么别的作用了，不如拿出来造福大家。想要票的这次可得努力了。"

"那为什么不是第一名？"

"因为第一名肯定是我啊。"陈暖大手一抄，"不过，提醒你们一下，这次绝对不能作弊，如果被我发现的话……"

"会怎么样？"

她嘴巴一咧："我就打断他的手，再接回去。"周围的人顿时吸了一口凉气。

"我开玩笑啦，别这么紧张。作弊是我最不齿的事情，如果谁作弊，我们全班都会严重鄙视他。出来混，脸面是最重要的。"

"可是，这次我们是跟整个高三对抗啊，他们要是都作弊，我们不作弊不是很吃亏？"

"这个你放心好了，明天我就会去给那个刘主任写加强校风建设的建议书。再说了，就算他们作弊，整个学校有人知道正确答案吗？说不定他们考数学都会错带历史书。拼实力，我们完胜，厌什么？"

"小小同学说得对，这个世上是没有捷径的，比起靠小聪明，踏实努力才是正确的。"戴明表示同意。

"不过，我们这么说好吗？这里还有一个外班的呢。"

黄潇莫名被点名，一脸蒙地抬起头。

"这个不可能，这是家属。"不知道谁插了一句嘴，众人哄笑起来。

陈暖已经习惯他们的玩笑了，反正在他们眼里，男女就不可能存在友谊这种东西。

"你想去看吗？"陈暖坐下来的时候，黄潇把脑袋搁在手臂上，歪着脸一笑，露出那颗小虎牙。

"看什么？"

"演唱会。"

"帅哥谁不喜欢。"她头也不抬地回答。

"好，我决定了，要是我能考到第二名，就拿票带你去看演唱会。"

"这是我们班的活动。"

"只要我考得比他们都好，就可以了吧？"

"好啊，不过你得加油了，因为我们班的学生不会输给别班的学生。"陈暖冲他们抬抬头，"是不是？"

"没错！"

周六，刘叔花了一个上午帮少爷把心爱的摩托车擦得干干净净。进去的时候，他看到清洁阿姨和两个小丫头正在嘀嘀咕咕。

"怎么了？"

"少爷把自己关在房间一个早上了，我刚刚进去给他收拾，居然发现他在看书，不是在打游戏。"

"真的吗？"刘叔也感到很吃惊。

"是啊，而且他看了一个早上了。"这简直就是地球毁灭都不可能发生的事情。

"我受不了了，完全看不懂，我的手机呢？"黄潇大叫着打开门，

看到门口站了一圈人,"你们干什么?"

"少爷是学习上遇到什么困难了吗?"

"我……"他挠挠头,"我要找手机。"

"刚刚收拾的时候,我帮你把它放在床头柜上了。"

他急匆匆跑回房间,急忙打了一个电话,过了一会儿又冲了出去。

"少爷,你去哪儿啊?"

"我去接人!"

陈暖刚刚吃完饭,站在马路边上昏昏欲睡。刺眼的阳光像要把她晒晕,她躲在一处树荫下,像狗一样哈着气:"黄潇,你最好真有事,否则我抽死你,热死老娘了。"

听见摩托车突突突的声音出现的时候,她抬头看到一撮金灿灿的黄毛,好像在阳光下都反光了,问道:"你干什么?我还要午睡。"

"我有道题不会做,你帮我补习一下吧。"

"你请我吃东西。"

"没问题。"

"我们去哪儿啊?"陈暖说话的时候,已经被他拽到摩托车边上了。

"我家。"

"哈?你不是说不要随便去男生家吗?"

"我家没关系。"他拉起她的手抱住自己的腰,"因为我家有很多人。"

陈暖把脑袋上的黑色头盔拿下来的时候,眼前的景象让她好像做了一个梦。这大宅子,这喷泉,这大花园,演偶像剧呢?她伸手不相信地指了指,问道:"这是你家?"

"嗯。"

"你确定这儿不是用来拍电影的地方?"

"没什么特别的吧,你快进来。"他去拉她。

陈暖走到里面才知道什么叫豪华。黄潇一直拉她到二楼，底下的一二三四人等纷纷对他们行注目礼，好像他们是动物园的动物一样。

"你竟然是一个富二代，你也太低调了吧！"陈暖想着这个奇葩还去收保护费。

"那也是我爸能赚钱，跟我没什么关系。"

"你突然带我来你家干什么？"

"因为我说过不会再骗你了，我所有的东西都想让你知道。"

她别了别脑袋："你突然说什么奇怪的话。"

"你是不是脸红了？"黄潇探过脑袋笑她。

"你眼瞎啊，我才没有。赶紧发挥一下你大少爷的特权，弄点好吃好喝的给我。"

"好，我去帮你拿。"

刘叔看到少爷风风火火地席卷零食，两只手都拿不下了才往楼上跑。他撞到了手里拿着碗碟的打扫阿姨身上，惹来"哎哟"一声。

"不好意思。"

"少爷第一次带女生回来啊。"

"是啊，可能是他学习不顺利，和同学交流一下吧。"

"你这心也太大了，青春期的孩子，还是一个女生……"她说得含含糊糊。

"这不可能，少爷是好孩子，不是那种人，而且那姑娘也太普通了。"

"我说刘管家，你也是这么大岁数的人了。少爷是一个好孩子，但也是一个男人，要是真有什么意外情况……"

"你胡说什么，不会的。"刘叔嘴上这样说，心里也是七上八下地打鼓，"应该不会的。"

他一个下午都没心情做事情，中间还借口送吃的、喝的上去打探两次，也没发现什么异样。他想，可能真是自己想多了吧，都怪那个清洁

阿姨。

不知不觉已经八点了，中间刘叔又送了一波晚饭上去。眼前的景象让他大为不解——女的跷着脚，一边啃苹果一边翻杂志，看封面好像不是什么正经杂志，至于少爷……正趴在旁边的桌上认真做题，而且旁边就放着他最爱的电脑，他居然目不斜视。太反常了，太反常了。

"谢谢刘叔又送好吃的来。"陈暖从床上爬下来。一个下午刘叔进出多次，当然了，她不知道对方心里的小九九，反正有好吃的就行。

"哇，甜点啊！"陈暖看着小小的蛋糕，问道，"是进口的吗？"

"家里点心师做的。"

"也好也好。"陈暖接过甜点，"黄潇要不要吃？算了，反正你天天吃，都给我吃吧。"

她边吃还边吧唧嘴，惹得黄潇开始咽口水。一下午他都在做题，也不知道是不是因为耗费了太多的脑细胞，整个人能量开始急剧下降。

"你给我尝尝。"他转头要求。

那蛋糕太小、太精致了，她一勺下去基本没了："只剩一半了。"

"我要吃。"

"好吧。"陈暖就在刘叔越睁越大的眼睛的注视下，把自己已经吃了半勺的蛋糕塞到黄潇的嘴巴里，"怎么样？"

"还挺好吃的，以前我怎么没觉得？"两个人一边吧唧嘴，一边笑嘻嘻的。

旁边的刘叔已经惊呆了，少爷以前从来不喜欢吃甜食的啊，而且两个人还用一个勺子吃同一个蛋糕，这是间接……要出大事了啊！

刘叔看到少爷把女生送走后，回来直接上了楼。他的眼皮都在打架，可他硬是撑着。不行，还是去打探一下比较好，不然要是真的……等老爷他们回来，他可怎么交代？

"少爷。"他敲敲门进去。

"刘叔，你还没睡啊？"刘叔往常十点就会休息的。

"嗯，我还有点事没做完。"他看黄潇回来后继续坐在桌子前面，看来打算彻夜苦读，"少爷，现在时间不早了，不如早点休息，明天再学习吧。"

"不行，快考试了，我要抓紧时间学习。"

"少爷，你怎么突然这么用功读书了？"这话他已经想问一整天了。

"我要考大学。"

"你以前说你不想上的，老爷要送你出国你都不肯。"

"因为陈小小想上，我想跟她一起。"

刘叔挤挤眉头，又搓了搓手，接下来这话他不知道要怎么问："那个，少爷，你是不是……"

"什么？"

"喜欢那个女生啊？"

"啊？我们是好朋友。"他头也没抬，继续低着头吭哧吭哧地写习题。

刘叔不能说得太明白，可太隐晦又怕他听不懂，脑子一转，不如从另外一面进攻："那要是她喜欢你呢？"

"这不可能，她从来没说过。"

"我是说万一是真的呢，她跟你告白怎么办？"

黄潇手上的笔停了一下，转头看刘叔："我没想过这个问题。"

"唉……"刘叔叹了一口气，"少爷，你要是对人家没有那个意思，你还对她那么好，最后会伤害她的。"

"我不知道，我就是想跟她待在一块。"他转头看看手里的笔，"而且她那么丑，我不待在她身边，以后要是没有人要她，她怎么办？"

这……刘叔摇摇头。

"先不管了，刘叔，你帮我请家教，请五个，不，十个，我要全天

在家里学习。"

刘叔带上门出去的时候,回头看到黄潇埋头奋笔疾书,问道:"少爷,要是以后真没人要她怎么办?"

"那我就要喽。"他说得轻轻松松,昏黄的灯光照在微躬的背上,他时不时用笔套的后半部分挠头。刘叔怔了怔,转头露出了一个淡淡的微笑。

陈暖连续一个月没在学校看到黄潇了,除了收到一条在用功的短信,打电话都是无人接听的状态:他真闭关了?

下周就是期中考试了,也不知道这家伙准备得怎么样了。

陈玉凤看她心不在焉,问道:"小小啊,下个星期你们要期中考试了吧?"

"嗯,你准备得怎么样,有没有信心?"

"我没准备。"

"什么?"

"我是说,只有平时不用功的人才要准备,像我,完全不用担心。"

"小小,我真觉得你自从上次住院以后,变得懂事多了。全家就那个陈暖还躺着,每天我和你爸爸都要轮流去照顾她,真是一个扫把星。"

陈暖的筷子停了停,她问道:"妈,陈暖的爸妈是什么样子的?"

"家里不是有一本老相册吗?里面应该还有几张照片。"

"我不是说长相,他们是什么样的人?"

"你大伯是一个机械工程师,伯母是中学语文老师,都是文化人,也没什么特别的,不过要是不死的话,这世上还能多两个好人。"

"什么意思?"

"没什么。你怎么突然对他们感兴趣了?"

"我就是随便问问。"

"陈暖那死丫头要是脾气性格能随她妈一半,我也能看她顺眼点。"不知道是不是陈暖看错了,陈玉凤的表情有点感伤。

难道以前她妈和疯婶是好朋友?真难想象。

陈暖回房间的时候,外面飘起了雨,她过去把窗户紧紧关起来,然后回身躺在床上,听外面雨滴打在窗户上的声音。

外面响起一阵惊雷,她平躺着的身体猛然紧绷了一下,伸手拉过被子蒙在头上,紧紧缩在床的里侧。

救命,救命,她好像又听见了那个羸弱的呼救声,顿时觉得难以呼吸。桌子上的手机忽然响了,她身子探了探,拿过手机缩回被子里躲着接听,声音闷闷的。

"陈小小,你在干什么?"

"黄潇?"她看看电话,"我在家睡觉。"

"你是不是躲在被子里呢?"

被他戳中了,她把头伸出来:"没有。"声音顿时敞亮了。

"外面下雨了。"他停了一会儿,"你猜我现在哪儿?"

"嗯?你不是在家学习?"

那边的人笑了一声:"你等一下。"

咚咚,外面突然响起敲门声。"不会吧?"陈暖从床上跳起来,冲到客厅去开门。门一打开,黄潇穿着黑色的T恤和牛仔裤,一段时间没看见他了,头发都长长了,因为淋雨黏在脑袋上,衣服也因为吸了水而变成更深的颜色,手上还拿着手机,对着她扬起一个笑脸,露出了小虎牙。

好在陈玉凤睡觉雷打不动,陈暖连忙把门关上,问道:"你怎么来了?"

"外面打雷了,我知道你害怕,就来了。"过道里不明亮的灯光洒下来,照在他有些狼狈的脸上,外面的电闪雷鸣似乎变成了静默的画

面，什么声音都没有了，暖暖的灯光从上面一直照到身体里。

"你是白痴吗，不会打把伞啊？"她的声音有些嘶哑。

"我骑摩托车来的，骑到半路下雨了。好久没看到你了，你好像又胖了一点。"他又笑。

"哪儿有。"陈暖的眼睛瞟了瞟，"你等一下，我给你找一件衣服。"

她偷偷摸到陈玉凤的房间，对方鼾声如雷。她手脚麻利地拿了一件叔叔的T恤，又从厕所拿了一条干毛巾，摸出门去，说道："这衣服有点土，但至少是干的，你换一下吧，不然要感冒了。"

"好。"他把衣服接过去，伸手就脱。陈暖可以对天发誓，她真的没想到他能这么没羞没臊，还有，她真的不是故意没转头的——好吧，她承认，她就是好色。

她原本以为只是一个干瘪瘪的小年轻身材，现实是穿衣显瘦，脱衣有肉，很有拍片的潜质。

黄潇套上那件很有中年人特色的横条纹T恤，说道："衣服好像有点短。"

怎么可能不短，陈平四舍五入才一米七，黄潇都一米八几了。

"我叔，不，我爸个子矮，你将就穿穿。"说完，她抬眼看他，"你最近在家闭关学习的成果怎么样？"

"下周考试，你一定会大吃一惊。"

"哦？"

"我答应了要带你去看演唱会的。"

"票留着呢，看你的本事了。"陈暖抬抬眉毛。

他转头望望窗外："雨停了。"窗外刚刚蛇行龙吟的天空恢复了漆黑，空气里一片安静，凉风从窗边潜进来。

陈暖回房间走到窗边，探出头去。一阵轰隆声响起，她看到，那个趴在被画得乱七八糟的摩托车上的男生扬扬脑袋，露出一个招牌笑容来。

陈暖微微抬了一下嘴角,她好像没那么害怕下雨了。

接下来一周,晴川的气温达到了最高点,夏天在这热烈的空气里,来了一场最后的狂欢。

陈暖第一个提前交卷,四点之前就回家避暑了。

早考早超生,早考早happy,她的人生格言一向如此。前一天晚上,她给二班来了一次集体默写,简单来说就是背诵重点,看到试卷上百分之八十的题目被她押中了,自然胜负在心中了。

"让开!"袁媛和她的"左右护法",包括半个年级的人都挤在过道上的学习成绩栏前面,众人对于学习的热情也是盛况空前。刘主任也难得没有在学生一窝蜂聚在一起的情况下冲过去。

高三二班全年级总分第一,陈暖的分数则刷新了这个学校十年以来的纪录。老实说,她最后两道大题压根没写,前面还故意写错好几个,都把第二名甩了十八条街,妈妈都找不到了。

"你不是说我们高三二班都是废物吗?怎么样,还记得我们的赌约吧?"陈暖看着她。

"这怎么可能?一定是你们作弊!陈小小,你以前门门不及格,能考这么高?"袁媛不服气地叫道。

"我的妈,这也叫高?要是在一中,我勉强只能进前五十名。我就算考试的时候把课本全堆到你面前,你也考不好,这一点大家心知肚明。赶紧的吧,我很忙,没时间跟你耗。"

"去你的!"她啐了一口,转身就要走。

"敬酒不吃吃罚酒,兄弟们。"陈暖招招手,大破、唐心直接将她们拦住。

"我是不会说的。"她翻了翻眼睛。

"耍赖还理直气壮,那没办法了,你今天不说就走不了。唐心、大破,把她给我抓了丢到后面的小仓库去。"

到了小仓库后,陈暖回身关上门,光从窄窄的门缝里挤进来,她的脸被光影从中间切开,分成了两半,随着最后的光线消失,脸色暗淡下去,换了一副神色。

这是一间破旧的仓库,灰尘在空气里打转,像是盖上了一张密不透风的网。三年前在一中……好像也是相似的场景。

这世上只有一种悲剧,就是不论你身在何处,周围是谁,相同的事情总在不同的地方上演,就像宿命一般。

"陈小小,你这个贱人,你今天有本事就弄死我,否则我要你好看!"袁媛挣扎着喊起来。

陈暖微微一笑,伸脚就踹了一脚,对方立马往外飞了半米远,"左右护法"都愣住了不敢动。

陈暖走了几步,一直到了袁媛面前,蹲下来看着灰头土脸的她:"我想你可能对我有什么误解,我这个人有仇必报。你以前应该也没少欺负陈小小,哦,也就是本人我。中国人讲究欠债还钱,别以为我会手下留情,原谅你是圣母的事情。"

"贱……"

陈暖直接反手抽了她一个大嘴巴子:"你再说一个字,我就打得你妈都不认识你。当年再横的,我也办了,何况你们?都绑起来,什么时候她们愿赌服输了,什么时候放了她们。"

唐心他们上手把三个人绑在凳子上,那架势跟电影里的一模一样。

陈暖跟大破拿了一支烟站在窗口抽,说道:"等会儿搞一张麻将桌来,我们打麻将,我看谁耗得过谁。"

"班长,我不会打麻将。"孙木老实坦白。

"你连麻将都不会打,怎么混?我教你,你准备钱就行了,没钱我可不打麻将。"

下午六点多,太阳还没完全落下去,金黄的余晖洒在仓库的屋顶上,像是掀开了半面皮的柿子。

"碰，清一色。"陈暖微微一笑，手上一排同色的麻将牌齐溜溜地摆在桌上。

"啊！"对面三个人号叫起来，"大哥，我没钱了。"

"你号啥？赶紧给钱。"陈暖把桌上最后的仨瓜俩枣搜刮走了。

"啊！"

"还号？"

"不是我们。"唐心委屈地噘嘴。

陈暖转头看到三个已经像蔫了的货，问道："咋样啊，你们想通了吗？"

"我……我服输。""左护法"的眼影已经全掉了，露出一张油腻的苦脸，"我想上厕所。"

"我也想上……""右护法"听她说，心里也崩溃了。

"你们！"袁媛气愤地叫这两个人叛徒。

"袁姐，好汉不吃眼前亏，只是说两句话，又不会死，以后我们找到机会再报仇。"

"对啊，对啊，留得青山在，不怕没柴烧。"

"浑蛋，叛徒，我是不会说的。"

"你先把她们两个松绑了。"陈暖旨了指，"说吧，我听着呢。"

"都是我太丑，我错了。"两个人低着头，连忙说。

"这里有四个人，说四遍。"

"都是我太丑，我错了。"

"我们的赌约好像是对整个二班说吧？"陈暖提醒道，两个人顿时面如土色。

"我先给你们记在小本本上，明天继续。"

"她们跑了怎么办？"唐心问。

"她们能跑哪儿去？不说的话，明天继续。"陈暖转头冲"左右护法"撇了撇脑袋，示意两人可以走了。

两人直接冲出去，跑得飞快，一会儿就没影了。

"怎么样，现在就剩你一个人了，还要继续扛吗？"陈暖走过去，蹲下来，嘴巴里面叼着烟，吐出一口烟圈喷在她的脸上。

"随便你。"她把头一别。

"你还挺有骨气的，那就继续。唐心，出去买几份晚饭，我们有一个晚上的时间跟她耗。"

"好的。"唐心跑出去后，发现学校里的小卖部已经关门了，于是去学校后门那条小路上买了几份快餐。在她等老板打包的时候，旁边小树林里传来嘈杂的声音。

她跑过去偷瞄，有两个女生，还有七八个男生，一看就是要干架的气势。那两个女生就是他们刚刚放走的"左右护法"，男的是之前找过碴儿的曹岩。

唐心顿时暗叫不好，连忙打电话给陈暖，没人接。她想起来刚刚打麻将时大破老是接电话破坏气氛，被大家说了一顿，于是大家都把手机调成静音搁在一边的凳子上了。

"只能打电话叫人了。"她打了班级里几个男生的电话，就往回赶，"不行，光靠他们不够，要找一个更厉害的人才行。黄潇？对，黄潇！他一定会帮老大的。"

一群人冲进来的时候，陈暖正坐在里面一张破旧的沙发上，大破和孙木正在认真研究牌技。一个晚上已经输了所有的零花钱，他们相信万事都有逻辑可寻，只要掌握诀窍，一定能把失去的钱财赢回来。

曹岩又高又壮的身躯撞进来，害得他们以为打雷了。

他的目光像红外线一样到处扫，看到袁媛的时候定了定，面孔板起来。

陈暖把手里的烟丢掉，走到前面去，大破和孙木站在她身边。她看到站在一边的"左右护法"，说："我刚放了你们，你们就去叫人，真够可以的。"

"你把袁媛放了。"曹岩横着眼睛看她,语气很不客气。

陈暖看看他,又看看那边突然出现求生欲的女子,笑起来:"你们有情况啊?"

曹岩愣了愣,牙齿咬了咬,说道:"她是我干妹妹。"

"喊,什么干妹妹,说得这么清新脱俗。她不服输,走不了。"陈暖相当流氓地说。

"你确定?你们才三个人,想逞能,先看看自己的处境。"

"我什么都会,就是不会看情况。"她伸手一把拉住对方的胳膊,想给对方来一个背摔,对方身体却像灌了水泥似的,咧开一口不整齐的牙齿,不屑道:"就凭你?"

陈暖快速转身,脚下横扫,扑通一声,一个大个子就倒砸在地上。这个小过招变成了打群架的信号,旁边的人立马气势汹汹涌了过来,两拨人就地打了起来。

陈暖他们三个身手都不错,但是双拳难敌四手。陈暖一边自保,一边去抓曹岩,只要干倒他,不怕其他人不服软,擒贼先擒王。

那边,"左右护法"趁乱把被绑在椅子上的袁媛放了,一松开绳子,袁媛就像得了疯犬病的狼狗一样,从旁边拿了一个旧瓶子冲到陈暖身后,直接往她脑袋上砸。她想避的时候,上方罩上一块阴影,她迅速被拉到一个怀抱里,贴近的皮肤猛地震了一下,瓶子直接碎成玻璃碴了。她看着黄潇微微扭曲的脸,一下子跪了下去。

陈暖挣扎出来,伸手就要抽袁媛:"你有病啊,下这么重的手!"

"黄潇,我不是故意的,你没事吧?"袁媛也慌了,连忙过来看他。

陈暖把他扶起来,他背上肩颈处的校服被割破了,血从里面流出来将衣服染成了红色。

"你突然跑出来干什么?刚刚那一下我肯定能避开的。"

"万一你算错了,那你不就翘辫子了?我不想你翘辫子。"他笑起

来，露出那颗招牌性的小虎牙。

"黄潇，你又多管闲事。既然这样，你们今天都别走了，我帮你们爹娘好好教育教育你们。"

"你敢！"唐心突然带着二班的一大票男生，气势汹汹地出现在门口，"班长，你没事吧？"

"你们真够可以的，怎么，以为有了这个女的，就真能野鸡变凤凰吗？知道自己是一个什么玩意吗？一群垃圾。"

"关你屁事啊。"他的话引得群情激愤。

"打就打！"

陈暖冲过去直接把门拉上并反锁，叫道："去你的，给我揍他们！"

月亮像黄汤似的挂在天上，仓库里不时传来乒乒乓乓的声音，还有闷哼声。

大门哐当一下被打开了，门内躺了一地哼哼唧唧的人，每个人都像在地上滚了好几圈。本就破旧的厂房，现在看起来更加凌乱了。

陈暖扶着黄潇，大破和孙木两个人架着唐心，一群人稀稀落落地往外面走。

外面突然刮起风，空气里扬起大风刮过的尘土。后面不知道谁噗的一声放了一个屁，陈暖笑起来，大破、唐心也跟着笑起来，笑声就像会传染一样，每个弱、病、残慢慢走着，都放声笑起来。

"太过瘾了！"

"哈哈哈，我刚刚那个倒钩拳还可以吧？"

"你还说，都砸在我身上了，对面派来的吧？"

"刚刚太混乱，我就随便打了。"

"那我再打你一拳，哎哟，不行，胳膊抬不动。"

"哈哈哈……"一群人笑笑闹闹往外面走，绕过那座在夜晚看起来像怪物的教学楼。

袁媛从里面跑出来，看到一群慢慢走远的人影，失落地叫道："黄潇……"

曹岩从后面跟上来："他看都没看你一眼，你还是放弃吧。"

"不关你的事。"袁媛看都没看他一眼，扭头就走。

曹岩伸手把她拉住："我听到你有事立马就来帮你了，我什么意思你不知道吗？"

袁媛伸手扯开曹岩的手："曹岩，你搞搞清楚，我没让你帮我，是你自己多管闲事。"

"黄潇不会喜欢你的，你没看到他已经被那个丫头迷得神魂颠倒了吗？"

"你给我闭嘴！"袁媛气急败坏地吼他，一会儿又换了脸色，露出一个诡异的笑脸来，"她不会得意太久的，很快我就会让她知道什么才是血淋淋的现实。滚开！"她推开旁边的人，气势汹汹地往前方走，融入一片黑暗中。

第六章　一场好戏

　　陈暖他们在学校门口散开了，回家疗养的回家疗养，还有几个拉帮结伙去了药房自救。

　　"给我。"黄潇突然伸出手来。

　　"什么？"

　　"演唱会的票。你没看到我这次考得特别好吗？我看过了，你们班的第二名分数没有我高。"

　　"我看到了。"陈暖笑了，"不过，票不在我这儿，我交给唐心保管了，你明天向唐心要。"她偏偏脑袋往后看，"我带你去医院看看吧。"

　　黄潇转过头瞅了瞅，抬了一下眉毛："我没什么事，是装的。"他嘻嘻一笑。

　　"装的？"陈暖看他直直身体，不像刚刚的老弱病残样。

　　"我要是不装一下，他们怎么会被吓到？这样就能拖延时间了。"

　　"哈，你还挺鸡贼的。"陈暖敲了他一下，他疼得后背突然收缩了一下。

陈暖皱了皱眉头:"你给我看看。"

"我真没事。"他若无其事地甩甩脑袋。

"你要是不就犯,我就撕你的衣服了,不会留情的那种。"

"别别,我真没事。"他笑着往后退。

"你给我过来。"陈暖上手就去拽,黄潇不还手,就是避来避去。她从后面把他的衣服揭上去,他反身躲,抓住她的胳膊,身子一冲,两人互相钳制着上手,脸跟脸只有不到五厘米的距离。

陈暖愣愣地看到黄潇的眼睛里含着水,清晰地映着自己有些愣怔的神色。耳边那些夏日的蝉鸣声,还有树荫婆娑间的窸窣走动,似乎变成了一幕戏剧里的画外音。对方似乎比她更加不知所措,身体慢慢靠近的时候,她能够看到他鼻头上冒着细微的汗珠。

陈暖本能地往后退了一小步,轻咳了一声:"看你也挺好的,我先回去了,我爸妈估计要急死了。"

她说完就急匆匆要走,后面传来黄潇的喊声:"我送你。"

"不用。"她急匆匆地走,难得奢侈地打了辆车回去,连陈玉凤的碎碎念也管不了,躺到了床上。

心脏因为运动高速地跳动起来,她能够清楚听到里面血流涌动的声音,那种心慌的感觉一直存在。她想:刚刚……黄潇不是要亲我吧?

她调整了一下睡姿,心想那肯定是错觉,睡觉,明天看见他像平常一样就好了。

陈暖虽然睡着了,但是做了一晚上的噩梦,梦里乱七八糟的,还夹杂着最近看的偶像剧片段。她在男主声嘶力竭的叫喊声中醒过来,天已经大亮,想看手机,发现手机一晚上没充电,已经没电了。

"几点了?"她一直转到外面去,"爸,妈。"吼了两声,回复她的是一屋子的安静。

"他们都不在?"她抬头看墙上的钟,已经过了十点。

陈暖在路口的摊子上买了一个小包子,骑着小电动就往学校赶。

她到达学校时,刚打下课铃。停好"小绵羊",有几个学生从她身边匆匆走过,虽然都低着头,但一直往她这边瞄的动作还是被她捕捉到了。

教学楼里,公告栏周围挤了一群人。什么情况?她走到哪里,都感觉四周有人在偷偷看她,有的还大胆地伸手指了指,整个学校里飘荡着一种诡异的气氛。

她努力往里面挤的时候,从里面涌出一股更大的力把她往外面推,整个人潮像来回翻滚的浪。当她看到那个源头的时候,她叫了起来:"唐心?"转头发现大破手里抓了一把白色的纸屑,他们看起来比她还着急:"大哥,你终于来了。"

"发生什么事了?"陈暖心里有种不好的预感。

他们看起来表情有点奇怪,一副欲言又止的样子:"大哥,你自己看吧。"

"都别看了!"几个二班的学生跑过来,把挤在公告栏前的人赶走了。

陈暖狐疑地把她手上被撕得破破烂烂的纸展开:这是……情书?

"喀喀。"学校广播里传来一阵清嗓子的声音,"各位同学,今天由于一些特殊情况,校园之声提前与您相约。今天,主持人一大早就收到了一个粉红色的炸弹,是前一段时间对自己没有正确认知,高三二班陈小小同学的情书。现在请大家欣赏一下此情书的情深意切。啊啊……"广播员又号了两嗓子。

"亲爱的黄潇同学,我是三年二班的陈小小。从上高中开始,我就对你一见如故,很喜欢你……这里主持人插一句,一见如故用在这里不是很准确,当然也能看出这是一封没什么文化的情书。"

"浑蛋,我去把广播室那家伙宰了。"唐心叫道。

"我也去。"大破也跟着。

陈暖看着手里的复印稿,上面错字连篇,字写得极丑,除了陈小小本人还能有谁？她的心里忽然泛起一股不知名的滋味。

"哇，真是一场好戏。"旁边突然飘过来一阵冷嘲热讽。

"你干的？"陈暖看向旁边抄着手的袁媛。

"嗯。"她满脸嘲讽，"你就不期待黄潇的反应？被一个丑女告白应该很苦恼吧。不过，我猜他现在应该很忙。"

"你到底想说什么？"

她背一挺，露出更加得意的表情："黄潇有喜欢的人了。"

陈暖哼了一声："你该不会在说自己吧？"

"我也希望是我，但是她我是永远比不上了。至于你嘛，就是一个可怜虫，一直被人耍得团团转。"她停了一会儿，又笑了一声，"你以为黄潇对你好是真的喜欢你吗？他只是跟你玩玩，他对你好不过是做给那个人看的，让她吃醋罢了。现在全校人都知道你喜欢他了，你看看他还会不会再理你这个丑女。"

"不知所谓。"陈暖转过身，不想再听她废话。

"你想想，要是他真那么在乎你，这种情况下他应该早就来找你了，可怜虫。"

陈暖快走了两步，把她的奚落迅速丢在后面。陈暖必须尽快找到黄潇跟他解释才可以，也许真的要告诉他自己不是陈小小这件事了，但是她不确定他会不会相信。

她的思路很清晰，但是心里不太舒服，虽然不愿意承认，但还是被刚刚袁媛那些话影响到了，她甩甩头，想要一并把这些想法丢出去。

她去黄潇的教室找他。

"我刚刚在楼下碰到他，好像去操场那边了。"站在前排打闹的男生回她。

陈暖把一屋子的暧昧眼神抛在脑后，往操场的方向走。

扫视了一遍操场，她没找到人，又往后面仓库那边走，顺着墙角拐过去，不远处出现的两个人让她迅速弹回了墙角。

黄潇和一个女生站着，女的一头长直发，脚下穿着一双黑色亮漆面的小皮鞋，淑女又有气质，轻笑起来，脸庞上淡淡的梨窝像水纹一样绽开来。两人站在一起，看起来很般配。

陈暖看到女生伸出白腻的右手放在黄潇脸颊上的时候，转回了身子靠在墙上，刺眼的阳光让暴露出来的皮肤变得干痒。她吸了吸鼻子，转身往另外一个方向走去。

穿过那片操场，空气里飘散着树木焦灼的气味，她张着嘴巴开始飞快跑起来，这热气似乎进入肺里，让她无法呼吸，她有点想哭。

晚上吃完饭，她就躺在床上了。陈玉凤看她今天早早就回来了，没有在外面逗留，问了两句，看起来也没什么异样，就去阳台上洗衣服了。

陈暖很快就睡着了，醒过来的时候，外面天已经黑了。她闭着眼睛也不动，继续躺着，窗边桌子上的手机忽然亮了，她拿过来，是黄潇。

"在？"

"嗯。"

那边的人停了两秒，然后说："周六晚上的演唱会你过来，我有话想跟你说。"

"好。"回了一个字后，她握住手机，反过来看那个上面印有黑色骷髅头像的手机壳，这是从黄潇那里抢过来的。她随手将手机扔了出去，然后继续平躺在床上，听到了手机撞在墙壁上发出轻轻的声响。

"都一样，都是骗子。"她抱着枕头，蜷缩在床上。

接下来的几天，黄潇都没有来学校，就好像突然从她的生活里消失了。早该料到的，她没有什么想法，只是在等待，等待周六的到来。

她在家洗了个澡，换了一条牛仔短裤，还有一件短袖T恤。她穿的是自己的衣服，陈暖的衣服，然后背上背包开门出去。晚上的晴川，马路像一条流动的光河。

TY演唱会在晴川市中心体育馆举行，她远远地看见已经有人陆续往里面走。

她在门口等了一会儿，周围不停地有举着牌子、拿着横幅的人进进出出，神色都很兴奋。

背上突然被敲了一下，她转头看到一张灿烂的笑脸，愣了一下。黄潇一头黄发染成了黑色，穿了一件宽松的黑色T恤，脖子上挂着夸张的骷髅挂饰，下身穿了一条破洞的牛仔裤，看起来更加青春阳光，帅气逼人。

"你染头发了？"陈暖问。

"嗯，我留黑头发好看吗？"

"还不错。"

他笑了一下，挠挠头，慢吞吞地说："我这两天有事，就没去学校。"

"嗯。"陈暖回了一个字，"你不是有话说吗？"

他眼睛瞟了瞟，像在找什么，说道："那个，等会儿再说吧，我们先进去。"

陈暖忽然开口问了一句："我写给你的情书你看到了吧？"

"啊，那个，我看到了。"他吸了一口气，轻咳一声，"我们先进去，等会儿再说。"他看起来有点着急，过来拉陈暖，她不动，抬头看他，"你喜欢我吗？"

黄潇愣了愣，手上的动作停下来，转头看到她一脸严肃的表情。他轻轻喘着气，仿佛在做准备工作，缓缓吐了两个字："喜欢。"

"那我们会在一起吗？"

"会啊。"

"好，我拒绝。"陈暖嘴角扬起来，微微一笑。

"什么，为什么？"他皱起眉头，"你不是因为喜欢我才给我写情书的吗？"

"我不明白你跟我这样其貌不扬的女生在一起有什么好处，如果你只是想找一个乐子，不好意思，我没时间，也没兴趣。"

"什么乐子？你到底怎么了？"

"还要装吗？你不是早就有个大美女心上人了吗？干吗，觉得我和花痴一样好骗，然后成为你们坚贞爱情的垫脚石吗？这么伟大光荣的事业我做不来。"

他松了手，表情忽然严肃起来："谁告诉你美嘉的事的？"

"这重要吗？看你的表情就知道了，至少这事不是假的。每天让你对着我这种丑女演戏真是难为你了，什么永远不骗我，还每天给我送早餐，黄潇，你不拿一个奥斯卡奖都对不起你的演技。"

"事情根本不是你想的那样，你听我说行不行？"他急得喊起来。

"好，我就问你一句，你喜欢那个叫美嘉的女生吗？"

他皱皱眉头："是有，不过……"

"我接受不了能同时喜欢两个女人的男人，再见！不，永远不要再见了，以后在学校看见你，我也会绕道走的。"

"陈……"他过来拉陈暖。

"滚！"陈暖低声骂一声，"我最讨厌欺骗别人感情的人！你再过来，我就打死你。"她伸出手，迅速把手机上的手机壳拿下来，反手扔到他身上，然后头也不回地走了。

黄潇看到她小小的身影很快融进了人潮。

"不好意思，少爷，我来晚了。"人群里挤过来一个穿西装的男人，手里还捧着一大把红色玫瑰花。

黄潇看了远处的人潮一眼，一言不发地转身往体育馆后的空地走，那边刘管家正在指挥搬礼花的师傅，确定摆放位置，看到黄潇一个人过来了，问道："少爷，怎么了？"

"你不用弄了，打电话给演唱会的工作人员，也不用播放VCR了。"他说完后，回身低头坐在花坛上，手里握着那个黑色的骷髅手机壳。

刘管家看他情绪不对，追问道："怎么了？你们是不是吵架了？"

"不知道谁告诉她美嘉的事了，她发了一通火就走了。"

"美嘉？"刘叔思考了一会儿，然后问，"少爷，你现在还喜欢美嘉吗？"

"人怎么可能同时喜欢两个人？而且我当初跟她告白，她就拒绝我了，现在突然又冒出来说什么吃醋了，我搞不懂她在想什么。"

"那你跟小小解释了吗？"

"她以为我跟她亲近是故意做给美嘉看的，她都不听我解释。"他懊恼地拍拍头，"还把手机壳还我了。"他看看手上的东西，眉头皱了又皱，"我又失恋了，这个演唱会告白惊喜我都准备好几天了，还听你的话把头发染回黑色了，我还洗了澡，衣服也是我最喜欢的，她看都没看一眼。"

刘管家看他一脸失望的表情，劝他："少爷，其实事情没有你想象的那么糟糕。"

"这还不糟糕？她不会理我了。"

"她那么生气，我想是因为很在乎少爷吧？"

黄潇愣了愣，问道："什么意思？"

"你想想，谁会向一个自己完全不在乎的人发火，还闹得要绝交？"

"是吗？"他想了一下，回过味来，露出小虎牙，"对啊，看来陈小小还是很喜欢我的。"

"不过，你也不要大意啊，这个关头要是出现了情敌，说不定她就会被抢走了。"

"怎么可能？除了我，谁会要她？"他立马回道。

"我倒觉得小小挺好的，以后要是有别的男生欣赏了，那可就来不及了。"刘管家看他不说话，补了一句，"你早点把她追回来吧。"

唐心和大破挤在教室的角落咬耳朵："大哥看起来好像心情不太好。"

"全班都看出来了，她早上撞到桌子角，一拳就把桌子打坏了。"

"难道昨天大哥和黄潇看演唱会玩得不愉快？"

"有可能。"

"他们去看演唱会了？"孙木不知道什么时候凑了过来，吓了他们一跳。

"黄潇来跟我要票，说要和大哥一起去看演唱会。"唐心瞄了孙木一眼，"我说你可别打大哥的主意，你不是她的菜。"

"我哪儿有。"孙木磨磨叽叽了一会儿，说道，"我只是希望她开心。"

"要不我去问问？"唐心壮了壮胆子，"不过大哥那么酷，应该不会告诉我们吧……"

"这个浑蛋，王八蛋……"

唐心、大破还有孙木三个人，坐在学校小卖部外面的凳子上，眼看着陈暖把两瓶冰水、三根冰棍塞到肚子里，足足骂了黄潇一个多小时，一句脏话都没重复。

"砰！"孙木突然拍了一下桌子，对面三个人应声抖了一下，"太过分了！"

"对，没想到黄潇是这种人。大哥放心，以后见到他，我们都不会给他好脸色看，帅哥果然都没良心。"唐心气愤道，"不过，大哥，你刚刚说那个女生叫美嘉？"

"呃，该不会是那个季美嘉吧？"大破磨磨指甲，默默插了一句话。

这话一出，除了陈暖，其余人都愣住了，气氛忽然变得微妙了起来。

"大哥见过美嘉吗？那女的长什么样子？"

陈暖噘噘嘴巴，说道："她有酒窝，绿茶标配黑长直发，反正就是长得很符合人类审美的那种。"

"天云社的成员啊。"唐心张张嘴巴，刚刚满腔热血、义气铮铮的气势忽然一下子弱了。

"天云社？"陈暖觉得这个词有点耳熟，她曾经听陈小小说过。那个时候，陈小小刚上高一，有一次在家里足足赖了两个星期没去上学，找过各种理由，头疼、脚疼、肚子痛，还有"姨妈连绵不绝症"。后来，某个月黑风高的晚上，在陈暖同志的暴力威胁下，她才说出了实情。

这个"天云社"据说是学校里最有号召力的社团，人数不多，却个个是狠角色，每一届老大都是打出来的，到了高三就会开始换届，寻找新的接班人。但凡上了"天云社"黑名单的人，都会被全校追杀。

陈小小作为一个刚刚从初中升到高中的新鲜幼苗，目睹了一个男生收到"天云社"追杀令后，不到二十个小时就彻底人间蒸发了，给她幼小的心灵留下了极大的阴影，躲在家里好几天都不敢去上学。

"季美嘉很能打吗？"陈暖抬抬眼睛，装作不经意地问。

"她不会打架，但是她哥季云是天云社的现任老大。"

"原来是裙带关系啊。"

"不过，她是全校公认的校花，美貌就是大杀器，凭姿色就可以进了。"大破随口说了一句，突然就被人从下面踹了一脚，他抬头看到唐心和孙木盯着自己，转头看了陈暖一眼，迅速反应过来，"她就是一个花瓶，跟大哥你完全不能比嘛。黄潇是长得帅，可有什么用，眼睛有问题，是残障人士，我同情他。大哥放心，我们都站在你这边。"大破噼里啪啦地表忠心。

"关我屁事，我还不稀罕他呢。"陈暖把手上的塑料瓶砸在桌子上。

几个人看着桌上已经被压扁的瓶子，咽了一口口水。

下午是体育课,做了一会儿像广播体操的运动后,陈暖就躲到教学楼后面的树荫下乘凉了。她躺在地上张着嘴巴,像一只要干死的老狗,一只手垫着头,一只手伸出去遮了遮从树枝间隙漏下的阳光。阳光照在脸上,她抱怨道:"真是热死了,这种天上什么体育课。"

旁边突然凹陷了一块,她眼珠子往右动了一下,轻轻发出一个字:"滚。"然后一只手垫着脑袋,屁股朝向他。

黄潇看她缩着身子,脑袋伸出来想看她的表情,发现她用手把自己的脸遮起来了,索性和她一起躺着,说道:"陈小小,你已经两天没和我说话了。"

陈暖动也没动,在装睡。

"我告诉你我和美嘉的事吧。"

"我不想听。"旁边的人很冷淡。

一阵凉风吹过来,带来夏天即将悄然离去的事实,周围的叶子在地上朝一个方向翻滚,背面有一些金黄的斑点,预示着秋天要来了。

"我跟她告白过。"黄潇突然说了一句,像这阵风一样,轻轻的。

陈暖闭着的眼睛眯了一条线。

黄潇没有等到她的任何反应,停了一会儿后继续说道:"不过她拒绝我了。我从来没想过利用任何人,也没人能逼我做我不喜欢的事情。所以……"他转头看她,笑了一下,"我做的每件事情都是真心的。"

陈暖转过身看他,黄潇也侧着身子躺着。

"我不是陈小小。"

"嗯?"

"所以我没那么蠢。"她眼睛一眯,直接坐起来,"你的老相好来找你了。"她一个鲤鱼打挺站了起来。

黄潇跟着坐起来,看到站在不远处的季美嘉,她的脸上看不出是什么表情,她只是望着他们,像一个单纯的孩子似的。

陈暖从季美嘉的身边走过,她的身上飘来一股味道,很好闻,像是栀子花的味道。

"晚上放学后,我在操场后面等你。"她轻轻说了这么一句。

陈暖看都没看她一眼:"干我屁事。"

黄潇拍拍屁股上的草站起来,双手插兜站在她面前。

季美嘉笑起来,露出小梨窝:"怎么了,你现在连朋友都不想跟我做了?"

"我喜欢陈小小。"

"所以呢?"她头一偏,"我知道你只是一时兴起,我很了解你,黄潇。"

"我是你生的吗?还是你是我肚子里的蛔虫?我喜欢她是我跟她的事情,跟你没关系。"黄潇直接侧身从她身边走过。

季美嘉微微一笑,放在身侧的双手突然捏紧了,变成一副冷漠的脸色:"你逃不出我的手掌心。"

陈暖已经出了校门,走到半路的时候又转身返了回去。她知道多半是鸿门宴,但好奇心害死人,她倒要看看这季美嘉要玩什么把戏。

她赶过去的时候,一个长头发的女生正蹲在地上拨弄花草,抬起头来,又是人畜无害地软软一笑:"我就知道你会来的。"

"有话快说,有屁快放。"

她轻笑一声:"女孩子最好说话不要这么粗鲁,不然很容易把男生吓跑的。"

"我活了十几年,不需要你来教我怎么做一个人。"

"我和黄潇初中就认识了,你都不知道他那时候有多可爱,跟我告白被拒绝后淋了一整晚的雨。当时我还小,不太懂这些,但是他真的是一个很好的男生……"

"你说完了吗?我不喜欢黄潇,现在不喜欢,以后也不会喜欢。"

"看来你不仅粗鲁,还不是一个诚实的人。"她慢慢走过来,"我呢,也不喜欢多说废话,你没这个本事跟我抢他,否则后果自负。"

"你威胁我?"陈暖抬头看她,骂了她一句。

"你骂我?"

"我知道你是那个什么天云社的,我告诉你,姐姐什么都不怕,尽管放马过来。"

季美嘉伸手就要抽她一嘴巴,她侧身避过,对方突然一个快速转身,朝她腰部踢了一脚。她没料到这女人有这么好的身手,挨了一脚往后退了一步,问道:"你会功夫?"

季美嘉勾勾嘴角:"不然呢,你真以为我是靠我哥的关系才进的天云社吗?他们都觉得漂亮女生就是柔柔弱弱的,那我就满足他们的幻想喽。"

"那正好,别说我欺负你。"陈暖冲上去,对方挡了一拳头,陈暖顺势抓住她的肩膀,直接朝她面门一拳挥去,她忽然不挡了,硬生生挨了一拳,身体直接在空中转了半圈,倒在地上。

"美嘉!"她倒地的同时,陈暖听到一道叫喊声,随即看到黄潇从自己身边跑过去,把她从地上扶起来。

"好家伙,在这儿等着我呢。"陈暖这时才知道中计了,"最毒妇人心,我今天还真是领教了。"

"她不会打架,你干吗下这么重的手?"黄潇扶起美嘉的时候,发现她白嫩的脸肿了半边。

"黄潇,算了,其实我只是想跟她聊聊,缓和一下你们之间的关系,但是她脾气不太好。"季美嘉开始梨花带雨地哭起来。

"你这么会演戏,怎么不去当演员呢?她压根就会功夫,你被她骗得团团转,你这个大白痴。"这种哑巴亏,简直让陈暖气得要原地爆炸。

"我跟她认识很长时间了,她会不会功夫我还不知道?"黄潇喊了一句。

"算了，我不计较了。我们走吧。" 季美嘉又是一副楚楚可怜的表情。

"真是够了，我打死你，看你还不还手。"陈暖冲过去就拉她，她嗷嗷叫唤，又拽住黄潇，混乱中黄潇挥了一下胳膊，推了陈暖一把，陈暖脚下没站稳，往后一翻，直接摔了个大跟头。

"喂，陈小小！"黄潇连忙跑过来扶她，"我不是有意的。"他正好碰到刚刚被季美嘉踢中的腰部，她缩了一下身体，推了他一把，迅速站起来。

"怎么了，你是不是受伤了？"黄潇问。

"不关你的事。"她捂着肚子转身就走，黄潇叫她，被季美嘉拉住了。

黄潇看着飞快跑走的人，转头看了一眼梨花带雨的美嘉，说道："我先送你去医务室。"

美嘉躺在白色的床上，听着外面医生在嘱咐黄潇，露出一个微笑："黄潇，你最在乎的人果然还是我。"

黄潇把药水搁在桌上："你休息吧，我先走了。"

她一下子坐了起来，问道："你去哪儿？"

"陈小小好像受伤了，我要去看看她。"

"是她把我打伤的，你居然要去看一个凶手，她就是一个粗鲁、没有家教的土包子。"

"喂。"他转过头来低声说了一句，"你别在我面前说她的坏话行吗？"

"黄潇……"她抿抿嘴巴，"你不觉得自己太过分了吗？我知道我以前拒绝你，你心里不痛快，可你有必要用一个丑女来报复我吗？"

"我没报复你，我喜欢谁也用不着跟你汇报。"他转身看她，"我知道陈小小不会故意打你，她说的是不是假话，你心里清楚。我不是傻

瓜，如果我说出来，大家都会很难堪。"

季美嘉捏住被子的手指开始发白："你就那么信她？"

"信一个人，就要信到底吧。"他笑了笑。

"你明明先喜欢我的。"她说着，声音里有哭腔。

"这事没什么先后。"他转身出去，季美嘉听到他在找医生拿一些外用的筋骨贴。

医生进来的时候，发现床上已经没人了。

季美嘉快速从学校后门走出去，拐到旁边一条偏僻的小路上，四周杂草丛生，越走越深，前面用铁丝拦了一块地方，上面挂着一块木牌子，写着"生人勿近，内有恶犬"。

眼前有一栋小木屋，木头上的棕色漆是新刷的，门上画了一朵云，一面黑色的旗帜上写着"天云社"三个字，被刮得呼啦啦乱响。几扇旧窗户开着，一阵风过，晃晃荡荡。

她一进门就听到一阵刺耳的音乐声，乒乒乓乓像砸碎了碗："肖杰，把你那破音乐关了！"她甩手把门砰地关上，门框差点脱离。

里面看起来比外面新，也更大，季美嘉正对着一个U型黑色沙发，走过去直接坐下。

"你下手轻点，都弄坏几张门了。"叫肖杰的鬈发男生一边把音乐关了，一边去查看受伤不轻的门，"谁又招你了？"

"这还用说，她这么生气，除了喜欢的包包被人抢了，就是男人。黄潇又怎么你了？"一个个子挺高、穿着黑色运动衫的男人晃着小瓶啤酒，从后面的吧台走出来，英俊周正的脸上眼睛细长，留着寸头，笑起来隐着严肃。他潇洒地坐在沙发上，问道："你的脸怎么了？"

"别提了。"季美嘉挥挥手，"都是那个丑八怪。"

"你是在怪黄潇，还是在怪丑八怪？"季云一头雾水。

"估计是跟前段时间的情书事件有关。"肖杰很敏锐地补充。

"我好像听说有这么件事，但是喜欢黄潇的女生也不是一天两天多了，你至于吃这种飞醋吗，还自残？"

"我估计她不是自残，是苦肉计，但是人家看都没看她一眼，俗称搬起石头砸自己的脚。"肖杰又默默地补刀。

被戳到痛处，季美嘉骂起来："你少说两句话会死啊！黄潇他脑子有问题，竟然喜欢一个又矮又丑，简直一无是处的女生。你都没听到他今天跟我说话的口气，拿我当仇人一样。"

"他一向不按常理出牌的，而且这事也怪你，当初他跟你告白，你说什么轻易追到手之后就不会珍惜了，偏要玩欲擒故纵，好了，现在被别人钓走了。"

"你还是不是我哥？我是让你帮我出气，不是让你数落我的。从小到大，我想要的东西哪样得不到？跟我抢，我会让她死得很难看。"她坐了一会儿，左右看看，问道，"他们人呢？"

"他们说今天有事。"

"真是的，一个个都不来基地，只有这个二年级的整天晃来晃去。"

"哇，你这样说很生分啊，我都入社半年了，怎么也算半个元老了。"肖杰抱怨连天。

"随便吧，总之我要让那个女人这个星期内彻底消失在十一中。"她看了一眼两个人，"哥，你上吧。"

"我没时间。"季云喝了一口酒。

"你有什么事？"

"社长最近在和隔壁学校的大美妞谈恋爱，很忙，很忙——"肖杰故意暧昧地拉长两个字。

"又是一个送上门的。哥，你能不能拒绝一下？跟菜市场一样，什么货色都要，小心得病。"

"你这就说错了，对男人来说，送上门的女人不要就是犯罪。"肖杰补充。

"你们真恶心,有张好皮囊的男人都不是什么好东西。"

"那黄潇呢?"季云反问。

"别拿你跟黄潇比好吗?他跟你们可不是一类人。"

"所以你才喜欢他喜欢得要死啊。"季云站起来。

"你去哪儿啊?"

"我还有点事。"

"那我的事怎么办?"

他伸手拍了拍美嘉的肩膀:"放心,我会帮你解决的。对了,你回去之前把脸清理一下,别让妈看到了,她会担心的。"

"你要哪天得病死了,她也会伤心的。"

对方轻笑一声,双手抄在口袋里:"走了。"

"大哥,你昨天没睡好啊?"唐心看陈暖脸部朝下趴着,抬起头两只熊猫眼又深又黑。

"别提了,黄潇那神经病,昨天晚上在我家楼下唱了两个小时的歌,我差点被我妈砍死。"

"啊?什么情况?你不是说他叛变了吗?"

"我怎么知道?我冲下去把他揍了一顿,两人打了半宿才把他赶走,我都想宰了他。"陈暖换了一个姿势,"等会儿什么课?"

"好像是数学课。"

"你帮我请个假,我找个地方去睡一会儿。"

"大哥,你不好好学习了?"

"早就会的东西干吗还要学?你帮我监督他们好好上课,别给老戴找麻烦,不然我回来揍死他们。"

"好的。"

陈暖晃了半天,找到了这个学校所谓的图书室,就是教学楼一楼的杂物间,左边一条僻静的走廊通向教学楼的后门,这种地方八百年都不会有人来。门上贴的牌子已经落了一层灰,黑色的字下半部分已经失踪了。

她摸进去,果然内外一致,只有两间房间的大小,一排排书架上放的书年纪比她都大,从窗户透进来的光线都蒙了一层灰尘,窗户上贴着旧报纸,空气里飘着霉味。她想去开窗户,发现铁窗户的把手已经被锈蚀了,打不开。

算了,陈暖一直走到最里面,从旁边拿了一份旧报纸,吹了吹,垫在屁股下面。闷热的空气让她脑袋发昏,不一会儿她就去见周公了。

"轰!"突然的惊雷声让她一下子惊醒了,外面不知道什么时候开始下起了大雨。她有些紧张地吐吐气,屋子里一片昏暗,不知道谁开了灯,顶上只有一个灯泡发着黄色的光。

她从旁边快步走过去,一直走到门口,伸手拧门把手想要快点从这里出去。外面风雨雷电交加,屋子里的气氛几乎要让她窒息。

"打不开?"她用力拽了拽把手,直接将把手拔了下来。门被人从外面锁住了,她抬起脚踹了一脚,没有反应。外面突然一声惊雷,她立马靠在墙上像壁虎一样趴着,缓了一口气,然后慢慢站起来。

外面的雨哗啦啦像瀑布一样,她偏过头,透过书架间的缝隙,在第二排书架的地方隐约看到一个站着的人影。她以为自己眼花,往前走了两步,真的有个人!他完全没被外面的恶劣天气影响,还在安安静静地看书,头发有点卷曲,微长,绑着一个髻,左耳上戴着一个黑色耳钉,长手长脚,穿着白色衬衣和黑裤子。察觉到有人在看他,他把手上的书合上,转头看她,眼神往里收,好像他才是那个被打扰的人。

他从阴影里走出来的时候,陈暖还是愣了一下——纤细单薄的身子,脸很白,长相属于在人群里一眼就能看到的那种,优雅中带着点忧郁,是跟黄潇完全不一样的帅,一个像太阳,一个像月亮。

"你在这儿你不出声?"她想抱怨自己没被雷吓死,快被他吓死了。

"我不想读书的时候被打扰。"他走过来看了一眼门,"反正现在也出不去。"

"你打个电话。"

"这里没信号。"他说得很轻松,似乎理所当然。

外面又响起雷声,陈暖靠墙坐下来。为什么每次下雨她都会和男生被关在一起?她的脑子里忽然浮现了黄潇带着青渣的下巴。

她埋着头,鼻子边突然传过来一阵淡淡的清香味,转头看,那个男生也跟她一起坐在地上靠着墙壁。

"你不用怕,我还在这儿,至少是两个人。"

"我比较担心你。"陈暖想:你也是一个雄性啊。

他不介意地微微一笑,笑起来更好看,微微仰着脑袋的弧度像是精准计算出来的一样,问道:"你在看我?"

"嗯,你这样的人在学校应该很受欢迎吧?私生活一定很混乱,这么瘦肯定是有原因的。"

"你真是想到什么就说什么。"他露出更灿烂的笑容,"我没交过女朋友,但是我有喜欢的人。"

"哦?"陈暖瞥了他一眼。其实她也不是真的感兴趣,只是想分散一下注意力,她可不想被他发现自己害怕打雷这件事。

"你有喜欢的人吗?"他突然转头问了一句。

"算有吧。"陈暖回了一句,"不过不知道什么时候才能再见到他。"

"你们分开了?"

"不是,我只见过他一次。"

"那就是也有可能永远见不到了。我比你幸运一点,我能每天见到自己喜欢的人,而且现在还能跟她说话。"他转过头,笑得眼睛亮晶晶的。

陈暖一愣,外面的惊雷同时响起,她身上那种痉挛似的颤抖又开始了。她离他远了一点,把头埋起来,心里默念:我一定要忍住,忍住。

她不停在现实和幻觉里面挣扎的时候,忽然被拉进一个怀抱里。他下巴抵在她的脑袋上,柔声道:"别怕,有我在。"

陈暖喘了两口气,等外面安静了。她立刻挣脱开往后蹭了蹭,跟他保持距离:"你干什么?"

他不怒反笑:"陈小小,我喜欢你。"

"我又不认识你。"

"我叫顾唐,你好好记住,因为这会是你以后男朋友的名字。"

陈暖把脑袋转过去,身子也跟着转过去,屁股对着他。

他轻轻笑了一声,靠在墙上闭起眼睛,说道:"我不会做什么的,我希望你喜欢我,发自真心的那种。"

陈暖闭着眼睛,想靠着墙眯一会儿,但是有个雄性在她身边,总觉得不安全,又起身站起来,继续去踹那张门。

都说这学校的门是玄铁铸的,她使了八成功力,直接弹飞了,不小心撞到后面的架子上,架子朝这个方向倾斜,上面的书一本一本往下掉,眼看一个巨大的阴影砸过来,她被一个很大的力道拉了一把,直接撞到对方怀里,然后她听到闷哼声,还有书本噼里啪啦落地的声音。

"你没事吧?"两人跟跟跄跄撞到对面的墙壁上,陈暖转身看他的情况。

他动动后背,靠着墙坐下去,脸部有些扭曲。"没事。"他低声说了一句。

"我们非亲非故的,你干吗这么帮我?"

"可能你不记得了,一年前,我在学校门口被人收保护费,当时你路过,还替我仗义执言。虽然最后我被欺负得很惨,但是你给了我反抗的勇气。"他露出一个好看的、不带任何侵略性的笑容,突然眉头皱了一下,身体弯下去。

"怎么了?"陈暖连忙去看他,看他弱不禁风的样子,心想他不会

被砸了一下就骨折了吧。

他忽然抬起手抓住陈小小,两个人四目相对,他说道:"陈小小,做我女朋友吧。"

陈暖看他苍白的英俊脸庞慢慢靠近,他的嘴唇也是白色的,她慢慢伸出手,在两人的距离还剩一厘米的时候,突然啪的一声,清脆响亮。

他被打得愣住了,显然没料到自己会被拒绝:"你……"

"漏洞百出。"陈暖有些嫌弃地站起来,"就你这点手段还想骗女生,我建议你向黄潇讨教一下,他比你厉害。"

"你在说什么?我是真的喜欢你。"

"不谈你这种跟发情期的猪一样的表现,陈小小是那种路见不平、拔刀相助的人吗?要是遇到那种事情,她一定第一个跑。"

"我不明白你在说什么。你现在不喜欢我,但是将来一定会喜欢我的。"

"不管当初有没有路见不平一声吼的事,一般女生看你长得帅,肯定就沦陷了,可惜你身上的味道已经彻底暴露你了。"

他也站了起来,比她高了不少,没有了刚刚弱不禁风的样子,直直盯着她。

"那种和季美嘉身上一模一样的味道。不是你跟她有一腿,就是……"陈暖的眼睛抬起来,"你也是天云社的一员。"

他的脸色突然沉下来,眼睛里露出乖戾的气息,他扬扬头:"你这女人真是不可爱,看来我要换一个方法了。"

陈暖后退一步,和他保持安全距离,摆起手势,说道:"有本事放马过来,娘娘腔。"

"你叫我什么?"对方不满地皱眉。

"大男人油头粉面的,还扎一个小辫,不是娘娘腔是什么?"

"你有种再说一遍!"对方的愤怒值已经飙到顶点了。

"说就说,我一靠近你,就感觉你是我姐妹一样,哪儿来的荷尔蒙？只有同理心。"

"你这个丑女有什么资格说我？"

"我就说你了。还玩美男计，装什么！"

他上手就要揍她，她灵活避过，给了他一脚。对方也跟着飞檐走壁，像演武侠电影似的，她拿了地上掉下来的书当暗器一样扔过去。

两人开打，四周扬起灰尘，像着火了一样。

两人正在对峙的时候，刚刚从外面被锁死的门突然咔嗒一声，被人从外面打开了，诡异地露出了一条缝。

陈暖瞥了一眼对方，趁其不备，迅速往他下身踹了一脚。他没料到，"啊"的一声，捂住下身蹲下去，抬头再看的时候，陈暖已经逃之夭夭了。在阴影里，他看到一个上蹿下跳的人影，一会儿就消失在走廊的尽头了。

第七章 求生大逃亡

顾唐走回去,打开屋子的门,头发黏在额头上,浑身湿透,站在门口。屋内坐在沙发上正喝酒聊天、谈笑风生的人都停止了动作。顾唐一路走进来,把放在一边桌子上的熏香扔到了旁边的垃圾桶里,惹得季美嘉惊呼起来:"顾唐,你发什么神经病?"

"都是你在屋子里点什么栀子花的熏香,我一下就暴露了。"

"什么情况,你难道没搞定她?"季美嘉很惊讶。

"那个女的不上套。你知道让我对着那张脸说情话,还要亲她,有多恶心吗?以后能不能不要给我安排这种破事?"

"你不是说你什么女人都能搞定吗?现在看来也不过如此。"季美嘉很不爽。

"她就是一个奇葩,跟黄潇绝配。"他不爽地坐下来,拿肖杰递过来的毛巾擦脸。

"你闭嘴,谁让你说黄潇的!"季美嘉瞪起双眼。

肖杰像调和剂似的插了两句话:"顾唐可是高富帅,肯做这事已经很拉低身份了,你也不看看多少小姑娘排着队要跟他吃饭呢。"

"哼,他还不是办事不力,没用。"她不满地翻了一个白眼。

季云拍拍她的肩膀:"顾唐已经尽力了,你就别抱怨了。看来这次要来点真的了。"

旁边的三人愣了愣,一会儿后露出一个诡异的微笑。"自从上次我们赶走那个不怕死的家伙之后,已经很久没人敢挑战天云社了,要是重新启用那个东西,她会死吧?"季美嘉笑起来。

"那个死丫头活该。"顾唐去那边倒了一杯酒,"我可要全程观看这场好戏。"

晴川渐渐进入秋季,陈暖从楼梯间走出来,哈了哈被冻僵的手。天还没亮,她站在阴影里,遥远的天光淡淡地铺在屋顶,变成细细的一条光线。

在这样灰蒙蒙的天色里,她看到那棵硕大无比、露出老态的大榕树下停着一台大摩托车,两侧的排气管露着像炮筒一样黑漆漆的洞口,车身右侧有一个用红色喷漆写的"邪"字,上方挂着一个黑色的头盔。

"你在这儿干什么?"她慢慢走近后,才看清楚黄潇的脸,他好像黑了一点,不知道是不是天光染的,阴森森的。

"我等你好长时间了。"他在黑暗中露出一个笑容,带着点疲惫的神色,"你跟我去一个地方吧。"

"我还要去上课。"陈暖拒绝道。

"这几天你不要去学校了,我帮你请假了。"

"什么时候?你干吗自作主张?"

"你也不能待在家里,跟我走就行了。"他过来拉她。

"神经。"她转头不打算理他,突然被抓住肩膀,她回身伸手反抗一招,黄潇抓住她的胳膊直接把她扛起来。

"喂!"突然的腾空让她慌了神,她伸手在他背上砸了一下,他晃了一下,还是继续往前走,把她放到摩托车后座上。

她跳起来又要跑,黄潇直接把她的双手一拉,她的脑袋撞在他的后背上,他却从自己腰前抓住她的两只手,从摩托车前部拿出来一根绳子打了一个结。

陈暖不论怎么扭都用不上力气,只能抱住他的腰,脑袋和腾空的脚在乱动着。她心里有些慌,因为他难得的安静,而且她知道了一个重要的事实,就是他要是认真起来,她是打不过他的。

她张开嘴巴在他的背上咬了一口,他的身子绷了一下:"别闹。"他没有生气,像是安慰不懂事的小孩一样。

陈暖却突然像被施了魔法,手脚连带心里忽然静下来了。

两个人在暗黑的天色里穿行,橙色从灰暗的天色里冒出头,两旁的事物露出了模糊的轮廓,带着老旧的颜色。

这样的场景让她想起曾经看过的一部电影,男女主角相约了一场离家千里的私奔,趁着苍茫的夜色,两人的心里充满了对未来的期待。

陈暖也不说话,这四周的安静,耳边呼啸而过的有节奏的风声,忽然让她有些犯困,也许是因为她脑袋靠着的这个人是黄潇,她闻到他T恤上洗衣粉的味道,有种莫名的安心感。她知道自己其实应该警惕,但是在她的内心深处,她是信任他的,在这一刻,她才意识到这点。

也不知道过了多久,她被绑住的手有些麻了,天色完全亮了起来。

他们在一条小路上,周围没有人,能看到一些稀稀落落的破旧的房屋,上面写着拆字。

几百米远的地方等着三个人,行到近处她才发现是刘管家、唐心,还有大破,看起来等了很久的样子,三人一脸惊奇地看着他们俩的奇异造型。

"少爷,你怎么把她绑起来了?"刘管家问。

"不绑她肯定不会乖乖听话。"他把陈暖手上的绳子松了一点,从头上绕过去,自己牵着另外一头。

"你们怎么在这儿?到底搞什么?"陈暖还在挣扎。

"大哥,天云社对你发追杀令了,你赶紧去躲躲吧。"唐心开口。

"什么追杀令?我才不怕。上次你们玩什么惩戒令,还不是被我整得死死的。你赶紧给我松开。"

"大哥,跟天云社的追杀令比起来,我们那个顶多算是过家家。上次被发追杀令的那个人,不仅退了学,而且全家都搬走了,听说后来精神都出问题了。我们真不是吓你,这事外人也管不了,只能内部解决。我给你准备了衣服,你先出去避一段时间风头吧,陈爸陈妈那边我和大破会帮你照应的。"唐心的表情看起来不像开玩笑。

"还能怎么着,杀我爹娘?我什么大风大浪没见过,还需要跑路?等我回去削不死他们。黄潇,你快点给我松开!"她咆哮着,喷了左边人一脸唾沫星子,脚还胡乱踹他。

"我说不准回去就不准回去!"黄潇突然喊了一声,周围人都吓了一跳。陈暖也跟着愣住了,黄潇还从来没这么严肃、这么大声地跟她说过话,好像真动火了。

"关你什么事啊,你凭什么管我?"陈暖也不服气地叫。

"我就要管你。"

"我偏不!你这个神经病,有毛病!"

他们两人是在郑重其事地吵架,不过在其余三个人的眼里,就完全不是这么回事了,明明是黄潇一秒霸道总裁上线,在实力护妻啊。

"没得商量,走!"他一拉绳子,她就被牵走了。

"我就不走。"她赖着屁股往后拖。

他直接一个公主抱,打开旁边的一辆黑色奔驰,直接把她扔到后座上。

"你把车钥匙给我。"他朝刘管家喊了一声。

刘叔连忙将钥匙递给他。

"他开车没问题吗?"大破想着,黄潇好像从来没开车去过学校。

"少爷一成年就拿到驾照了,他很喜欢自驾游。"刘叔完全放心。

看着那辆黑色的大奔一溜烟就跑得没影了,两人还有些没回过神来。他们一大早到达这儿的时候,就因为这个西装笔挺的刘管家,还有那辆限量版的奔驰怔住了,满肚子的吃惊。

黄潇家里居然这么有钱,当了几年同学,他们竟然一点没看出来,果然越有钱越低调啊。

"刘叔,黄潇父母到底是做什么的啊?怎么从来没听他提起过?"

"老爷和夫人是做食品生意起家的,少爷不怎么喜欢和别人说家里的情况。当然了,他绝对不是不把你们当朋友,只是他从来不在意老爷和夫人给他的这些东西,你们不要介意。"刘叔帮黄潇解释。

"没有没有,哪儿能啊。"唐心和大破看他这么客气,连忙摇手道。黄潇本身是不是富二代跟他们没什么关系,反正他们知道他是真心实意对大哥好就行了。

"不过,让这两个人单独待在一起几天,是第一次吧,虽说是逃命,但又好像情侣私奔,亡命天涯,够浪漫的。"

"这个……"刘叔有些困扰地挤挤眉头,自己一开始的确反对,但是慢慢发现少爷这是第一次把一个人这么放在心上,他也很久没这么开心了,自己希望他开心。老爷和太太也是白手起家,并不是不通情达理的人,也许以后能说服太太让小小跟他一起出国,这样就最好了。

陈暖以狗爬的姿势趴在后座上,黄潇在前面开车,往后视镜瞟了一眼,发现对方像死尸一样一动不动,想开口说句话,话刚到喉咙口又吞了下去。两人在车内玩起了冷战。

陈暖脑袋朝下,正在无声抗议,外面滴滴答答下起了雨。

"你睡一会儿。"前面忽然传来声音,"我在呢。"

陈暖知道他怕自己害怕,心里某个地方忽然软了一下,说道:"不打雷我才不怕。"她闭起眼睛,朝座椅里侧挤了挤,蜷成一只虾子。

"我会保护你的。"不知道是不是在做梦,她模模糊糊地听见这么一句,一下就掉到梦乡里去了。

黑色的车像在一望无际的海上游荡的孤舟,前面坐着英俊的船长,远处灯塔发出长长的光影,在空中旋转,一会儿放开,一会儿又收进去,海上蒙起了一层白雾,他们的小船慢慢在这个秘境一样的地方探寻那黑暗隐秘之处。外面风雨飘摇,他们待在安稳的小船里面,橘色的玻璃船灯照着甲板,圈着一小块光明,心里都是暖意,这好像是梦境,又好像是现实。在一阵颠簸中醒过来,陈暖抬头发现外面还在下雨。

"怎么了？"

"车熄火了。"黄潇踩了踩油门，车子还是不动。

"啧，这种好车也会熄火。"她被绑着的手已经麻了，"你给我松开，我手麻了。"

"你等会儿不要发神经，也不许打人。"他打预防针。

"这大雨滂沱，我又不知道我在哪儿，还能跑哪儿去？"

黄潇转过来，把她的手解开："你别……"话还没说完，他的胸口就挨了一拳头。

"让你绑架我，还敢吼我。"陈暖抓住他的胳膊就咬，他反抗，两人在本来就拥挤的车内进行四肢伸展不开的打架。

"别打了，我先下去把车推一下。"他一打开门，外面的大雨就飘进来，里面顿时像打开了花洒。

"你去推，谁开车啊？我去推。"陈暖直接开门跳下去，刚跳下去，半只脚就泡在水里了。她颠颠地跑到后面，两只手往后张开，借了力，朝前面猛地拍上去。啊！她号叫一声，慢慢地，车子开始往前面动了。

"上车！"前面的车窗被摇下来，黄潇将脑袋伸出来，扯着嗓子喊，雨水一下子就把他脑袋上嚣张跋扈的头发打得趴了下去。

陈暖飞快打开车门，浑身湿漉漉地坐到副驾驶座上。雨刷在前面捣糨糊似的，完全没起到作用。

黄潇从储物盒里拿出一个袋子把脑袋套起来，然后摇下玻璃探出去看路。

陈暖觉得他这样很危险，干脆也套了一个袋子在脑袋上，从另外一边把脑袋探出去："你先往前面开，慢一点！"她几乎是用吼的，跟这噼噼啪啪的大雨较劲。

"什么？"那边的人又号。

"往前开！"

"哦！"

两个白色的脑袋就这么一会儿伸、一会儿进,像打地鼠似的。

斗争了大概十几分钟,雨势开始小了。两个人已经浑身湿透了,车的前座也已经完全被打湿了。

当大雨变成毛毛雨时,他们终于到达了目的地,其实就是乡下。她看看时间,黄潇已经开了两个多小时,最后,车子在一栋两层的小楼房前停下来。

"这是哪儿?"

"是我老家以前的房子。走。"他把两个背包扛在自己身上。

房子里面比她想象的复古,但是灰尘不多,看起来有人经常打扫,进门处是一张红色的四方桌,正对面是一张台案,上面放着一个香炉,里面的烟灰已经变成了深黑色。

这摆设倒是出乎陈暖意料的普通,简直和她奶奶家的如出一辙。这些年到底经历了什么,黄潇现在的家能变得像一个大皇宫一样?

她摸到隔间的厕所,不大,但是挺干净的。她已经浑身湿透了,现在虽然还不是冬天,但天气有些冷了。她开了龙头试试水,是电热水器,她叫道:"黄潇,我要洗澡,把开关开开。"

黄潇正在到处晃,看起来跟巡视似的。他在厨房的位置应了一声,水管"噗"了两下,一会儿热水就出来了。

他把包放下来,从里面掏出一个白色大塑料袋,里面装着肉,还有五颜六色的菜,他起了个大早特地去菜市场买的。人家说要抓住一个女人的心,要从抓住她的胃开始:"陈小小这个吃货一定会对我五体投地的,哈哈。"

他边想边笑起来。这招是他最近看言情小说学来的,听说女人都喜欢看那些,他以前没看过,为了更加了解女人,特意去书店买了一大堆。女人的脑回路跟男人果然不一样,里面所有的霸道总裁放在现实里就是一个变态,要是他早就一拳上去了,女人却被感动得一把鼻涕一把眼泪的。

"今天让小爷给你露两手,哈哈。"他拿了簍子抓了一把菜放进去，打开水龙头开始冲洗，没过两秒钟，"啊，烫死了！黄潇，把水关了！"厕所里面传来杀猪般的叫声。

他连忙把水龙头关了，他忘了这种老式机器不分管，洗澡的时候不能开冷水。

"怎么样？"他朝着厕所的方向喊了一声，那边没回应。

等他去捞盆里的菜，里面又传出来惨叫："怎么没水了，老娘头还没冲呢！"

他跑到厕所门口，陈暖一把推开挂拉门，她穿着蕾丝睡衣，头上一大堆白泡沫。

黄潇的目光慢慢往下移，落到她的V领处。

"看什么！"陈暖扭扭身体，骂道，"下流！"

他脸上露出疑惑的表情，说道："你为什么穿这种暴露所有缺点的衣服，比如没胸，手臂和肚子上很多肉，腿又粗又短。"他一本正经地吐槽。

"我回去非揍死唐心，给我准备的什么破衣服。"这种衣服只适合身材好、长得又好看的人，能适合陈小小吗？

黄潇突然觉得这个情节好像最近才看过。言情小说里，女主穿着连衣裙靠在墙边，男主穿着白衬衫，将衬衫往下解了两颗扣子。

他摸摸自己，穿的是T恤，没扣子，算了，脱掉好了。于是他直接把上身的T恤脱了，一只手按在她后面的墙上。

陈暖被他逼得贴到墙上："你突然脱衣服干什么？"她晃了晃满是泡沫的脑袋。

黄潇突然眉毛一拧，故作深沉道："女人，你知道你在干什么吗？"

"啊？"

"你这是在玩火，我会告诉你，后果很严重。"

"啊？"陈暖等了半天，看着他像背书背不出来忘词的傻样。

"不管了。"他叫了一声，不就是壁咚吗，说那么多废话干什么？

"壁咚"这个词也是他最近新学的。

陈暖从头上抓了一把泡沫糊到他脸上:"你突然演什么偶像剧,烧水去!老娘要洗头!"说完,她回厕所砰地甩上门,门框晃了两下,然后门和门框就脱离了,砰的一声砸在地上。

"是你家门质量不好。"陈暖狡辩道。

"我待会儿洗澡怎么办?"黄潇忽略了原因,发出了来自灵魂的审问。

"我等会儿就自戳双目。你赶紧给我烧水,我头发都硬了。"

他缓了一会儿神后,迅速跑到厨房找了一圈,找到两个电水壶给她烧水。等了几分钟,听到厨房的水烧开响起的哨声,他拎着水壶跑过来,说道:"头让开。"

陈暖看到热水滚进冷水里,噗噗冒起一层白雾,她试试水温,低头把脑袋埋到热水里。

"你这里没洗到。"黄潇站在旁边看她洗头。

"哪边?"

"右边。"他戳了戳,"算了,我来帮你洗。"

他把毛巾从她的手里拿过来,卫生间的顶灯发着黄色的光芒,洗发水散发出淡淡的气味,在不大的空间里游走着。他的手比女生的大,摊开手掌就覆盖了她半个头。

"我第一次给女生洗头。"

"我也是第一次被男生洗头。"陈暖鼻子皱了皱,有泡沫进了眼睛里。黄潇拧了拧毛巾,在她脸上像抹桌子一样抹了一把。

陈暖觉得自己有些变态,这么简单粗暴的动作竟然让她产生了一丝温暖的感觉。

她忽然想起很小的时候,妈妈也曾经这样给她洗过头,她坐在小板凳上,白色的泡沫弄进眼睛里,她哇哇乱叫,她妈妈就拿一块湿毛巾胡乱地在她的脸上抹了一把,然后继续给她抓头。

黄潇正洗得认真,发现手下的人不动了,问道:"怎么了?泡沫又进眼睛了？"

"没有。"她晃了晃头。

外面忽然传来水开的哨声："啊，另外一壶水好了。"他急忙出去把另外一壶水拎进来，"还好我机智，这下就不怕水不够了。"

头刚洗好，刚刚被她愤怒地甩在地上的花洒开始朝外喷水了，两人张着嘴巴看：开玩笑呢？

"我要赶快洗澡。"他怕等会儿又没水了，"这房子的电器老化得太快了。"

黄潇去包里拿衣服的时候，陈暖把毛巾缠在头上，尾随而至。要她穿这种衣服，还不如穿黄潇的。

黄潇刚打开包，陈暖伸手就往里面抓，被黄潇一只手拦下了。两人你拖我拽地划拉一阵，陈暖摸到一个角就拉着扯了出来，然后一条黄色的平角裤在空中划出一道优美的曲线。

她再低头一看，发现包里的小内内都是这种style的，好笑道："原来你好这口啊。"

黄潇赶紧收起来，随便抓了一件就往卫生间跑："你不要偷看我洗澡。"

"好的，我现在自戳双目。"陈暖挑了一件深色T恤。黄潇的衣服她穿着宽宽大大的，一直包到屁股，她拿了一条大裤衩穿上，把上面的松紧带系到最紧，整个人像被衣服架空了，晃晃荡荡，像晒衣杆似的。

肚子咕咕叫起来了，她溜到厨房看看有没有东西可以吃。

桌上有一些刚刚黄潇没有整理完的蔬菜和肉，她把蔬菜在水下冲冲，都洗干净。以前疯婶是怎么做菜的？她回忆了一下，然后把菜放进锅里，打开煤气，拧了两下，小火星也没有飘出来。怎么回事？难道拧反了？她又逆时针拧了一下，然后就听到咔嗒一声，手上的把手掉了下来。不会吧？又弄坏一个？她赶紧将它从窗口丢了出去。

"你把什么丢出去了？"黄潇正好从厕所出来，看到一个不明物体从窗口飞出去了。

"不重要,脏东西。"她呵呵一声,转头看黄潇。这货自从把头发染黑了以后,颜值噌噌直上,比以前更加帅气逼人,才十几岁就长成这样,不知道以后要祸害多少人。

"你在煮饭?"

"煤气灶坏了,这房子里的东西太不结实了。"

"自从我奶奶去世以后,这里就没人住了。"

他背对着她,陈暖看不清他的表情。

"我们用大锅煮吧。"他忽然来了一句,拨开上面的废旧报纸,露出一口铁锅。这是陈暖第一次看到需要生火的大锅。

"你会用这个?"

"嗯,以前我奶奶就用这个炒菜煮饭,我也经常帮忙。"

陈暖看他手脚麻利地揭开锅盖,又去院子里找了一些干柴火还有易燃料。陈暖把铁锅清洗了一下,然后把洗干净的菜放到锅里。他用火机点燃柴火,上上下下忙活的样子很像那么回事。

"你这大少爷看起来也有点生存技能嘛。"陈暖夸奖他。

他咧嘴一笑,露出小虎牙:"那当然了,我小时候就在这栋房子里长大的,后来我爸妈做生意赚了钱才搬走的。"他炒了一会儿,把锅盖合上焖一会儿,回身把小凳子拉过来,坐在炉子旁添火,"可惜,我奶奶没住上大房子。"

陈暖侧着脸看红色的火光映在他的脸上,说道:"以前我叔叔跟我说过,人死了之后会变成天上的星星,可以存在几千年、几万年,你说了什么、做了什么,他们都会看到。"

黄潇转头看她,问:"你也有亲人去世了?"

"是我的大伯和伯母,十几年前车祸去世了,当时有一辆大货车突然冲出来,人当场就死了。你看看,人的生命有的时候就是这么脆弱,所以我一直都在很努力地生活。"

"嗯……"他继续往灶底下添火,"很小的时候,我爸妈忙着做生意,我就每天和奶奶待在一起。自从奶奶走了之后,我就再也没回过这个房子，我怕我会想她。"

两人都没再说话，小心翼翼地添柴火，安静地看着炉子里的火光，渐渐地，整个厨房飘满了烟……

"喀喀。"陈暖忍不住咳了两声，感觉到呼吸有些困难，"黄潇，这个烟会不会大了一点？"

"是有点，喀，不过没关系，以前我奶奶都是这么烧的，等会儿就好了。"他站起来开锅的时候，一股热气像火一样喷了过来，"啊！"他鬼喊一声，手一滑，盖子差点砸到陈暖的头上，从空中飞了一个弧度咣当砸到地上，越来越多的烟一股一股从添柴的地方飘出来。

"我受不了了，喀喀！"陈暖接了一盆水转手就倒上去，锅里冒起白烟，发出一阵刺啦声。

"菜都焦了！"黄潇那边又鬼叫了一声。

两人坐在客厅的两张长凳上，脸上已经被烟熏得鼻子不是鼻子、眼睛不是眼睛了，盯着盘子里黑漆漆的、分不出是肉还是菜的物体，不约而同地叹了一口气。

"这只是一个意外，我以前烧得挺好的，我再去试试。"黄潇不死心，站起来又要去祸害刚刚才冷静下来的厨房。他本来想着在陈小小面前大展厨艺，让她膜拜自己的。

"算了，我只能说你已经技艺生疏了，别挣扎了，点外卖吧。"

"我再试一次，肯定能行的。"

"以后再试吧，我快饿死了，而且我刚刚也听到你肚子叫了。"

他摸了摸肚子，不甘心地撇撇嘴，掏出手机点外卖。

陈暖不想打击他，几个小时之前他还信誓旦旦说要保护她，以后要是就他们两个过，饿死都很有可能。

这个想法一冒出来，她自己都愣了一下：瞎想什么呢，我怎么可能跟着这货一起过？她想到季美嘉说那话时的表情，就想把眼前这个装傻充愣的货从四个方向各抽几巴掌，打成一个大猪头。

黄潇点完外卖后，抬头正好看到对面的人在看自己，问道："你的

眼神怎么不太对劲？"

"什么眼神？"她不以为然。

"你好像很想打我。"

"哦，可能我面瘫吧。"她把头别过去。

黄潇以为她不高兴是因为刚刚的厨房灾难事件，突然灵光一现，书上说，让女孩子开心，就是要浪漫，等会儿他带她去外面玩，她一定会高兴的。

"等会儿吃完饭，我带你去一个地方吧。"

"不想动。"陈暖毫不留情地拒绝，"我要午睡。"

"你肯定会喜欢的，我保证。"

"我记得你上次也是这么说的，然后我们去了网吧。"

"这次绝对不是网吧，那里风景特别好，我小时候经常去那儿玩。"

"我还是不想去。"

"那我跟你一起午睡。"某人没羞没臊地说。

"……好吧，我去。"

两人吃完外卖后，黄潇先出去了，过了一会儿，听到外面有声音，她走到院子里，看到黄潇推着一辆半新不旧的白色自行车进来了。

"你这车哪儿来的？"

"我从隔壁买的。"

"人家干吗把自己家的自行车卖给你？"

"我给他三倍的钱，他就把车卖给我了。快点上来。"他拍拍后座。

后座是那种老式的铁架子，前面的车筐子可能受过伤害，左边瘪了一块，像是缺了牙齿。

陈暖知道跟他争执无用，主动坐上后座。她感觉自己屁股上的肉正在被这些铁架子塑形，还好陈小小别的不多，就肉多，还能忍受。

"你抱住我的腰。"

"不抱。"她伸出两只手抓住坐垫后沿。

"你会后悔的。"

"不会。"她斩钉截铁道。

黄潇猛地蹬了一下踏板,耳边是风呼呼倒灌的声音,两侧的风景迅速往后退,她的身子跟着摇摇晃晃。这货绝对是故意的,一个小坎让她差点颠得掉下去,她赶紧伸手抱住他的腰,骂道:"要死啊,骑慢点!"

这货却像打了兴奋剂一样,骑得更快了:"啊啊啊啊!"他还在风中鬼叫起来,"是不是特别刺激?过了前面的大坡,那里有条河,特别好看!"他激动地喊。

陈暖听到前面有大坡,就失去理智了:"你慢……"话还没说完,她被淹没在更为剧烈的风声里了。

黄潇噔噔一下滑荡下去,享受这落差带来的心脏跳动和血脉偾张的刺激,激动地朝后座喊了一声:"怎么样,刺激吧?"

后面没有回应,他惯性地往前滑了一下,突然发现后座好像变轻了,赶紧停下来,转头往后看,视线慢慢向上移动,发现半坡上正趴着一个不明物体。

"糟糕!"他赶忙扔了自行车,噔噔跑过去看,"陈小小,陈小小!"他喊得跟电视剧里"不要死,不要死"一样。

陈暖被扶起来,胳膊和腿都被蹭破了皮,身上和脸上都是灰,大骂道:"黄潇,我去你的!"

"我不是故意的。你怎么掉了?我都要你抓紧点了。"

陈暖拍拍身上的灰,坐起来:"我现在不想跟你说话。"

"你胳膊流血了,我去给你买个创可贴,你在这儿等我。"

他完全不听人说话,然后陈暖就看到他噔噔地飞快骑车跑走了。四周寂静无人,阳光刺眼,她所在的坡上没有任何遮挡物,头顶一阵不知名的杂鸟飞过,发出呀呀呀的叫声,她害怕地叫起来:"黄潇,去你的,不能把我带走吗?把我留在这鸟不拉屎的地方!"

与其在这儿受苦,还有生命危险,她不如回去跟那个天云社拼了。可是黄潇完全不按套路出牌,要是硬来,她肯定走不了,得想想办法。

揉着老胳膊老腿,陈暖慢慢走到树荫处倚在树上,早上起得太早,一会儿就昏昏欲睡了。

听到咔嗒声,她睁开眼,看到黄潇兴冲冲跑过来,手上还提了一个白色的塑料袋。她很疑惑:他起得比自己还早,而且骑了这么长时间的车,怎么还能这么精神?

"你跑哪儿去了?"

"这边药店有点远,我骑了三四条马路才找到。我给你贴上。"他把小袋子打开,从里面把创可贴拿出来,开了一瓶矿泉水,"我把灰给你冲一下,忍一下。"陈暖看他认真的神情,明明就是一个粗枝大叶的人,有的时候倒也挺靠谱、挺细心的。

"喂。"

"嗯?"

"你真的想去看那条河吗?"陈暖问。

"想啊。"他眼睛一眨不眨地回道。

陈暖斜着眼睛,呈四十五度角朝他瞟了瞟:"去网吧怎么样?"她漫不经心地问了一句。

"好啊!"他的声音明显提高了八度。

哎,这么轻轻一试探就暴露了,陈暖嘲讽他道:"你说你一个流氓装什么纯,文艺小青年不适合你。"

"我以为你喜欢。"

"我也是流氓,走,去网吧。"

"好的!"

陈暖觉得自己现在了解他,就像了解肚子里的蛔虫一样。

两人迅速杀到最近的土味网吧,虽然比不上城里,但是白雾弥漫、烟味夹杂着脚丫子味的景象倒是全国一致。黄潇毫不在意,开了一个包厢,两人坐在里面开黑。

"用你的小绵羊跟我试试。"他转过头开口,虎视眈眈地看她。

"哦?想挑战我,给你这个机会。"

"我们去决斗场。"

陈暖登上账号,转头看到他登上大号"皇天一剑",挤挤眉头,问他:"你就是那个一直骚扰我、想跟我交朋友的人?"

呃,黄潇被她说中了,尴尬地咳了一声:"你为什么一直不加我?"

"我觉得名字这么难听,应该是一个很猥琐的人,没有一点兴趣。"

"我这名字多霸气,上次两个小弟弟还死乞白赖地要加我的号,说我操作强大,名字又厉害。"

"好吧好吧,我现在知道了名字难听也可能和真人相反,这就跟字如其人一样不科学。"她左右摸了摸,问道,"有烟吗?"

"有。"他从口袋里掏出一包软盒的放到桌上。

"可以啊,有钱就是好。"她抽了一支烟,黄潇从口袋里掏出火机丢给她,自己也抽了一支叼在嘴上。

两个人在烟雾弥漫中开始了PK。

陈暖横扫各大榜单的"小绵羊",职业是元素法师,站定之后着一袭紧致咖色小短裙,紫色长发。这是她玩副本游戏得到的小太妹外形装扮,所以业界还给她起了一个绰号"紫色魔王"。前面一道黄色的光闪亮登场,黄潇这一身看也是精心装扮过的,黄金铠甲白袍剑士,最为引人注目的是手上那一把紫金武器,九龙紫金剑,各种配置都已经刷到最满了。

"你是不是买的武器?"她的眼睛眯了眯。

"我刷了一个月才搞到的,有钱也买不到!"黄潇叫起来,他觉得这是对他赤裸裸的侮辱。

"我开个玩笑。"陈暖转头,把手放在键盘上,就像鱼进入水里,手指快速在键盘上敲打,眼睛盯住屏幕,紫色法师手里直接发了一个

"玄天冰火",一道蓝色夹着红色的火焰从地上腾空而起,形成两条蛇的形状。

"你一来就这么猛?"黄潇侧身一个"迷踪幻影",直接拔剑近身,法师的弱点在于近身就会陷入被动。陈暖微微一笑,朝地上甩出一道"火焰爆弹",使用此技能的时候,人物会自动往后弹跳,保持距离。

黄潇手上的紫金宝剑发出闪光,横空一道"拔刀斩"破了"火焰爆弹"带来的伤害。当"玄天冰火"在半空未落地时,陈暖抓住时机,立即使出一招,红蓝两色火焰迅速如蛇一般窜出,瞬间在地面形成包围圈。

黄潇使出一招"迎风斩",挥动剑的同时,画面里刮起了大风,陈暖一时看不清方向,一道剑气就迎面砍过来,她立马甩出几个炸弹,反弹跳了出去。

在空中飞跃时,黄潇黄色剑士的身影突然在烟雾中出现。"有机会。"他拔剑挥舞,身体周围瞬间形成白色强风,发出大招"幻影万剑",剑影顿时密集落下,四周飘起大招过后的白色硝烟。

正常情况下,敌人正面接到这招直接就会被KO,陈暖用了一个初级招式移步,血量被打下去大半,同时数十只火鸟从她手中如利剑一般飞出去。

黄潇一个连斩,又是突进招式。以陈暖现在的血量,挨上一个普通招式也会玩完。黄潇趁机腾空跃起攻过去,陈暖没有像之前那样跳出包围,和对方保持距离,而是站在原地不动。

"不对。"黄潇叫了一声。法师在放出火鸟之后,会有一个被动分身技能,这是陷阱!他在半空一个转身,预防后方偷袭,准备收招之时,陈暖突然迎面甩出一个新手阶段送的链条武器,黄潇直接将其砍断:"比起我的紫金武器,这个太弱了。"

陈暖微微一笑:"是弱,不过它有一个很好用的技能。"

链条被砍断之后自动爆炸!黄潇反应过来,迅速后退,转眼再看陈暖,她已经消失了。他顿时有了不好的预感,她的紫色法师几乎立刻出现在了眼前。

"雷霆万钧!"她高高举起双手,两手间形成了光球,正面击中黄潇,画面上立刻跳出"KO"字样。

"嗷!"黄潇甩了一下鼠标,"我怎么忘了,火烈鸟之后的分身技能会有两秒的延迟。"

陈暖把烟灰磕在烟灰缸里,说道:"我前期一直躲避,就是给你产生法师很怕近战的错觉。我嘛,早就克服这个常规偏见,可攻可守了。我去拿点喝的。"她站起来,打开包间门走了出去。前面吧台上的饮料都是常规饮料,她摸摸口袋里的零钱,直接点了两瓶可乐,她兴趣一般,但是黄潇好像喜欢喝这个。

外面推门进来两个人,一边说话,一边往里间走。

"你今天不回去吗?"

"嗯,我打算通宵来着。"

"明早是最后一班船,听天气预报说之后会有连续几天的大雨,去岛上的船可能要停运好几天。"

"不碍事,我先去我女朋友家住几天。"

这简短的交谈落到了陈暖的耳朵里,她凑过去套近乎:"你们说的岛在哪里啊?"

……

她回去的时候,发现黄潇已经在桌上趴着,睡得像猪一样,看来从早上到现在,他的精力终于消磨完了。

她把可乐放在他面前的桌子上。他侧着脑袋贴在桌上,前额黑色的头发微微遮住眉眼。"睫毛这么长,睫毛精吧。"她有点嫉妒地吐槽。他睡觉的样子和平时风风火火的样子完全不一样,特别安静,连呼吸都轻得像羽毛落在地上,像小孩子。

空间里突然产生一种异样的气氛,陈暖像被鸡啄了一下收回了头:"神经病,我看他干啥,不就是长得好看点吗?好看的人多了去,明星

还好看呢,他就是一个渣男。"

黄潇迷迷糊糊醒过来的时候,看到陈暖正对着漆黑的屏幕,嘴里像老太婆一样絮絮叨叨,嘀嘀咕咕地好像在骂人。

"你干什么?"他脑袋凑过去的时候,陈暖正要回身喷人,一下子两个人的距离就拉近了,四目相对,距离一尺。

黄潇突然觉得自己胸口的那个东西快速跳起来,嘴巴动了动:"你……"刚发出一个音节,他就被一瓶冰可乐砸到脸上了。

"告诉你,别想偷袭我,把你脑袋里那些肮脏的思想给我抹掉!"

"我什么都没想!"黄潇搓搓被冻僵的脸,"我就是想告诉你,你眼屎没擦掉!"

"嗯?"陈暖伸手抹了抹,还好她脸皮够厚、心够大,否则早就挖个坑把自己埋了。

"这附近是不是有个岛啊?"陈暖转移话题,装作不经意地问。

"嗯,要坐渡轮过去,不过上面没什么好玩的。"黄潇看了她一眼,"你想去?"

"嗯,长这么大,我还没看过海呢。"她其实只是随口说了一句,想把黄潇骗到岛上去,然后自己趁机脱身。

"我带你去。"黄潇说了一句,神情是出乎意料的认真,"走。"说着他就拉着她往外面跑。

"你着什么急?"

"我带你去看你没看过的东西。"

黄潇骑自行车带她来到码头,她坐在后座上,风已经吹跑了夏日的灼热,带着点薄薄的热意。远远地,她看到了那片壮阔的海景,这样的场景也是她第一次见。

下午四点多,天色依旧很好,一艘白色的渡轮停留在海上,码头上人不多,正稀稀落落地往船上走。

他们运气好,买了最近的一班船,马上就要出发了。

陈暖和黄潇坐在船头的甲板上,听着船发出一声尖利、短促的鸣叫后，驶离了岸边。这种感觉很奇妙，把自己置于一片缥缈无尽的空间中，只依附这小小的一只白色船。

她坐在上面才感觉到这船的老旧。

船边的护栏都已经生了红色的锈迹，内侧的沿口露出黄色。黄潇伸出长长的胳膊在半空中抓了一把，陈暖看到风把他额前的头发吹得扬起来，他咧开嘴巴露出一个孩子般天真的笑容："我小的时候经常拿着我爸给的零用钱偷偷跑到对面的小岛上，那里有个村子，有很多小孩子。每次有渡轮过去或走的时候，他们都站在岸边大喊大叫，我也跟着他们跑。"他说这些的时候，一直面带微笑。

"看来你小的时候比较开心。"

"所有人都是小的时候比较开心。"

"嗯……"陈暖抬头望了望一碧如洗的天空，依旧刺亮的阳光让她微眯了眯眼睛，那最遥远的天上，默默运转着两颗星球。

"你在看什么？"

"没什么。"

"我们比赛看谁能看太阳看最久。"他提出比赛建议。

"不要，幼稚。"

"你就是不敢。"

"别以为我会上你这种低级激将法的当。"

"陈小小是一个胆小鬼啊，胆小鬼。"他又继续幼稚地刺激她，还附上欠揍的鬼脸。

"来啊！"陈暖奋力睁大眼睛，"比就比，谁怕谁。"

"不是，你的眼睛睁开了吗？怎么感觉没睡醒？"他的眼睛稍稍一抬，就露出了内双的眼皮。

"那是你眼睛大。"陈暖不服气地吼。

"你就是没睁开。"

"等我有钱了，就去拉个大双眼皮，你给我等着。"

"好了好了，我承认你就是眼睛小。哇，陈小小，你长得真的没有

优点啊。"他托腮,脸上露出深思熟虑的表情,"以后小孩还是像我比较好。"

陈暖伸手敲了一下他的脑袋:"什么小孩,哪儿来的小孩,少胡说八道!"

"谈恋爱就会结婚,结婚了就要生小孩,这不是很正常嘛。"

"我找只猪也不会找你。"

"你什么意思,你难道有新欢了?"他脸上露出了微微严肃的表情。

"对啊,进口纯种猪。晒死了,都要被烤干了,我进去了。"陈暖说着,扇扇风走开了。

"你别走啊,给我说清楚。"

两人上岛之后,阳光开始退去锐利,变为模糊的光影,迎面是一片小沙滩。"我们去吃饭吧。"黄潇一边下船,一边回头看他。

"我好像有东西落在船上了,你先去那边等我吧。"陈暖随意指了一下。

"那好吧,你快点。"

"嗯嗯。"

她重新回到船舱问驾驶员:"我有点急事需要赶紧回去,最早的一班船是几点?"

"要下大暴雨了,明早六点最后一班船离开,好几天都不会有船了,你要走最好早点。"

"好的,谢谢啊。"陈暖直接去找船员买了一张明早的船票。下船去找黄潇的时候,她发现刚刚指定的地点没人。

"他跑哪儿去了?"她左右找人的时候,才发觉有些地方不太对劲,沙滩上怎么都是一对对的?不是什么旅游景点,景色也不怎么样,不是树就是沙土,就一个小破滩,旁边走过一对情侣,他们几乎是边亲边走,这种直播撒狗粮的现场让她一脸蒙。

她刚转头就看到黄潇气喘吁吁地跑过来了:"吃饭去。不知道什么时候这里变得这么火爆了,我刚刚跟老板说了半天,才弄到两个位置。"

"你不会又拿钱砸他了吧?"

"没有,我看有一对情侣吃得差不多了,就站在窗口等他们出来,然后进去占座了。"

他的话音刚落,旁边过来一对男女,看起来好像在吵架,男的看到他们时还瞪了一眼。

陈暖无辜地眨了一下眼睛,问道:"怎么回事?"

"他们就是那对情侣,我以为要等一会儿的,没想到这么快就出来了。"

"我都没吃完,你有什么可着急的!"男的故意提高了音量,就是想让他们听见。

"有人在等啊,出门在外就不能谦让一下吗?"女的扭扭他的胳膊,示意他别这么小气。

"你省省吧,你什么时候这么善解人意了?眼睛都快长人家身上去了!他一看就是学生,你这么大年纪了,害不害臊?"

"你神经病吧!这什么破岛,说什么这岛上没有离婚的夫妻,情侣来到这儿都能得到祝福,我看都不用结婚了,直接分手算了。"

"你什么意思?"

"就是字面上的意思。"

"别闹了行不行?"

"是你先跟我吵的……"两个人吵吵嚷嚷地离去了。

黄潇和陈暖一脸不明所以。陈暖开口道:"看来长得好看真能祸害人,还有,我终于知道这岛上为什么有这么多情侣了。"

黄潇挠挠头:"以前这岛上有这说法吗,还是我当时太小,忘记了?算了,不管了,我们赶紧进去吃饭吧。"

这是一家装修得还算精致的餐厅,墙上贴满了情侣的合照,进门处摆满了情侣饰品,座位沿着建筑靠窗摆放,中间有一个小舞台,旁边摆

放了一些架子鼓之类的乐器。

外面天已经完全黑了，海滩上亮着星星点点彩色的灯光，像是海底五颜六色的小石子。

两人点好菜后，黄潇先去解决个人问题了。陈暖坐在窗边，把包里的手机掏出来捣鼓，不知道是不是因为泡了水，手机一直处于黑屏状态。

当她满世界找手机充电器的时候，黄潇被堵在了厕所外面。厕所只有小小一间，男女共用，他排在了队伍最后。转头瞄到旁边走过几个穿着服务生衣服的工作人员，他想，这儿肯定有员工专用厕所，于是迅速脱离大部队，摸到后面的员工休息室，旁边有一个杂物间，还有紧紧竖着一扇小门的厕所，也是男女共用。"这也太省地方了。"

解决好个人问题出来，他迎面撞上一个光头，对方穿着白色背心，浑身肌肉，抬头的时候，眉头微皱，大约过了一秒钟，嘴巴里嘀咕一句："黑T恤，牛仔裤。"紧接着骂了一句，"浑蛋，我还以为你赶不上了，赶紧上台。带乐器了吗？"

"什么？"

"算了，店里有，赶紧上台，都在等你！"他急躁得脸色赤红，像一只随时要暴怒的大猩猩。

"我……"黄潇话还没说完，就被几个从后面跟上来的穿着背心的摇滚男推搡走了。

饭菜都上齐了，陈暖还没见到黄潇回来。

店内的灯光突然从刚刚的温暖明亮变为暗淡系，几盏彩色的射灯打到中间那个圆形的舞台上，两个高个服务生把旁边搁置的乐器放到了台上。

看来演出要开始了。陈暖抬抬身体，看到几个穿着黑色衣服的人从一条狭窄的过道走上台。等他们完全站定，一束白色灯光打过去，看到站在主唱位置的黄潇，陈暖蒙了，黄潇的表情和她一样恍恍惚惚。

什么情况？黄潇该不会付不起饭钱，被逼当苦力了吧？洗洗盘子就算了,他会弹琴唱歌吗?要不要装作不认识他?陈暖的心里一瞬间闪过强烈的求生欲望。

黄潇本来有些蒙,视线转了一圈之后,露出一个释然的笑容。

他伸手试了一下音,一个短促而响亮的音响起,陈暖和周围的人都安静了下来。她盯着他,心里忽然神奇地升起了一种期待感。

他手指熟练地弹出欢快熟悉的音节,是草蜢的经典歌曲《失恋阵线联盟》,这手速就算没有十年的功底,至少也练过好几年。旁边配合的鼓手和吉他手愣了一下,没说唱这首歌啊,好在脍炙人口,马上几个人就进入状态了,顿时带动了全场的气氛。

"她总是只留下电话号码……"黄潇凑近话筒,微微笑着唱起来,声音很有磁性和活力。陈暖坐在不明亮的地方,看着舞台上熠熠生辉的男孩,像在看一个发光的星球,暗道:"这货居然会弹琴。"

全场都开始兴奋,跟着摇摆身体,众人渐渐离开座位,到了舞台中央,一起加入这场欢乐的盛宴中。

黄潇伸手朝陈暖的方向招了招,陈暖左右看了看,也离开座位,走到了中间,慢慢朝着光的方向走过去。

她好像走在苍茫、浩瀚的宇宙里,她的眼睛在那一个晚上都没办法离开那颗明亮而遥远的星球,那是她所没有了解过的黄潇。

风从海上飘过来,陈暖抬起头看天空,天空像一块黑幕罩在头上,空气里带着潮湿的海腥味。海滩上,人渐渐少了,只有人为留下的一地塑料袋和垃圾。

"没想到你还会弹琴。"

"小的时候我妈让我学的。"他说得轻轻松松,语气轻盈。

陈暖甩着手,不小心蹭到了黄潇手背上的皮肤,温柔的触感让她迅速收回手,脸上有些热。

黄潇没发现,兴奋地直往海滩上跑。"快过来。"他转头叫着,一下躺倒在沙滩上。

陈暖走过去,也跟着躺下。

"以后你想去哪儿,我都跟你一起去。"他仰起脑袋,在口袋里掏了一会儿,"你把手机拿出来。"

"坏了。"她顿了一会儿,还是掏出了手机。

黄潇拿过手机,把口袋里的东西拿出来,两手向上举着,摆弄了一会儿,然后把手机还给了陈暖。陈暖看到那个因为生气丢还给他的黑色骷髅手机壳重新回到了自己的手机上。

"我送出去的东西,从来不收回来的,你不要还给我。"他说了没有退路的话。

天色很暗,陈暖慢慢把那个负了重的手机放回了口袋,脑袋转了一个方向,模糊看到他薄薄的侧脸。她知道他看不到自己,吐了一口气,提起勇气问了一句:"黄潇,你和季美嘉接过吻吗?"

"嗯?"他转过头,也只看到一个模糊的影子,安静了一会儿,"没有。"海浪带上轻轻的语气。

"嗯。"陈暖摆正脑袋,她甚至没想过问第二句。这一刻,她很相信黄潇,眼前的实物慢慢模糊起来,脑袋变得混沌。

黄潇也闭上了眼睛,耳边是潮水拍在岩石上的抽打声。

第一次,陈暖睡在了以天为盖、以地为床的野外,却没有一丝不安,她知道是因为黄潇在身边。

黄潇醒过来的时候,鞋子被涨了潮的海水打湿了,天色已经亮了。远处,天边黄色的光线在半空中柔柔铺了一层,暗黑色的波涛藏在亮光的后面。

"陈小小。"他转头喊了一声,发现身边空空如也,顿时紧张地坐起来,手放在侧边碰到一块小石头,底下压着一张字条:我回去了,我会自己解决事情的。

黄潇立马站起来,朝码头跑过去。远远地,他看见那艘白色的渡轮已经驶离了海滩,他飞快地跑过去。

"陈小小!陈小小!"他大声呼喊着。

陈暖听到声音,转身透过船舱的栏杆往后面看,眼见那个沙滩边的人影变成小黑点，然后越来越小："抱歉，黄潇，我自己的事必须自己解决。"

黄潇看着已经快要看不到的船，丧气地握了握拳："不行，我得赶紧买票回去。"说着，他就往回冲。

第八章　以其人之道还治其人之身

陈暖回到学校的时候已经过了中午，踏进校门的那一刻，一种说不出的异样感从四周袭来，整个学校似乎很熟悉，又似乎很陌生。

她飞快地跑上楼梯，推开二班的门，里面没有人，桌椅板凳凌乱地放着，像是刚刚打斗过。她抬头看到了后面黑板上几个触目惊心的红色大字——交出陈小小！

心脏怦怦跳起来，陈暖往后退了一步，听见"吱呀"一声，她低头，看见脚下踩着一块破碎的镜片，收回了脚，旁边有一团黑色的像沥青一样的痕迹。她蹲下身，用手抹了一下，一片猩红色抹在手上，飘着腥味："是血……"

唐心、大破他们出事了！下课铃声突然响起来，外面闹哄哄的，她所在的教室却像与世隔绝，没人在意，完全不存在一样。

她冲出去，在上下楼挤动的学生里杀出来一条血路。有人看到她像是看到了鬼，眼睛瞪大，迅速后退。

"真晦气！"

"她怎么还活着？"

"当缩头乌龟躲起来了呗。"

"二班真是活该，让他们之前嘚瑟，现在被团灭了吧，敢惹天云社，简直找死。"

陈暖伸出手，一下子抓住眼前男生的衣领。

"干……干什么？"

"你说二班的人怎么了？"陈暖的声音不大，大概是被她眼睛里的怒气吓住了，那个一米八的男生两腿都开始抖。

"我说什么了？"他表面上还是强装镇定。

"他们人呢？"

"我不知道啊！"

后面不知道谁喊了一声："是陈小小，抓住她！"

后面的人一拥而上，陈暖一只手抓住栏杆，回身一个回旋踢，迎面就踹倒了男生。人群像塔罗牌一样从楼梯顺下去，齐整整地从楼梯滚到二楼平台上。后面的人一时意气，又要冲上来。

楼梯上面，有人正搬着椅子往下走，陈暖反手抢过椅子，咣当一下砸在楼梯扶手上，一下子摔得粉碎，手上抄着凳子腿，嘴里喊道："我看谁敢拦我！"

众人被她的气势吓了一跳，来不及做更多反应，她已经三步并作两步飞奔而下，从教学楼一直跑到操场，绕到后面的小仓库。她一进去，除了一屋子的灰尘，没有人。她的心更加慌乱起来，那群家伙又胆小打架又差，肯定吃大亏了，她越想越着急。

她跑得上气不接下气，脑子里都是他们被欺负、教训的悲惨画面。不知道什么时候，二班的那些人在她的心里已经和朋友一样重要的存在了。欺负她不可以，欺负她朋友更不可以！

她跑得身体热热燥燥，流的汗已经浸湿了背心。当她要跑遍学校的时候，后面突然传来淡淡的一声："大哥？"

她转过头，看到唐心、大破还有孙木三个人举着棒棒冰，呆呆地看她，三个人的脸上都挂了彩，身上的衣服也脏兮兮的。

"你们跑哪儿去了？"陈暖大喊出来的声音把自己都吓了一跳，刚刚抑制住的情绪瞬间找到了突破口。

他们也被吼得愣了一下："这节是体育课啊。"

唐心回过神来，着急地叫起来："大哥，你干吗回来？赶紧走，这里不安全！"她的话一出口，几个人就像得到了口令，齐刷刷要把她架走，生怕别人看见了。

"怕什么！他们是不是对你们严刑逼供了？"

几个人对视了一下眼神。"没有！"他们异口同声。

"放屁！我现在就去烧了他们的老窝。敢对你们下手，我让他们死得很难看。"陈暖说着，一掌拍在树上，树叶抖抖落落掉了大半。

"我们没事，只要找不到你，他们很快就会放弃的。大哥，你赶快离开学校。"

"我不走。"陈暖又叫道，她不敢真的跟他们还手，怕加重他们身上受的伤，"你们为什么不去找校长？天云社难道能只手遮天？"

"天云社在学校里一直是维持学校秩序的存在，在老师的眼里，他们所做的事情都是在保护学校的安全，如果去打小报告，只会被修理得更惨。十一中有十一中的规矩，外人管不了的。"

他们在这边纠缠，班里其他学生也看到了，一边张望着，一边小心跑过来，用身体把陈暖围成了一个圈，从外面根本看不见她："班长，你怎么回来了？趁天云社的人没发现，赶紧走。这学校里所有接到天云社发出的天云令的人都要无条件服从，你现在算是被全校追杀的状态。"

"刚刚我已经打过一通了。你们别夹着我行不行啊？"

"对不住了，班长，为了你好，我们必须要送你走。"

里三层、外三层变成人肉包裹圈，他们移动着把她从另外一个出口送出去。所谓另外一个出口，就是人为损坏的栏杆，人为踩踏出一条道路到矮墙。唐心蹲下身子,让她踩着自己翻过去。

陈暖一个人在外面,他们一群人身上又脏又破,站在栏杆里面满脸焦急,这种场景就像犯人逃生,她是唯一获得自由的人,却带着所有人的希望。

那一天没有太阳,她却有些不能直视他们的脸庞,周围的一切都是灰蒙蒙的,她的喉咙好像被堵了。年少时的意气看起来傻乎乎的,但是那种切切实实的关心,让她的身体回暖。

有一只浅褐色的蜗牛正顺着栏杆笔直而缓慢地往下爬,墙根的杂草顶开了两边的泥土,歪歪斜斜地密密生长着。她舔了舔发干的嘴唇,那一天的天气还有细枝末节,直到现在依然清晰。

操场那边跑来的人群从一个个小点,慢慢会聚成蜂窝状,围在栏杆前的人拼命挥手让她赶紧走,回身用身体阻挡一波又一波的凶猛攻势。耳边的叫嚣声渐渐远了,她被某种情绪震动到说不出话来:"不准打他们!不准打他们!"她只记得自己不停地重复这句,但是声音被压制住了,连自己也听不到了。

唐心和大破冲她挥手:"走啊!"突然传过来的叫声一下让她醒了,她背着书包,往后退了两步,抬起头,看到不远处走廊上站着的三男一女双手抱臂漠视着一切。她双手紧握成拳头,指甲深深嵌入手心里:"天云社……这事没完。"

她一口气都没有停,一直往家里的方向跑,她怕自己一停就会忍不住冲回去跟那些家伙同归于尽。周围的场景在飞速地往后撤退,不停地变换。

不知道跑了多久,天色渐渐暗了下来,天空飘起了小雨,雨滴渐渐大了,身体泡在雨水里,浑身的寒毛都直立了。像白蛇一般的闪电在头顶盘旋,她闷哼一声,四下空旷,雷鸣突然像被挤压的气球一样爆裂,她觉得自己的脑子都跟着发颤了,下意识抱住头。"黄潇!"她几乎要把嗓子喊破了。

黄潇打着伞站在海滩边，突然转过头看："陈小小？"他刚刚好像听到陈小小在叫他。海边风浪越来越大，其他人都在喊他赶紧回屋，要涨潮了。他看了看乌云滚动的天空，压下来的气势几乎要把一切吞噬："又打雷了，陈小小……"

陈暖冷静下来的时候，周围没有任何改变，天空依然黑漆漆的。她站起来继续往家里跑，全身已经湿透了，身上的衣服好像有几斤重，整个小区也陷入一片黑暗中，每家每户都亮着星星点点的黄色灯光，像是黑色的夜海上飘摇的海灯。她一路跑上去，家里门没关，里面的光铺洒到外面来。

陈玉凤看到她像落汤鸡一样出现在家门口，吓了一跳："小小，你怎么回来了？你同学不是说你们去课外实践了吗？"

陈暖看到叔叔陈平坐在沙发上，头上缠着纱布，桌上的棉花球带着血："我提前回来了。爸的头怎么了？"她随便找了一个借口。

"不知道哪个缺德的朝家里扔砖头，你爸正好在厨房，一下子把头砸破了，厨房的玻璃也砸坏了。"陈玉凤抱怨道。屋外的雨朝屋里飘进来，她赶紧从厨房拿了一块大板子过去挡，差点滑倒。陈平连忙过去扶她："你先将就一下吧，等雨小一点，我找人来修。"

"那不是又要花钱？"陈玉凤抱怨了一句。

"要不我自己买块玻璃回来装一下，能用就行。"

"你的头受伤了，我想想办法。"

陈暖听到两人的对话有些心酸，一股怒火从脚底升到头顶，天云社居然打到家里来了。她噔噔地跑回房间，后面传来陈玉凤的叫喊声："小小，先把衣服换了，不要着凉了。"

她一边在屋子里脱衣服，一边咬牙切齿道："这事没完！"换完衣服，她从抽屉里拿出另外一个手机，这个是陈小小的，还是翻盖的破手机，自己的手机进水不能用了，先用陈小小的。唐心、大破他们的号码，她看一遍就记住了，直接拨了出去。

"谁啊？"那边过了好一会儿才婆起来，听起来也是一肚子火没处发。

"没事吧……"陈暖开口问了一句，声音很是低沉。

那边的人缓了一会儿，小声问了一句："大哥？"

"嗯。"

"没事啊，我就是有点痛。"那边的人笑了一声，语气也温和起来。

"谢谢。"

"你是我大哥啊，哈哈，还好你跑掉了。不过，大哥，你怎么一个人回来了？黄潇呢？"

"我把他甩了。"

"啊？你们吵架了？"

"没有。这是我跟天云社的事情，必须要有一个了断。"

"大哥，你想做什么？"

"你还能动吗？"

"当然了，我身强体壮。"

"叫上大破还有孙木，今天晚上九点学校见，带两桶油漆过去。"

"大哥，你真要和天云社对着干吗？他们真的不好惹。"

"唐心。"陈暖吸了一口气，"还记不记得那天在操场上，你们认我做大哥的时候，要我罩着你们？我说到做到。"

"大哥……"陈暖听到那边的人深吸了一口气，"大哥，你说什么我就跟你一起去做！"那边的人高昂地挂了电话。

陈暖趁着叔叔婶婶睡了，偷摸着出了门。外面还在淅淅沥沥地下着小雨，现在的心境和之前完全不一样了，在这场暗无天日的战役里，她的心里装满了勇气，那不是一个人面对世界的勇气。

晚上的十一中，阴森如鬼魅，孙木和大破还有唐心三个人打着伞已经在等着她了。

"大哥，东西准备好了。真是可惜，我刚做的指甲都弄坏了。"大破不高兴地撇撇嘴。

"等我摆平他们，我带你重新做指甲，唐心一起去。"

"真的？"

"你们这么够义气，我怎么能小气。"陈暖转头看向一身狼狈的孙木，"你没回去？"

"我怕我这副样子回去，他们不让我出来了，就在网吧等着了。"他哈哈一笑。

陈暖心里一软，说道："走吧。"

"但是，大哥，我们的计划是什么？"唐心从刚刚到现在一直听指挥，还不知道他们具体要做些什么。

"以其人之道还治其人之身，我们去把季美嘉还有天云社那几个浑蛋的老巢掀了。"

"我知道学校后面有一块空地，那里有一座木头房子，就是天云社的地盘，但是那里只有天云社成员才能进入，我们都没去过。"

"哪个方向？"

"要从教学楼绕到后面那条小道上。"

"走！"

因为下雨，地上的洼地很快变成了水塘，几个人走三步滑两步。整个校园里静悄悄的，被风吹动的树影发出沙沙的声响，这学校连树也是变异品种，长得奇形怪状，像是张牙舞爪的妖魔。空中起了一层白色雾气，陈暖搓搓手臂，说道："啧，这么阴森。"

几人刚从教学楼往后拐，突然传来一道东西掉落的声音。

"你们听到声音了吗？"

"好像是从楼上传来的。"

"不会是那个吧……"大破又恢复了娘的一面，开始用嘴巴咬手指。

"你们也知道那个传闻?"陈暖想起之前和黄潇被关在学校时的事,"走廊尽头厕所最后一个单间的吊死鬼?"

"啊!不要说,不要说!"大破失控地叫起来。

陈暖看他们吓成这样,突然有了想要逗他们的心思:"我告诉你们,我曾经看到过那个鬼。"她故意放慢语速,一字一句地说。

"真的吗?"孙木说话的时候,嘴巴都张着,紧张地喘气。

"当然是真的,要不我带你们去看看?"

"啊啊,我受不了了,我不要听也不要看!"眼看大破就要吓得尿裤子了。

"这么大个人了,怎么跟黄潇一样相信这些鬼神之说?"陈暖戳他。

"大哥,你不信?"唐心咽咽口水。

"甭管信不信,眼见为实,我们去看看。"这件事情一直是陈暖心中的未解疑团,那天她和黄潇见到的到底是人是鬼?

"我不去,我最怕鬼了,会被他害死的。"大破有强烈的求生欲望。

"你觉得天云社的人可怕吗?鬼难道比那些家伙还恐怖、还让人讨厌吗?"陈暖的一句话直击心窝。

"那还是天云社比较可怕。但是干吗非要这么比较啊?我打晕自己算了。"

"放心,我会罩着你的。"陈暖拄招手,几个人猫着腰,蹑手蹑脚地往楼梯上爬。教室里比外面还要冷上一些。外面浅浅的月光透进来,像雪一样在地上铺了一层,风从没有关严的窗户飘进来,走廊上白色的窗帘一浪接着一浪地掀动起来,他们的眼睛正注视着走廊尽头的黑暗处。

"咔嗒。"旁边教室的门忽然慢慢地打开了,几个人回头望着黑漆漆的教室,咽了一口口水。

"门开了。"

"我看到了。"

"说不定是风吹开的,不要大惊小怪。"唐心说,"孙木,你去看看。"

"啊?我?"他指指自己,看到陈暖也在看他,心想不能在她面前丢脸,握握拳头,"好吧。"他小心翼翼地往里面走,走了几步并没有看到什么东西出现,一切正常,他放下心来,转头跟他们说,"什么都没……"话刚说完,门突然猛地关上了。

陈暖几个人都愣住了,连忙去拽那扇门,叫道:"孙木,孙木!"

后面,大破鬼叫起来:"啊啊,鬼啊!"他们一起转头,看到不远处忽明忽暗的地方站着一个歪头穿着校服的人。三个人你推我搡,玩命在走廊上跑起来,结果在路口跑散了,大破一个人往上面跑,陈暖和唐心往下面跑,一直跑到一块空地上才停下来。

"不行,我们还得回去,孙木还被关在屋子里呢。"陈暖跑得气喘吁吁,转头跟唐心商量,发现自己正对着空气说话,"唐心!肥婆!"她喊了两声,空气里只有回音在回复她。她掏出手机,发现居然莫名其妙没了信号。

她本来不相信什么鬼神,现在这个接二连三的失踪案件,不就是恐怖片里的情节吗?她的心里像揣了一只兔子一样七上八下的。

"不行,我要回去找他们,管他是人是鬼,老娘阳气重,不怕。"她嘴上说得凶凶的,一直到了二楼,几乎是屏住气息,脚步迈得飞快,一步也不敢停留。

她来到刚刚孙木被关的教室,打算下脚踹的时候,发现门开了一条缝,打开之后里面什么都没有,孙木也不见了。

刚刚还吵吵嚷嚷的校园一下恢复了安静,就像往湖水里抛下一颗石子,一点波澜也没有。"他不会真的被鬼抓了吧?"她转身又望向走廊尽头隐藏在黑暗里的厕所。

她一步一步走过去，她的脚步放得很轻很慢，整个空间里只有她一个活物移动的气息。她把手机掏出来照明，圆柱形的灯光照在那扇老旧的门上，门上绿色的油漆已经脱落。她慢慢伸出手轻轻一推，门就打开了，扑面而来一股霉味，墙上白色的瓷砖上有黄色的脏污痕迹，颗粒状地聚集成光柱的形状。

"嗒。"轻微的一声从里间传过来，她头皮一紧，慢慢往里间的方向走过去。从外面看没有什么异样，她刚要伸出手，厕所的门砰的一声关起来了，震得破旧的屋子快要碎掉了。

陈暖警觉地往门口看去，什么都没有。她走几步过去，想要把门打开，发现锁上了。

她回想着这扇门的结构，外面没有锁，只有一个生了锈的把手。

意识到这扇门不可能从外面被锁上的时候，她感觉后背一凉，不是她心里紧张，而是感官真的从后面传过来异样感，紧接着，她感觉有一双手拍在了自己的肩头，此刻完全是下意识的动作，她扭住对方的手关节，反身拉住对方腰部以下部分就是一个过肩摔："让你吓我！让你吓！"她对着躺在地上黑乎乎的东西就是一顿猛踩，"我打死你个龟孙，不对，是尿鬼！"

直到底下传来小声呜咽，很像人类发出的声音的时候，她才停住了拳打脚踢。这个时候，厕所里的灯突然亮起来了。

陈暖注意到他手里拿了一个类似遥控器的东西按了一下，伸手把地上装神弄鬼的家伙拎起来。他的皮肤挺白的，晚上没灯的时候看，确实有点吓人，脸倒是还算秀气，鼻梁上架着的黑框眼镜已经因为刚刚的暴力变了形，一块镜片碎掉了。他把眼镜拿下来，看到坏了，吐了一口气："又坏了，要重做一个新的了。"

"你谁啊，大晚上在这儿装神弄鬼！"陈暖因为刚刚的事情，火还没消，伸手拽住他的衣领，"说，你把孙木他们弄哪儿去了？"

"孙木是谁？"

"被关在教室里的那个人。"

"我帮他打开了门,他已经走了,其他人我不知道去哪儿了。"他拍了拍屁股,有些无辜地说。走到厕所里间,他站在蹲坑的台子上把吊顶拿下来两块,从上面拿出一台看起来像是组装升级过的电脑,上面有喇叭,一打开还有三面显示器,他也不嫌脏,直接拿了纸盒子垫着坐在地上。陈暖凑过去看,不看不知道,一看吓一跳,三面显示器上有这个学校里各个通道的监视画面。

"你是一个变态!"

"我不是变态。"他连忙解释,"我是科技社的成员。"

"科技社?我从来没听说过,当我傻吗?你就是一个变态!"陈暖嚷嚷,伸手拉住他的领子又要揍他,他吓得把眼睛闭起来。

"等等,既然你能通过这些摄像头知道学校里的所有情况,那前两次我被人关起来,门莫名其妙就被人从外面打开了,都是你开的?"

他被勒得痛苦地皱紧眉头,看到陈暖在看他,不好意思地别过头,小声回道:"是。"

意识到这货帮过自己的忙,陈暖松了手,语气不由得缓下来:"你说实话,为什么故意在厕所里摔东西吓人?还真以为有什么吊死鬼呢。"

"我没有想吓人,这个顶上的扣板因为老是拿来拿去就松了,有的时候自己会往下掉。"

"那这扇门怎么回事?我看过了,根本没有锁。"

他走过去指指门扇上面闪着红点的东西:"我给门装了电子锁,我怕搞研究的时候被人打扰,就自己设计了一个可以由遥控器控制的锁。"

"研究?"

"就是这个。"他又去顶上扒拉,拿出一个奇奇怪怪的像滑板又像小型飞行器的玩意。他把中间的两个扣子拉开,中间出现三个和小鸟雀形状大小差不多、贴着锡箔纸的模型。他把锡箔纸打开，里面居然是木头的，虽然看起来像是玩笑一样，动起来却让陈暖吃了一惊。

男生从底部拿着一个像是游戏手柄的东西按了两下，它就生出了轮子在地上转动起来。

"它能变形吗？"陈暖问。

"可以。"他动动手，小鸟的两侧展开，伸出了两只像翅膀一样的东西，一会儿变出了钩子，把一根扫把拖了过来。

"哇，厉害啊，没想到这学校还有你这种天才小能手，校长应该着重培养你。"陈暖在这个学校看到了太多笨蛋，像这种有智商，还一心一意钻研科学的人简直比鹿茸还罕见。

"可是我们科技社只有我一个人，如果你愿意加入的话，那我们就两个人了。这个小鸟机器人，我们可以改进，让它飞起来。"提起这事，他开心起来。

陈暖虽然不想打击他，但是该说的还得说："那个，我想问一下，你这个社团不是你自封的吧？连一个场地都没有，还要这么猥琐地在厕所里面办公。"

"我有学校正规手续的。"他把一套东西拿出来，"这套监控设备是社长传给我的，他把保护学校安全的重任都交给我了。"

"这社团能存在至今简直是一个奇迹，你被洗脑不轻啊，试问还有什么东西能比这学校里的学生更危险？比起他们，外面的物种完全就是小绵羊。说到这儿，我还不知道你叫什么呢。我叫陈小小。"

"我叫大白。"他犹豫了一会儿，抬头道，"我知道你叫什么。"

"嗯？"

"学校里的事情我都知道。你那么聪明，很适合科技社。"

"可我对这事没什么兴趣啊。"陈暖叉着腰。

外面的走廊上响起咚咚的跑步声，一会儿门就被擂得砰砰响："大哥，我们来救你了！"孙木和大破破门而入的时候，被眼前的景象弄得

愣住了。陈暖看到他们一个拿着拖把棍子，一个拿着凳子。

"什么情况？"

"我来介绍一下，大白，科技社成员。"

"科技社？我们学校有这个社？"几个人也是一脸蒙，"到底怎么回事？"

大白一瞬间非常委屈。

"总之是误会一场。你们刚刚跑哪儿去了？"

"我刚刚从教室出来后，就玩命往外面跑，发现你们都不见了。我回头跑到天台上，大破躲在那儿把我一顿挠，我脖子上现在还有几条血印子呢。"孙木抱怨地扯了扯领子，陈暖果然看到几条触目惊心的抓痕。

"我是太紧张了，明天就是中元节，我能不害怕吗？"大破看看自己的指甲，"我另外一只手的指甲也断了。"他一副欲哭无泪的表情。

"等等，你刚刚说什么？"陈暖捕捉到了重点。

"我害怕鬼。"

"不是，你说明天是中元节……"陈暖脑袋里闪过一个想法，转头和大白说，"我要加入科技社。"

"真的？"他开心地提高了语调。

"不过，我要借你的东西用用了。"陈暖往他的机器瞅了瞅。

"大哥，你想做什么？"

"我打算在明天这个普天同庆的节日里，送天云社那些家伙一份大礼。"

"那我们还去砸他们的场子吗？"

"去。唐心，你等会儿把天云社那几个家伙的资料发给我。"陈暖说了一句，似乎感觉不太对劲，"唐心呢？"

"啊？"几个人面面相觑。

陈暖转头看大白，大白摆摆手，一脸无辜地道："我不知道。"

"她块头最大，怎么存在感这么低？"

几个人上下几楼找了一遍。"你们有没有听到什么声音？"陈暖将手指放在嘴边示意他们噤声，仔细听。

"好像是猫叫。"

"我听着像狗叫。"

陈暖闻声，仔细查找声音的来源。她一直绕到楼梯右侧，声音越来越大，几个人过去一看，前面出现一个像被陨石砸出的大坑，唐心正歪歪斜斜地躺在里面哼唧："这儿怎么还有一个坑？大晚上坑爹啊！"几个人手忙脚乱地把唐心从坑里拖出来。

"没事吧？你怎么掉这里了？"

"刚刚和大哥一起跑的时候，我没注意，踩到了一堆草，下面居然有一个坑，疼死我了。"

"谁这么无聊，在这儿挖坑？"

"天云社的，为了抓你。"大白转头看陈暖，轻飘飘的一句话道破了天机。

"浑蛋！"孙木用力跺了一脚。

"不用生气，我已经想好了对付他们的法子。明晚，我在学校里给他们准备一个中元节头七惊魂大派对，我要让他们知道坏事做多了，迟早要碰见鬼。"

"他们不来怎么办？"

"不来？"陈暖呵呵一笑，"我就架着他们来。红油漆呢？"

"刚刚一紧张，我把红油漆丢在那边了。"大破指了一个方向。

"走，我们去他们的老巢好好布置一下。"

一群人撑着伞，在雨夜里笑得阴森森的，消失在教学楼的拐角处。

季美嘉追了一晚上的韩剧，趴在课桌上睡了几节课。

"美嘉，美嘉。"后面的女生轻轻喊她，看她没有动静，又伸手拍

了她一下。

她有起床气,转身不耐烦地喊了一句:"干什么?"

对面的人怯懦地缩缩头,往外面指了一下:"你哥来找你了。"

季美嘉抬起头,看到季云手抄在校服裤子里,身姿挺拔地站在门口,给她使了一个眼色。她欠欠身子,拿出镜子补了一下妆,才懒懒地从座位上起身,转过身瞥了一眼还在往外面看的女生,不悦道:"你看什么看?"

"没有。"女生连忙低下头。

"我哥他有女朋友的,少白费心思了。"她不屑地白了女生一眼,心想,这年头想吃天鹅的癞蛤蟆还真不少。她晃着出去,季云已经走到了楼下,靠在墙上抽烟:"这么慢?"

"我出门也要注意形象啊。"她转头看他有些阴沉的脸,"怎么了,你很少来班里找我的。"

"你去社团就知道了。"两个人一前一后往后面的空地走,远远看见房子前面站着两个人,肖杰和顾唐已经到了,抱着肩、皱着眉头看眼前的屋子。

屋子的窗户都被打破了,墙壁上是红油漆画的骷髅头。季美嘉跑到里面去看,屋子里被洗劫一空,地上一个大叉占据了屋子的四角,外围用圈圈画着看不懂的符号,像是布了一个阵法,房间中央放着一个缺了一只眼睛的洋娃娃。

"到底是怎么回事?"季美嘉不由得怒火中烧,"装神弄鬼!"她跑了几步过,想要一脚踢开这个布娃娃,刚到跟前,布娃娃的一只眼睛突然亮了起来,嘴巴里发出哈哈哈的清脆笑声,在偌大的空间里显得格外刺耳,让人生出一种毛骨悚然的诡异感。

"我说这么眼熟,这个不是电影里招鬼魂的阵式吗?这个布娃娃肯定被附身了!"肖杰抓着自然卷的短发,鼓起包子脸。

季云不动声色地走过去,把洋娃娃拿起来:"这世上根本没有什么鬼。"他转过身把洋娃娃拿到外面,丢进垃圾桶里,"我们是被人报复了。"

"一定是陈小小那个贱人!除了她,不会有别人。"季美嘉叫起来。

"现在我们在明,他们在暗,小心一点。不过这么久了,我还是第一次碰上敢和天云社硬碰硬的,有点意思。"季云笑了笑,口袋里的手机忽然响了,他掏出来,"好的,就去上次那家。"他转头通知他们,"这里我会找人来打扫,这件事情不光彩,不要到处宣扬。我还有点事,先走了。"

"哥,你又跑去约会。"

"没办法,女朋友还是要陪的。"季云笑了笑。

陈暖他们几个此时都猥琐地待在厕所里,一起凑在屏幕前。他们把监控装在了布娃娃身上,结果布娃娃被季云扔掉了,他们现在只能听到屋里的声音了,对几人的表现大失所望。

"我本来以为能把他们吓得半死的,居然这么淡定。"唐心说。

"你着什么急,好戏还在后头呢。"陈暖敲敲屏幕,画面切换到从屋子里面出来的季云身上,"这是老大吧?"

"嗯。他是季美嘉的哥哥季云,也是天云社的老大。"

"你们在这儿继续给我看着天云社的几个人,唐心跟我走。"

"我们去哪儿?"

"跟着季云去约会。"

"啊?"

她们两个小心翼翼地跟着季云出了门。一起坐公交车的时候,陈暖特意隔开了几个人,唐心站在她旁边,目光没有从季云的身上移开过。

"你稍微收敛一点,别被他发现了。"陈暖想着:你的体型本来就藏不住,能不能打个保守战?

唐心瞅了两眼,又回过头,想了一会儿才跟陈暖说:"我觉得季云

长得好帅啊。"

"色字头上一把刀,那些长得好看的男人和女人都不是善茬儿。"陈暖发自内心地劝谏。

"那谁是好东西?"

"像我们这种人多好,相貌平平,但是心地善良。"

"有吗?"

"你不要长他人志气,灭自己威风。"

"好吧。"

两人下了车,隔了几米继续跟着。季云在路口停了下来,两个人立马停下来迅速躲到了一边,看到季云伸出长长的手臂举了举,对面跑过来一个长发飘飘的女生,白皮肤,高个子,腿也长,穿着蓝色的连衣裙,吸睛率百分之百。

"她好漂亮啊,是隔壁学校的吗?"唐心发出由衷的赞美。

"喊。"陈暖酸不拉几地说,"我觉得她长得跟季美嘉有点像,他肯定有恋妹癖。"

女生巧笑嫣然地从马路边过来,勾住季云的胳膊,俊男美女的组合吸引了周围很多人的目光。两人一路走着,就是一道亮丽的风景。

"真羡慕啊,要是我也能找这么帅的男朋友就好了。"唐心完全变成花痴了。

"你跑题了。"陈暖提醒她。

唐心收了收脖子,说道:"不过,大哥你有黄潇,你也很幸福。"

"黄潇什么时候是我的了?你能不能专心一点?"陈暖和唐心跟着季云一直到了一家西餐厅,两人坐在靠窗的位置。

陈暖他们在外面监视,越看越饿,索性去隔壁麦当劳给自己和唐心一人买了一个汉堡包,坐在路边啃。

等到陈暖把翻盖手机上唯一的游戏《贪吃蛇》玩过了几十关,手机快要没电的时候,两人出来了,天也开始黑了。路边店面的灯光从里面射出来,车上的大灯从路边一道道光柱打过去,在空中交锋。

"是时候了。"陈暖伸出手,从口袋里掏出一个巨大的白色口罩,戴上后只剩下半只眼睛和光亮的大脑门。

陈暖像箭一样冲过去,噔噔噔快要到他们两个人跟前的时候,忽然放慢了脚步,非常自然地从他们身侧走过。过了一会儿,陈暖绕了一大圈回来,从衣服的大口袋里把一部黑色的手机掏出来。

"大哥,你这就把季云的手机弄到手了?"这一看就是老手啊。

"不然呢?"陈暖想起小的时候,陈玉凤偏心,经常给陈小小偷偷买零食吃,陈暖每次都神不知鬼不觉地偷走她的零食。不管她将零食藏在哪儿,陈暖都能找到,也练就了反侦查和拿东西如囊中取物的本事。

"啊,有密码。"唐心有些气馁。

"我料到了。"陈暖从口袋里掏出一个类似U盘的东西插到接口上,屏幕亮了一下,一会儿就解开了。

"你怎么弄的?"唐心很是惊奇。

"这玩意是大白给我的,手机密码在他面前没有难度。"陈暖看看那个小玩意,"这个以后我可以留着。"

"留着干什么?"

"查我男人手机啊。"她说得理直气壮。

"黄潇以后真可怜……"唐心嘀咕了一句。

陈暖找到他手机里的通讯录,给天云社的几个家伙群发了信息。

"他们会来吗?"

"我给他们发了今晚有重要的事情要宣布,天云社成员务必到场。老大的话还能不听?"

两个人一路叽叽歪歪的时候,跟着季云一直过了两条街,拐了一个弯,停在了一个高大的建筑面前。眼看着两个人进去了,唐心还有些不确定,张了张嘴巴:"大哥,这是酒店吧?"

"废话,我又没瞎。猥琐。"

"啊,一棵好白菜又被猪拱了……"唐心的表情像刚刚失恋一样。等回过神来,她饶有兴趣地看着陈暖,突然起了八卦的兴致:"大哥,你和黄潇前两天待在一起,睡哪儿了,黄潇的身材肯定很好吧?"

"露天。"陈暖想也没想地回答。

"你们这么狂野的吗?"

"我和黄潇才不会这么猥琐。我去给他留个信。"陈暖把帽子戴上,帽檐压得非常低。她本来还要戴口罩的,但是怕人家误以为她是恐怖分子。

到了酒店前台,那姑娘长得那叫一个水灵,态度还贼好,立马起身询问需求。

"刚刚进来了一对帅哥美女,等到他下来的时候,请你把这个给他。"陈暖把口袋里早就准备好的信封拿出来给前台的大美女。

季云打开大套间的门,一屋子的气球和彩带,一边的角落里堆放着包装精致的礼物,他对女生道:"生日快乐。"

女生红了眼眶:"我以为你忘记了呢。"她带着撒娇的语气,指指那些礼物,"都是给我的吗?"

"我把你购物车里的东西都买了。"

这下女生彻底哭了出来。

他站在门口,转身靠在墙上,饶有兴致地看她高兴地拆包装,伸手从口袋里掏烟,放在嘴边叼着的时候,忽然发现好像哪里不对,重新往口袋里掏。

"手机呢?"他站起来看,在屋子里转了一圈,又往楼下走,想看看是不是丢在大厅了。走到前台,他打算问手机的事,还没开口,前台的妹子已经笑眯眯地从台上拿了东西给他。他还以为是手机,没想到是一个白色的信封,狐疑地问了一句:"这个上面没有写名字,你怎么知道是给我的?"

前台笑得娇娇俏俏:"刚刚有个戴帽子的人告诉我,你要是下来,就把这个给你。"

季云把信封打开,刚抽出里面的东西,就掉出来一条死虫子,前台姑娘大惊失色。季云打开,上面一排是用红色水笔写的字:晚上七点,我在学校等你……纸上还飘着一股怪味。季云稍微凑近闻了闻,是腥味,血腥味。

"今天是中元节啊。"两个前台姑娘一脸紧张地看着他手里的东西。

"你不要说了,好恐怖。"

"小把戏。"季云甩了甩手,"刚刚拿这封信给我的人长什么样子,你们看清楚了吗?"

"她低着头,我没有看清长相,但是听声音是一个女生。"

"我知道了,谢谢。"他微微一笑,转身回了楼上。

季云送女朋友回家之后,就赶去了学校。一路上,他看见有人蹲在路边烧纸钱,空气里飘着呛人的气味,黑色的烟飘在街道两侧,像是伸长手的鬼魅。

他几乎没有晚上来过学校,这副阴森森带着点凄惨的景象,也还是第一次见。本来应该锁起来的大门,他的手指轻轻一碰,铁门就发出"吱呀"的声响,平时不觉得,今天晚上却有些瘆人。

校园前空空荡荡的道路上刮起了一阵冷风,他的脸上忽然出现丝丝凉意,天上又开始飘起了小雨,因为接连的雨天,空气里都带着黏腻的潮湿。

他往里面走,周围都是风声,后面好像有脚步声。他警觉地继续往前走,忽然停下来,一个反手灵活抓住对方的胳膊,准备一拳砸下去的时候,对方一声怪叫:"是我,是我!"

听到熟悉的声音,他手里的动作停下来,眼前是一张熟悉的脸,一头小卷毛。

"怎么是你?"季云皱紧眉头问。

"不是你叫我来的吗?"肖杰抱怨一声,赶紧让他松开。

"我?"季云不明所以。

后面又过来两个人,是季美嘉和顾唐。"你大晚上把我们叫到学校来干什么?"两个人有同样的疑问。

季云想起自己手机被偷的事情,说道:"不是我叫的,我的手机被偷了。"

"什么?"

"谁的胆子这么大,连你的东西都敢偷,还把我们都叫过来,真当天云社是吃素的吗?"顾唐不耐烦地瞪着眼睛,"今晚我家菲佣可是做了我最喜欢的西班牙料理,被我抓到是谁弄的,我让他吃不了兜着走。"

"叮咚,叮咚……"教学楼的喇叭里突然传来上课的铃声,回荡在偌大而寂静的校园里,一声小似一声。季美嘉伸手抱了抱有些发冷的身体,想到白天社团屋子里发生的事情,感到头皮发麻:"上课铃怎么会这时候响?"

"广播室肯定有人。"顾唐说。

"我们去看看。"季云走到前面。

肖杰看季美嘉在原地磨磨蹭蹭,悄悄凑上前去,问道:"你不是害怕了吧?"呼吸喷到季美嘉的脖子上,让她又起了一层鸡皮疙瘩。她转身看到肖杰欠揍的脸,气结道:"胡说八道,我怎么可能害怕,肯定是有人在搞鬼!"

"哦,但是你不知道今天是中元节吗?我给你科普一下啊。中元节就是鬼节,传说中这一天会有很多的大鬼小鬼、男鬼女鬼一起来到阳间,有仇报仇,有冤报冤……"肖杰在她旁边晃来晃去,故意放低语调。

"你给我闭嘴!"季美嘉生气地要踹他一脚,被他飞快地躲开了,瞬间这边就剩她一个人了,后面阴风又起,后背凉了一片,她不由得加快了脚步。

他们到达广播室所在的楼层时，广播里又开始放起了音乐："一个小娃娃，孤孤单单没人……"忽远忽近的童谣在走廊上持续传播恐怖，空灵的声音好像在半空中升起了一个透明的怪物。

季美嘉抱了抱手臂，也不知道是不是她的错觉，房子里的气温好像下降了好几度。虽然夏季的高温已经远去，但是这个屋子里的温度和白天比起来，简直一个天上一个地下。

广播室的门关着，里面也没有灯光，不像有人的样子，顾唐和季云走在最前面，两人互相给了一个眼色。顾唐按了把手就冲进去，歌声也戛然而止，里面漆黑一片，他伸手去开灯，没有电。

"没有电？那广播是怎么传出声音的？"季云的一句理性分析，让在场的所有人不由得头皮一紧，难道真有……

"砰！"广播室的门突然合上了，在这诡异的地方，给了人刺激的一击。

"怎么回事？"几个人被关在里面，瞬间连外面的光也透不进来，季云回身一脚，直接踹开门，几个人连忙退到走廊上。

"哥。"季美嘉去拉季云，季云把她往后藏，"别怕。"

走廊尽头的门突然打开了，发出"吱呀"的声音。

"我倒要看看到底是什么玩意。"顾唐不管不顾地往那边跑，几个人也跟着小跑过去，跑进去依然是空空如也。几个人准备仔细查看的时候，后面突然响起细碎的声音，一阵冷风吹过，季美嘉起了一身鸡皮疙瘩，转头过去对着空旷的走廊，声音发颤："刚刚好像有人。"

"你看错了吧？"肖杰又戳她，"肯定是你太害怕了。"

"我没跟你开玩笑，我真的看到了！"紧张加上害怕，季美嘉冲着他狂吼了一句。

肖杰看看她又看看顾唐："要不我们走吧，今天晚上不太适合做抓鬼这种事。"他说的是笑话，但是此时显得一点都不好笑。

几个人往楼梯口的方向走,后面忽然起了一阵冷风,这回肖杰回头看,咋咋呼呼起来:"啊,鬼啊!"他惊恐地捏住自己的脸。

"怎么了?"顾唐和季云没看到,眼前只有空空荡荡的走廊。

"飘过去一个东西。"

"人怎么可能飘,胡说八道。"顾唐不屑道。

"真的……"

这时,广播里又传出诡异的童谣,缓缓流淌出来。他们都朝广播室看去,窗口一道惊雷打下来,远处高高地站着一个长发飘飘的女人,头发遮在眼前,一直拖到地上。

几个人愣在原地的时候,长发女鬼突然快速移动过来,几乎近在眼前。

"啊!"肖杰大喊了一声,周围的门窗都在开开合合,发出奏鸣般的巨大声响,教室里滚出无数的小钢珠。肖杰跑到楼梯处,脚下突然踩空,摔了下去。

"肖杰!"季云伸手去拉他,上方突然落下来一绺长发,他抬头看到女鬼倒吊在上面,眼睛滴血,伸手一推,两人滚下去了。

顾唐和季美嘉往另外的方向跑。突然从旁边伸出来一只冰凉的手拉住季美嘉的脚,还来不及大叫,季美嘉一下子就被拖进了教室。门窗咔咔被关上了,刚刚天摇地动的教学楼忽然安静下来,刚刚和她一起跑的顾唐也不知道去哪里了。

外面电闪雷鸣,雨越下越大,只有不断闪着的光,她往后退的时候,撞到后面的桌椅,发出的声音也吓得她出了一身汗。她把手机打开,借着光摸到门口,打不开。她从旁边拿了一把椅子打算直接砸开,举起手的时候,广播里突然又传出声音,是一段不规则的声频。她转头看向拐角,发现那里站着一个人,静静低着头,穿着白色的校服。

她下意识直接拿起椅子砸了过去,对面的人轻而易举地躲开了,飘忽地从地面升起来,然后向她冲过来。她转身想逃,撞到旁边的桌角,一头栽下去:"救命啊!"她失控地叫了一声,眼泪不自觉地流了出来。

突然,外面砰的一声响,门被破开了,迅速冲进来一个黑影挡在她面前,抬起一脚踹飞了穿着白色校服的"学生鬼"。

"你没事吧?"季美嘉捂着脸,听到熟悉的声音,放下手,看到黄潇皱着眉头的脸。"黄潇。"她瞬间卸下紧张,抱住他小声抽泣起来。

黄潇转头看刚刚被踹的鬼,他仰面躺在地上,地上有一个滑板一样的机器,看来就是借助这个来移动的。

"谁让你装鬼吓人的?"黄潇大声问了一句,对方没回答,他放下美嘉,快步走过去,"不说我就揍你。"他刚要伸手给一拳的时候,从后门冲进来一个人,脚步飞快,拉住那人,反身给了他一脚,他后退一步避开了。

这时,教室里的灯打开了,屋子里面一片狼藉,黄潇愣愣地看着眼前的人:"陈小小?"

陈暖没看他,转身把大白扶起来,看他低头捂着肚子,关心道:"你没事吧?"大白摇摇头。

"你在这儿干什么?"黄潇想了想,"难道这些是你做的?"

"是,所以你也想打我吗?"陈暖看了一眼站在不远处装柔弱的季美嘉。

"为什么?"

"以其人之道还治其人之身,天云社的家伙一个都跑不了。"

"大哥……"穿着白衣长袍、戴着假发的唐心,还有脸上挂了彩的大破和孙木手被扭着,被季云、肖杰还有顾唐押了进来。

"放开他们。"陈暖狠狠地盯着他们。

"你真够可以的,想到装鬼吓我们这一招,要不是黄潇突然冲进来,我们还真以为撞鬼了呢。"顾唐不屑地松松手。

季云走过去,安抚了一下季美嘉,转头看愣在原地的黄潇,说道:

"黄潇当然会帮我们,毕竟他曾经也是天云社的一员啊。"他说得轻描淡写,外面突然响起一道雷,陈暖一直塞在耳朵里减小音量的棉花像是突然失了作用,全身抖了一下。

黄潇知道她怕这玩意,想要伸手拉她,她立马后退一步,抬起头,眼睛里的冷漠让他一惊。

"很好。"陈暖抬起头,"黄潇,既然你选择和天云社这些人站在一起,那就是跟我作对,和我们高三二班作对,我们不再是朋友了。"她扶着大白,转头和天云社的几个人说,"你们给我记着,这事没完。要是看我不爽,冲我来就行,如果再为难班里的其他学生,还有我的家里人,我也不是吃素的,你们一个个我都不会放过,包括你。"她看了一眼黄潇。

"陈小小……"黄潇伸手拉她,她看了一眼胳膊上的手,"我们和他们,你只能选一个。"

黄潇愣了一下:"我……"

"好了,你不用说了,再见。"

看着他们离开的身影,黄潇握了握拳:"你故意的。"他转过头认真看着季云,"你晚上打电话和我说,你们在学校被人暗算,让我八点来帮你们,你早知道这是陈小小做的,你也没被吓到,刚刚所有的害怕都是装的,就是为了我能亲手破坏她的计划,在她面前伤害她的朋友。"

"是的。"季云也没否认,"她留信给我的时候,我就知道这事八成跟她有关。这样也好,你也应该回天云社了。当初你不是因为美嘉才退社吗?她现在已经知道错了。"

"哥……"季美嘉被戳穿了,有些尴尬地别了别头发。

"我离开天云社不是因为美嘉。"黄潇丢了一句。

"什么?"

"我只是很讨厌你们一直欺负弱小的嘴脸,很没意思。"黄潇转头看他，"今天是我最后一次帮你们，你们要是继续和高三二班作对，下次我不会再留情面。"

"陈小小不会原谅你的。"季云淡淡开口。

"我知道，但我还是要保护她，我答应过她。"

"黄潇！"季美嘉跟在后面着急地喊。

季云拦住美嘉："你拦不住他的。"

第九章 下班后见

唐心看着陈暖低头沉默不语,也不敢多说话,她知道大哥现在心情肯定很差。走到外面,一行人就草草散了。

雨势渐渐小了,街上刮起冷风,她搓搓自己的身体,快到小区的时候,看到路边蹲着一个熟悉的身影,正背着风烧纸。

"爸?"她叫了一声。

陈平穿着工作服,还来不及换:"我打你电话怎么不接?"

"我手机没电了。"

"过来,给你大伯、大伯母烧纸钱。"

陈暖愣了一下,她蹲下去,看着在风里飘飘摇摇的猩红火苗,问道:"妈呢?"

"她在医院照顾暖暖呢。每一年都是一家四口给他们烧纸钱。"他从旁边的箱子里面掏出黄色的元宝扔进去,表面的蜡皮一会儿就融化了,沿口冒着红色的火星,然后整个化为黑色的灰烬,"今年人少一点,你们不要担心,暖暖很快就会醒过来的,明年还是一样,四个人一起给你们烧纸钱。你啊,不要还像生前那样喜欢钻牛角尖,不要让嫂子生气,钱留着自己花,不要都给别人了。"

陈平絮絮叨叨,和眼前的一堆火说话,声音越来越低,埋着头,他的声音几乎是呜咽的。他怕陈暖看见,连忙擦擦脸,拍拍身上的灰:"上面还有一箱我没拿下来,我去拿,你留在这儿。"说完,像是要甩开这种情绪一样,转身就走了。

陈暖看他走得快但是不稳,心里像堵了一块石头,蹲着看眼前的火光:"爸,妈,叔叔他还是很想你们。"她伸手把旁边的纸钱继续丢进去,"今天发生了一件事,我和一个好朋友闹翻了。啊?你问我为什么?"她自问自答,"我感觉自己好像越来越依赖他了,我知道这样不好,毕竟谁都不会陪谁一辈子的。"

她沉默着继续往火堆里丢元宝,火光印在脸上,一闪一闪像是失灵的灯光,照得脸上出现不同角度的阴影:"我还是舍不得啊。"她撑住脸苦笑了一声,"妈,你为什么每次都要戳穿我?"她对着火堆抱怨了一句。路上已经没有什么人了,一阵风直接卷过来,差点扑灭这边的火。她挪动身子挡住风,转头看到街对面同样蹲着一个人,穿着黑色的衣服,戴着黑色的帽子,手里也在烧纸,安静得一句话也没有。

陈暖看了他一眼,好像有种熟悉的感觉。不远处,陈平拿着纸箱子走过来了,陈暖起身去帮忙,再回头看的时候,对面已经没有人了,只剩下地面上一堆黑色的灰烬随风飘着。

一条黑色的窄巷子里,只有暗淡的路灯照射出黄色的灯光。

西餐厅后门口的大垃圾桶里散发着腐臭的味道,周围还有苍蝇嗡嗡飞着。他从后门推门进去,经过后厨时,从放菜窗口把牛排套餐端出去,来到装修很有格调的前厅,靠近墙壁的客户是两个打扮时髦的漂亮姑娘。

"您的餐。"他熟练地走过去,一只手托着餐盘放到桌上。两个姑娘有些暧昧地笑起来,等他走后,讨论起来。

"那服务生好帅啊。"

"我也觉得。"同伴也同意。

"不如去问问他有没有女朋友？"

"他长那么帅，能没女朋友吗？"

"这不一定，他就算有也没关系啊，又没结婚。"

"挖墙脚这种事你也想得出来。"

"我去了。"个子高一点的女生站起来。

莫言飞正健步如飞地往后厨走。

"喂，帅哥。"她伸手拍莫言飞，他停下脚步，像被施了定身术，一下子不动了，面无表情地转过头，往后退了一步让两人保持距离。女生有些尴尬："能加个微信吗？"她继续提高热情把手机掏出来。

"我没有微信。"

"啊？那电话总该有吧，你留个电话号码给我。"

"有，但是我不想留。"他掉过头，依旧保持刚刚的速度，健步如飞，好像一切都没发生过。

女生站在后面石化了："这是怪胎吗……"

莫言飞去隔壁一桌点了餐，透过人群看到了一个熟悉的身影坐在吧台那边偷笑，转了一个弯走过去："你怎么来了？"

肖杰咬着杯子里的吸管，笑得不能自已，头上的小卷毛一翘一翘的，说道："你还是老样子啊。你要是不把你厌恶女生的毛病改了，很可能绝后啊。"

"我只是讨厌她们碰我。"

"如果哪天科学家研究出一种一个男的和女的不用接触也能生出孩子的方法，到时你就可以得救了。"

"你今天怎么有空过来？等会儿这里就要打烊了，你还是别点餐了。"

"正好等会儿跟我喝酒去。我不找你，你也不知道找我，没良心。"

"我要打工,很忙。"

"我知道,一般在今天这种日子,你晚上不会出去工作。走啦,陪我喝酒去,我去外面等你。"

肖杰坐在马路边的石墩上玩手机,等了一会儿,莫言飞背着大包,换了自己的衣服从里面走出来,招了招手,两个人就去隔壁的烧烤摊凑了一桌。

"你还打不打算上学?老刘可是正式通知了,这星期你再不去,学校就要开除你的学籍了。"

"随便吧,反正我也不想上学,我还要打工。"

肖杰看了看他:"你要是被退学了,我会很伤心的。还是去上学吧,老大一直等着你入社呢。"

"我对社团没有兴趣。"他想也不想就拒绝了。

"以前我刚进校,你和老大他们在学校一起出场的时候,那叫一个帅,所有人都用崇拜的目光看你们,所以加入天云社一直是我的梦想。可是等我入社了,你上学的次数越来越少,黄潇没多久也退社了,很多事情都变得没意思了,天云社也不像以前的天云社了。"

"你今天好像不太高兴。"莫言飞问他。

"没什么,我只是希望大家还能像以前那样,一起吃一起玩,一直快快乐乐的。"肖杰揉揉头发,灌了一口酒下去。

莫言飞也喝了一口酒。雨后的空气变得清爽,圆圆的月亮挂在天上,四下安静,夏天的热闹终于过去了。

十一中在清凉的秋意里迎来了新的一天。

"啊,冲啊!"一道刺耳的叫声划破天际。

"你给我站住!"紧接着是闹哄哄的各种音色的"交响曲"。

如果你现在正以天上那颗懒洋洋的太阳的视角来看,这所刚刚苏醒

过来的校园，热闹的一天在全校"跑步比赛"中开始了。

一群男男女女待在操场上，像贪吃蛇一样，队伍变得越来越长，狂追前面一个正在快速移动的小黑点，队伍后面还跟着几个体力不足的人，跑得零零散散，"大哥，大哥"地叫。

季云和顾唐站在三楼观看这一全民追杀的盛景。另外一边，季美嘉早早等在学校路上准备把黄潇截住，里面正在树校风，可不能让他进去坏事。

机车轰鸣声由远及近。

"你在这儿干什么？"黄潇停下来，看她不打算让路的样子，问。

"我想带你去一个地方。"她笑了笑。

"我不想去。"他想也没想就转移方向，打算把她撇下。

"黄潇，你讲讲道理好不好，昨晚我是真的被吓到了，这全是陈小小的错。"

"我要去上课了。"

"不会耽误你很久的，你相信我，拜托。"她把手竖起来，露出楚楚可怜的表情。

黄潇骑在摩托上，思考了一会儿，然后应道："好吧。"

季美嘉走在前面，转头看骑在摩托上，两条腿撑在地上向前滑行的黄潇，与她保持半米的距离跟在她身后。

"你这样不累吗？干吗不把车停下来？"

"我要跟你保持距离，要是发生什么，我可以立马骑车走。"黄潇直白地把自己对她的警戒心清清楚楚地表示出来。

"你……"季美嘉衣袖一甩，气哼哼地转过头，脚下没注意，踩到了石头，人一下子摔下去了，"啊！好疼啊！"她将计就计倒在地上不打算起来，哼哼唧唧地喊疼，表现了一番无助，转头看一脸蒙的黄潇，"我摔倒了。"

"我看到了。"

"你过来扶我一下。"

"你自己爬起来不行吗？"

"喂，黄潇！"她气得喊起来，这男人的情商真是要气死她，"过来扶我！"她直接下了死命令。

"我回学校叫人。"他提出建设性意见，说完真的开始艰难地移动那个重型机车的车头。

黄潇本来要走，身后突然传来抽抽搭搭的呜咽声，他转过头问她："你哭什么？"

"你以前不会这么对我的。你忘记了，以前我生病，你去药店买了一大堆药，半夜去医院看我，医生说过了探视时间，不让你进，你爬窗进来，还摔了一个跟头，一瘸一拐地跑到我床边。你知不知道，你现在这样，我真的特别难受。不管怎样，我们至少还是朋友吧？"她说得可怜兮兮，好像眼前的人就是一个十恶不赦、通敌叛国的罪人。

黄潇盯着她看了一会儿，看她好像不打算起来了，心里一番纠结之后，从摩托车上下来，把车架起来，朝她走过去，避免和她肢体接触，他抓住她肩膀有衣料的部分，直接把她提了起来，疼得她哇哇叫："你干什么？"

"好了，我走了。"他转身就走。

"等等，我好像扭伤了，你送我去医务室好不好？"

"那去学校医务室。"

"不行，学校医务室的条件不行，你送我去市中心的医院。"

"我还是回学校叫人吧。"

"啊，好痛。"季美嘉叫起来，脚步慢慢往摩托车那边移动。

"唉，好吧。"黄潇直接坐上车，飞快地拧动把手，风驰电掣地往前开的时候，没有注意到背着发白大书包的莫言飞正慢慢悠悠往学校的方向走。

他的脸上还带着没有睡醒的茫然表情，耳朵上挂着耳机，缓缓走进

学校。地面突然轰隆轰隆一阵震动,把他还没完全清醒的脑袋弄晕了。他拿下一只耳机,刚抬头就因为眼前的景象震惊了——一群人正朝他的方向过来,最前面的短腿女人跑得像一个失心疯患者,面目狰狞,但是小短腿迈动的频率极快,在这样的情况下还能拉开一段距离,显示了天生运动健将的才能。

后面突然有人超常发挥超越了"小短腿",一把拉住她的后脖颈,扬起手上的棍子就要敲过去,莫言飞往前走了几步,迅速伸手拉了"小短腿"一把,反踹了对方一脚,后面的人就像多米乐骨牌一样倒下去了。"小短腿"因为巨大的惯性往前扑,莫言飞转身想避开,旁边的人撞过来,造成大型撞车摔倒现场,还没来得及惨叫,就开始和地面亲密接触,砰砰咚咚乌压压地躺倒一片。

陈暖晕晕乎乎的,嘴巴和脸好像碰到了什么软乎乎的东西。她睁开眼睛,发现自己的半张脸都凑到了一个白白的、骨节分明且手指纤长的男性手背上,她偏过脑袋,口水差点流出来。一张和她挨得极近、棱角分明的脸,在阳光的照射下呈现出柔和的白色,她睁大眼睛,呼吸突然急促起来:"是你啊。"

对方没看她,视线直往下落,看到自己被她反复蹂躏的手,几乎是反射性弹跳,像是碰到了怪物一样,不能直视那只手。她看他三步并作两步跌跌撞撞地走到墙根去,然后,在几百双眼睛的注视下,他吐了,他吐了!

陈暖知道陈小小这副尊容不咋的,也很有自知之明,但是对方不至于被亲了一下手背就吐了吧,还流露出这种心灰意冷,似乎想要立马死掉的表情。

"我送你去医务室。"

陈暖和莫言飞两个人几乎是打着去的医务室。校医分不清到底哪个才是病人,不过从两个人的面相来看,陈暖属于施害人的那种长相,莫言飞一看就是会被侵害的那种。陈暖讨厌这个看脸的社会。

莫言飞躺在病床上等着医生拿药,陈暖屁颠屁颠地从外面倒水进来给他喝:"天干物燥,你多喝点水,你肯定是上火了才会吐的。"她才不想承认是自己害的。

"你离我远一点。"莫言飞只有这一句话,"我对女人过敏。"

"嗯?"陈暖觉得新奇,"真的假的?这样呢?"她的脑袋往前凑了凑,莫言飞拿了床上的枕头推开她,隔开距离:"这只手我都不想要了。"

"真神奇。"她也不介意,依旧盯着他笑,"你叫什么名字?多大年纪?有没有女朋友?你是这个学校的学生吗?哪个班的?我在这儿上学这么久,怎么都没见过你?"

她一连抛出好几个问题,问得莫言飞莫名其妙,不过他被骚扰多了,估计眼前的人又是一个花痴,拒绝道:"我不喜欢你,也没有QQ,不会给你电话号码,不用浪费时间了。"

陈暖坐在凳子上晃了晃,张开嘴巴道:"看来你真的不记得我了。"她心里想:也对,自己都换了一张脸。

"嗯?"

"大概在两个月以前,两个人在网吧因为打游戏打起来了,你还帮过我,我想跟你要电话号码的时候,你跑着跑着就不见了。"

这话不说还好,一说莫言飞毫无表情的脸一下就变了颜色,从抿紧的嘴巴里挤出来一句话:"原来是你。"

"怎么了?你是不是想起来了?"陈暖很激动。

"就因为你追我,我没看到路面标志,结果掉到开了盖的下水井里,害我在家躺了半个月。"他说话的时候,眼睛里冒着愤怒的小火苗。

"啊?"陈暖尴尬了,"我说呢,你怎么跑着跑着就不见了。你现在身体没事了吧?"她哈哈笑了两声掩饰尴尬。

"我要走了。"他不打算理这个短腿的女神经,掀开被子就下床。

"等一下。"陈暖本来准备去抓他的,又想到他怕女人碰,就放弃了,只问,"你还没告诉我,你叫什么名字呢。"

"莫言飞。"

"啊哈。"她张开嘴巴露出白色的牙齿,背着手笑得像一个刚刚长大的孩子,"莫言飞,能够再次遇到你,就像无常生命里出现的一个奇迹,我特别高兴,真的。"她说得寓意深刻,但是对面的人显然听不懂,只是她脸上的真诚忽然感染了他。

干净的玻璃窗外,天空飞过了一群黑色的鸟,整整齐齐,两个人的对视画面被窗户切割了。桌上的时钟在嘀嘀嗒嗒地响,长长尖尖的黑色指针指向这生命长河里安静走动着的时光。

碧青色的天空下,走廊上站着一个高大挺拔的男孩子,他靠着医务室的墙壁。刚刚屋里所有的对话,黄潇一字不落地听进去了。他半路打了个出租车就把季美嘉送到医院去了,然后急急忙忙赶到医务室来了。

他抬头看看天空,把握紧的拳头抄进裤子口袋里,离开了医务室。影子压在地上,带着些许孤独的气息,直到消失在走廊拐角。

唐心、大破还有孙木一起挤在一个角落里,看陈暖趴在桌上写写画画,还时不时拿出手机查看。几个人凑上去的时候,发现她已经写满了一页纸,都快赶上应聘简历了,照片的部分是陈暖画的素描。

"大哥,你还会画画啊。"唐心像发现新大陆了一样。在她心目中,陈暖简直就是神。

"莫言飞?"她看到最上面的名字,"大哥,你认识莫言飞?"

"你忘了,今天大哥和他撞到了,还送他去医务室了。"大破提醒唐心。

"对哦。"

"错了。"陈暖咬咬笔头,"我早就见过他了,我们是重逢,是缘分。"陈暖笑得贼贼的。

几个人的眉头瞬间皱起来，脸色和一个妈生的一样。

"大哥，我没看错吧？你这种表情我经常在其他女生脸上看到。"

"什么表情？"

"花痴。"

"呵呵。"

看她笑得像一个二傻子似的，他们更加觉得大事不好："不是，大哥你该不会看上莫言飞了吧？"

"怎么了？他有什么不好吗？"

"不是不好，只是你变得也太快了……"大破越说声音越小。

"你说什么？"陈暖问他嘀嘀咕咕什么。

"不要理他，大哥喜欢谁是她的选择，我们不能够怀疑大哥的人品。"唐心这本来是表忠心的话，但是听起来特别像跟她抬杠。

"那黄潇呢？"刚刚一直沉默的孙木突然来了一句，气氛瞬间就不好了。

"你哪壶不开提哪壶，大哥和黄潇不是已经分手了吗？大哥，我支持你！"唐心连忙补上。

"你这脸变得也够快的，上次两个人出去避难，你帮大哥准备行李还特别积极。"大破觉得女人心简直就是海底针。

陈暖晃晃脑袋，像傻子一样张开嘴巴："你们刚刚在说什么？我完全没听见。快放学了，赶紧收拾东西。"

几个人看着她拙劣的装傻演技，目瞪口呆，这已经不是睁眼说瞎话所能表达的厚脸皮级别了。

下课之后，陈暖开开心心地骑着自己藏在草堆里的小电驴回家。夕阳西下，带着秋意的颜色让人觉得特别的温暖。

今天是叔叔陈平的生日，她要早点回去给他庆生。她从蛋糕店取出老早订好的蛋糕，挂在车把手上，晃晃悠悠地往家里骑，一边骑一边想：要小心点，不然回去蛋糕化了就不好看了。她骑得小心翼翼，很注

意路况。

从后面突然冲出来一个人,轰隆隆的油门声拉得老长,黑色的尾气喷了她一身。

"黄潇!我去你的!"陈暖咳了两声。他毫无预兆地硬生生停在她面前,"小绵羊"紧急一停,直接撞到她的胸口,她只能说自己的胸很疼很疼。

"陈小小,你给我下来。"黄潇从摩托车上下来,看起来憋了一大堆火气。

"你要我下去就下去吗?你给我滚开。"陈暖两脚跨在"小绵羊"的两边,掉了个头,给车挪位置。

黄潇过来扒住她的车头,两个人开始用"小绵羊"的车头比拼力气:"你和莫言飞到底怎么回事?"他忍不住喊起来,"你们在医务室干什么了?"

"关你什么事啊?你给我放开,否则别怪我不客气。"陈暖去抠他的爪子。

"你说,你是不是喜欢他,是不是想要跟他好?你不说,我就不让你走。"他跟一个不给买东西就不走、满地打滚的熊孩子一样。

陈暖被他弄得火气上来了:"是啊,怎么样?我就是喜欢他。这位大哥,我们已经绝交了,我爱跟谁好就跟谁好,关你屁事!"

黄潇撒气般地把手摊开,用苦情剧里幽怨的眼神看着她:"你写情书给我,现在又说喜欢他,你这女人怎么这么花心?"他简直比小白菜还要冤屈。

"我花心?己所不欲,勿施于人,你看看自己。"

"你别用成语,我听不懂。陈小小,你是不是要气死我?"

"我也要被你气死了,我现在赶时间,没时间跟你在这儿磨。"她继续去拧自己的"绵羊头"。

"你。"他眼睛一瞄,看到她车头上挂着的生日蛋糕,"有人过生日？"

"我不告诉你。"

黄潇拿出钥匙，一下就划开挂在车头上的带子，陈暖还没来得及阻止，黄潇就拎着蛋糕直接反过来放在篓子里。在她晃神的时间里，黄潇已经畏罪逃跑，一道轰鸣声后骑得很远了。

"黄潇！"陈暖看着一串尾气，脚在空中朝天踢了一大脚。

那天晚上，陈平和陈玉凤两个人因为蛋糕上已经毁得看不出到底是祝福谁的字，感动得一把鼻涕一把眼泪的，感觉女儿终于长大懂事了。

陈暖的心境完全相反，要不是因为黄潇，她精心挑选又定做，还花了一笔不小资金的蛋糕怎么会变得面目全非？

"黄潇，你给我等着，下次别让老娘看到你。"晚上，她默默躺在床上，骂了他小半宿。女人翻脸是翻书，男人翻脸跟翻身差不多。

"算了算了，收拾心情。"她从书包里把今天做的莫言飞攻略计划拿出来，没想到莫言飞居然是十一中的学生，如果不是变成了陈小小，她也遇不到他，上天礼物，意外收获。

根据她从多方打探到的情报，莫言飞本人身高一米八五，体重七十五公斤，身材非常标准；因为他的长相很符合大众的审美，所以校内有很多追求者；缺点是个性冷淡，因为小时候被重度花痴追求，所以留下了心理阴影，有严重的恐女症，不能和女性有肢体接触。

她在做笔记的时候，脑子里忽然灵光一闪：那是不是代表他所有地方全部清清白白？她贱笑起来。家庭情况，嗯，空白。爱好，经常在学校以外的地方打工，注明各种不同的地方打工。

"哦？"她看看地点，计从心上来，"我最近好久没做兼职了，也挺缺钱花的。"

陈暖在和陈玉凤大战了N个回合之后，对方也不同意她出去打工，理由是她现在读高三，应该以学业为重。她想起自己以前几乎每天把十二个小时当成二十四个小时来用，陈玉凤连半句话也没有，真是双标。

最后,她以自己要和班里的好学生一起课外学习为由,获得了陈玉凤的同意。陈暖挑选了白班和晚班可调节,营业时间不会太长,又有机会可以和莫言飞有单独谈话,并且不会被扣工资的工作——西餐厅服务生。那地方为了搞啥小资情调,黑灯瞎火的,谁干啥鬼才看得清。

陈暖看着餐厅门口贴着招聘启事,直接进门应聘了。下午不是饭点,没啥人,只有一两个撑场面的服务生,她问道:"你好,我想问一下这里还招人吗?"

女服务生看了她一眼,似乎想要说什么,然后又把话咽下去了,往吧台的方向指了指:"经理在那儿。"

陈暖兴冲冲、满脸带笑地问:"你好,经理,我看到外面有招聘启事,请问还招人吗?"

胖子经理看了她一眼:"招人,但是你的条件不是太符合。"

"不符合?我成年了啊,而且我没超过二十五岁,是勤劳能干的一把好手。"

"下面的那一条你没看到,要求青春靓丽、身高一米六五以上。"

"我……"陈暖看看自己,觉得对方狗眼看人低,"经理,你这儿晚上黑漆漆的,谁能看清对方长什么样,我大不了上晚班就是了。"

"我这儿是西餐厅,你真的不符合,还是走吧。"

"我不符合?"她脑袋一转,"那她呢,怎么回事?我看她长得跟我半斤八两吧?"她指指那边刚刚朝她吧唧嘴的女生,"短腿、黑皮肤,扎上头发之后就像谢顶了一样。我至少比她头发浓密吧?"

经理脸上有种刚刚吃了苍蝇,想吐也吐不出来的感觉,说道:"她不是挺可爱的嘛。"他还死鸭子嘴硬。

"老板,你双标太严重了,你们是不是有不可告人的关系?"

"胡说!她是我侄女。"他一下子跳起来,觉得这丫头还有点难缠,"好吧,你来上班吧,就从今晚开始,我看看你的能力。"

"没问题。"

陈暖在晚上饭点前到了餐厅，拿了领班分发的制服后往后面的员工更衣室走，男女更衣室只隔了一堵墙。

"不知道莫言飞到了没有。"她鬼鬼祟祟地站在外面往里面瞅。

"你干什么？"男性富有磁性的声音忽然响起来，陈暖转头，看到已经穿好制服、高高帅帅站在她面前的莫言飞，她这才知道这世界上为什么会有制服诱惑这种东西。

"嗨。"陈暖热情地跟他打招呼。

"你怎么在这儿？"他没有表情的脸上出现了些许不解的神色。

"我打工啊，家里太困难了，需要我挣钱。"她说得惨兮兮的，"你等我一下，我马上就换好衣服和你一起去前面。"没一会儿，她的脑袋又伸出来，"你要等我啊，我第一天上班，人生地不熟的，我会很紧张。"

莫言飞左右看看，在原地站了一会儿，索性转身直接出去了，刚到前面，口袋里的手机就响起来了，电话一接通，里面就传来一个急吼吼的女声："你怎么走了，不是要你等我吗？"

"你怎么有我电话号码的？"

"你上次告诉我的，你忘记了？"她胡说八道一句。

莫言飞看了一眼电话："白痴。"他摇摇头，直接把电话挂了。

过了一会儿，陈暖从更衣室出来，站在莫言飞旁边。

"你扭来扭去干什么？"他看她一直在抖动。

"我的衣服有点小，感觉肚子还有脖子这里勒得太紧了。"她脑袋往后一仰，差点撞到莫言飞，莫言飞伸出手托住她的脑袋。"啊！"她惨叫一声，"我的头发被勾住了。"

莫言飞低头看到自己袖口上的扣子扯住了她的头发，伸手想要解开。他们俩奇怪的动作吸引了包括顾客在内的很多人的目光。

"干什么呢？"这成功引起了胖子经理的注意。两人纠纠缠缠的时候，陈暖脑袋上的头发被解开了，她解释道："我的头发刚刚不小心被

缠住了。"

胖经理不耐烦地挥了一下大粗手:"谁要你到前厅来的?你去后面。"

"去后面?"陈暖还在发愣的时候,就被胖子挤走了,半路对方还给了一个工具给她——围裙。

后面的厨房忙得热火朝天,和中餐厅有得一拼。陈暖看着三个五大三粗的汉子围着一个小盘子转悠了半天,就盘子中心那点东西,他们装得自己很忙的样子。

她被挤到了最里面没有任何存在感的小角落,伸脚踢了面前的大红盆一脚,里面的杯子、盘子、碟子发出晃荡的声响。"竟然让我来洗盘子。"她坐在小板凳上,心中愤懑,"死胖子,抠门鬼,这么大的店连一台洗碗机都没有,无良奸商。"

忙活了一阵后,几个厨师跑到后面抽烟聊天去了,整个厨房就剩她一个人了,洗洗都要睡着了。

"喂。"一个声音突然出现,陈暖迷迷糊糊应了一声:"干吗?"她抬起头,看到莫言飞正看着她:"你洗好了没有?杯子不够了。"

她把杯子在盆子里面过了两下水:"好了。"

莫言飞看看杯子上面还黏着非常明显的异物,眉头紧皱了一下,一言不发地拿着两个杯子去水龙头下冲洗。陈暖凑过去看,他拿着洗碗布弄点洗碗液搓搓弄弄,动作干净利落。陈暖看着他的动作,觉得自己完全不是一个女人,邋里邋遢的。

不行,自己必须要重新塑造形象:"你不要觉得我好像做事很差劲,其实我头脑很好,只要我用心学,什么都能学会的,其实我不怎么用心也能学会的,你千万不要对我产生什么不好的印象,真的,我们多相处相处就好了。你还打不打游戏啊,我上次在网吧看你的操作很棒啊,等会儿下了班之后去打游戏怎么样?我最近办了卡,还能打折。"

莫言飞转头看了她一眼,拿了杯子准备出去。

"你跟我聊一会儿嘛，我无聊死了。"她站在他前面。

莫言飞盯着她，一副"我跟你不是很熟"的表情："你到底想干什么？"

"我的意思是，我们可以做朋友啊，迟来的朋友。"

"我不想。"他要走，陈暖差点伸手推到他，他往后一缩，陈暖连忙道歉："不好意思，我不是故意碰你的，我让路。"她的身体往里侧侧，表示友好。

等到他走出去，陈暖重新坐在凳子上思考人生：刚刚自己为什么要说做朋友，而不是交往呢？明明两个月以前自己对他一见钟情啊。

她从口袋里把手机掏出来，找出那张她在网吧偷拍的照片，要是手机能被看坏，应该早就烂了。

我到底什么时候才能和陈小小换回来呢？可是……要是换回来了，唐心他们怎么办？高三二班的那些家伙又该怎么办？不知不觉间，她牵挂的东西竟然这么多了。

她正在失神的时候，手上握着的手机突然被人拿走了，她抬头，看到那个跟她长得差不多丑的女服务生，旁边还站着两个小丫头，看起来都是极好忽悠的年纪。

"莫言飞？"女服务生看到模糊的照片一眼就认出来了，"果然。"

"我就知道你来这儿打工是不怀好意。这是工作的地方，不是让你追男人的地方，等会儿我就让我叔叔把你开了。"

这小餐厅总共也没几个人，居然还搞小团伙，陈暖戏精上身了："吓死我了。你千万不要去找你叔叔，没有这份工作，我一家老小就要吃不上饭了。"

"你这是在讽刺我吗？"

"当然不是了。我还要洗碗，麻烦你让一下。"她说着就手脚麻利地把手机抢了回来，回身坐在小板凳上。她的态度弄得"裙带关系"更

加不爽，伸脚就踹了一脚脸盆，水洒出来溅了她半身。她心里的火噌地就起来了，唰地站起来，瞪着对方，对方被她吓了一跳。

"你干吗？"

"没什么，你不要耽误我工作，想跟我说话还是想找碴儿，下班之后门口小公园见。"她不想在这儿打架，等会儿被莫言飞看到了，会给他留下自己是暴力女的印象，她才没这么笨。

"你凭什么这么嚣张？莫言飞是不会喜欢你的，你还是省省力气吧，哼。"

"我真受不了你这种自以为很聪明的笨蛋。你不是家里有人吗？先去韩国整个容吧，顺便回去多看几本书提升一下自身涵养，我跟你实在没法对话。"

"你！"她一下子就扑腾过来想要抓陈暖，陈暖一个转身，一只手拽住她的胳膊，一只手按住她的肩膀，直接将她按倒在桌上。旁边的两个帮手小妹要冲过来，被陈暖一脚一个踹飞："要你吵吵，还动手。"

"救命啊，杀人了！"她又嚷嚷起来。陈暖拿着抹布塞到她的嘴巴里："烦死人了。"陈暖伸手在她的脑壳上敲了一下，又踢了一脚才把她松开。

她一下子跳起来，满脸气愤，怒目圆睁道："算你狠，你这个贱人。你不要以为你喜欢的是一个多么了不起的东西，莫言飞就是一个一穷二白的孤儿。长得帅有什么用？没有父母的人，性格也扭曲，他就是一个怪胎。要不是我叔叔看他可怜才给他一份工作，他早就饿死了。"

陈暖本来坐在凳子上，听到这话，身体瞬间绷了一下，用力把抹布扔到盆里，溅起一大片水花，吓得三个人凑在一起抱了团。

陈暖一步一步走到她面前，面无表情，浑身散发着逼人的寒气，说道："孤儿怎么了？人家也是有手有脚靠自己。他扭曲？怎么着，你挺完整的是吗？你有什么了不起的，你有健全的父母，有个有钱的叔叔，只能说明你命好。不过，我觉得他们的命不怎么好，有你这种三观不正、格调不高的女儿,我看家族离没落也不远了。就你这样的还能看不起谁啊?我还没鄙视你这种满脑子草包,只能上网当喷子,对社会起不到一点贡献的造粪机呢。我恭祝你这辈子不会有天灾人祸,不然出门一不小心被雷劈死了,以后你孩子也是孤儿,也是单亲,他也要被人鄙视。"

她转头看旁边两个在成年上下的女孩:"还有你们,我拜托你们用花痴、看电视还有脑残追星的时间多读读书,早点知道什么叫作人外有人、天外有天,对你们有好处。告诉你们,换作两个月以前,我根本没机会认识你们,你们也没资格跟我对话,所以,少在我面前上演一副自我感觉良好的戏码。你们可以说我自负,因为我就是比你们强,而且是各个方面。"

对面三人被她说得面红耳赤,眼泪就在眼眶里打转。经过这事,陈暖觉得自己有当老师的天赋。

"我要去告诉我叔叔。"她重复了一句话。

陈暖从旁边的菜板上拿了一把切肉的刀,哐当一下砸在案板上:"我告诉你,我虽然是一个名副其实的文化人,但也是一个大流氓。刚刚的事情你们要是敢告诉别人半个字,我工作可以不干,但你们以后别给我走夜路,否则像我这么扭曲的人,可不知道会干出什么事。"她看着面前的人一副便秘的表情,大喝了一声,"耳朵聋了?听到没有?"

"我,我……"两个丫头从来没见过这种大场面,一下子被吓得哇哇哭起来。

陈暖上手一人敲一下脑瓜子:"再号,我抽死你们信不信?"

"咔嗒。"在这种激动的时候,一个人不合时宜地进来了,陈暖看到一脸漠然的莫言飞,他说:"前面有人点菜,把师傅他们叫回来。"他回身看了一眼她们。

"没事,什么事都没有。"陈暖脸一转,朝她们屁股上踹了一脚,示意她们表态。

"没事。"她们异口同声,但是声音要多小有多小。

莫言飞把手里的餐盘放下,一脸淡然地出去了。

他刚关上门,里面又传来砰砰的声音,他靠在门上,嘴角露出一个淡淡的微笑。刚刚所有的话他其实都听见了,被人说孤儿什么的,他不在乎,准确地说,他根本不在乎任何人说什么或者怎么想。

"这个女人……干吗反应那么大?"他抿抿嘴,不过内心某些地方好像微微热起来了。

第十章 交友要慎重

"快洗。"陈暖坐在旁边的凳子上一边晃着脚,一边啃着厨房刚刚做出来的鸡腿,把"裙带关系"弄过来给自己洗碗,反正她游手好闲,只会找碴,给她找点事做做才能避免她胡思乱想、没事找事。"洗干净一点,不然等会儿你叔叔又要说我了。他等会儿说我,我就揍你出气。"

外面忽然响起开门声,两人迅速换位置。

"经理,怎么了?"陈暖面带微笑地问道。

"有个新人过来,现在员工室换衣服,你带他熟悉一下环境,等会儿带他去前面。"

"可是我要洗碗啊。"

"这边就你最闲,赶紧的,我这边忙死了。"说着,经理砰地关上了门。

刚刚她没问男的女的,不过,死胖子说直接带去前厅,以他看脸的程度,来人肯定有一副好皮囊。她靠在旁边的墙壁上等了一会儿,抱怨道:"真慢。"

她先跑到女更衣室,里面没有人,看来是在隔壁。她号了一嗓子:"人呢?"里面没动静,一眼看进去没看到人,她又往里间晃了晃,后背突然传来一阵凉意,她反手就去勒对方的脖子,对方转身一躲,她往前一推,然后两只手就放在对方胸前了,这是传说中的袭胸。她脑袋一抬,眼珠子差点瞪出来。

"黄潇,怎么是你?"

黄潇把她的手拨开,赶紧把衣服套上:"谁要你摸我的?我没同意,你这是在骚扰我。"他完全避开她的问题。

陈暖看他穿的是员工工作服,说道:"新来的员工就是你啊,你是不是吃饱了撑的?你上次弄坏我蛋糕的事情,我还没找你算账呢。"

"我想来就来,你管不着。"

"我知道了,你是来坏我的事的,你别想破坏我跟莫言飞。"

黄潇耸耸肩膀,转身一笑,露出小虎牙:"我觉得你想太多了。"

"你不用狡辩。我告诉你,我跟他以前就认识,关系好着呢,你根本就插不进来,赶紧给我走。"陈暖吓他。

他不说话,把自己的衣服放到置物柜里。这时,莫言飞从外面进来,叫道:"快点,经理在外面叫人了。"

"我知道了。"陈暖朝他走过去,他径直从她的身边走过,一直走到黄潇身边,露出来的微笑几乎让她栽倒:他居然会笑?他会笑!

"你怎么想到来这儿工作,以前你连来吃饭都不乐意。"

"以前是以前嘛,我都好久没见你了,来陪陪你。"黄潇贱笑道。

"少恶心。"

两人像老朋友一样,有说有笑地往外面走去,旁边的陈暖完全被当成了透明物种。刚刚自己的豪言壮语犹在耳畔,简直让她羞愤:黄潇这家伙竟然早就跟莫言飞认识,敢耍我!

"你最好快点出去,这里是男更衣室。"黄潇走到门口,丢了一句话给她,她捏捏拳头,气愤地一脚踹在储物柜上,瞬间下去了一个坑:

"哎哟，怎么扁了？"她左右看看，立马装作镇定地出去。

陈暖趁着胖子经理没注意，到前面去凑了一个人头。她站在莫言飞旁边偷偷跟他说话："你跟黄潇很熟吗？"

他往左下方瞟了一眼，说："我们是朋友。"

"有没有人告诉你，交友要慎重，尤其是那些长得像人，但是行为很可能不像人的家伙？"陈暖说话的指示性很强，说的就是他右边的那位。

莫言飞抿抿嘴巴，问道："那你们是怎么认识的？"潜台词是：你事先调查过了吗？

陈暖没想到这个极不爱说话的男子竟然一开口就把自己问住了，她随即道："我们是仇人，怎么，他没跟你说吗？"

"哦。"他回了一个字，就没有再问一句话，似乎完全不感兴趣，这让她有种话匣子开启了，但突然被塞回去的郁闷感。难道这就是传说中的把天聊死？

"你在前面干什么，去后面。"胖子经理看到她，就像发现绕在食物周围的苍蝇，急忙把她赶走。

今天是周六，这一个晚上餐厅都非常忙碌，连陈暖这个只能在后厨洗盘子的勤杂工都时不时被派遣到前厅收拾盘子，简直忙得团团转。而莫言飞和黄潇两个大帅哥，大部分的时候除了点单，就只是站着，活生生两个招牌。

他们所在的区域被女性的目光层层包围，和陈暖一起收拾的短头发女服务生，已经因为心不在焉踩了她好几脚。

"长得难看的人做的事情还要比别人多，天道不公。"陈暖看到他们悠闲的样子和自己的现状形成了鲜明对比就来火。

"我觉得还好啊，他们只需要帅帅地站着就可以了，做这些活有损他们的形象。"她说着激动起来，"我好幸运啊，能跟帅哥在一起工作，而且是两个。"

"看到吃不到有什么用？你干脆拿张明星海报在家里自己YY好了。"

"你说得好粗俗。"她的眼睛忽然亮起来了，"哇哇，摸了摸了。"

陈暖转头，看到黄潇伸手拍拍莫言飞的肩膀，莫言飞竟然没拒绝。难道他只恐惧和女性接触吗？她瞬间觉得天地灰暗——太难了，她除了要和女的抢，还要和男的抢。

黄潇看到目光如炬的陈暖，有了想要使坏的想法，伸手去拉莫言飞的手。

"你干吗？"

"没有，我刚刚看到你的手上好像有点脏东西。"

"是吗？"莫言飞去检查手指。

陈暖一把抓住桌上的纸巾："可恶，两个大男人有什么可摸的？摸来摸去恶不恶心？"她正在小声抱怨，突然感到旁边温度升高，产生的火焰几乎要喷涌而出，确切地说，不是旁边，是整个屋子的温度都有了明显的升高，所有的女性直直盯着他们两个，两颊都飘上微微的红晕，小规模YY变为集体YY，她顿时倒吸了一口冷气，大叹不可思议。

她对天发誓，以前的她身心健康，思想纯正，简直比纯净水还纯，在打开了新世界的大门后，看事物的眼光都不一样了。餐厅里优雅的古典乐声，让他们两个人就像一幅会动的画，一举一动都有种让人想要呐喊的冲动。

"他们好配啊。"旁边的姑娘发出来自内心的感慨。陈暖眼前的画面仿佛一下子破碎了："呸呸，世上长得好看的男的本来就少，这样一少少两个，还让不让人活了？我不同意。"

"可是人家是真爱啊。"她就像喝醉了酒一样，脑子不清醒。

"疯了，都疯了。"

等客人用餐结束之后，几个服务生坐在后面的桌子上休息，吃晚餐。黄潇和莫言飞两边的位置都有各种心怀不轨的女生轮流霸占,陈暖被挤到了旁边的一张小桌子上,和一群老爷们吃,他们吃的还是餐厅剩下来的一些食物。

"他们真受欢迎啊。"刘师傅赞叹了一句,"我年轻时也有这么帅。"

"你得了吧,你有那模子,还在这儿呢?"

"最近你家老婆痛风好点了吧?有时间要你女儿、儿子过来照顾,你一个人怎么忙得过来?"

"她已经好得差不多了。对了,你小孙子的学区落实了吗?"

"还没呢,哪儿那么容易。你不是有个亲戚在那个学校工作吗,帮忙问问。"

"现在找人都难,要是送点礼……"

和隔壁时不时爆发出的年轻活力相比,他们这边的话题有种随时要入土的感觉,陈暖觉得肚子有点不舒服了,准确地说,好像没啥胃口了。

她从后门出去转了一圈,顺便上了一个公厕,回来的时候,刚刚热闹沸腾的地方一个人都没有了。前后不过十几分钟吧,要不要这么快?她摸摸肚子,还是饿,想在厨房转转,看看还有没有能够充饥的食物。

莫言飞忽然进来了。

"外面下班了。"

"哦,我马上就走。"她装模作样找食物的时候,看到莫言飞从冰柜里拿出挂面,重新打开煤气灶,故意问了一句,"你没吃饱吗,要不要一起?"

莫言飞没理她,低头开始下面。他做饭的样子特别好看,非常深沉,好像一件艺术品,有一种让人安心的感觉。

他把面条装在碗里,然后走了出去,在此过程里,他一句话都没有讲,却突然说道:"你等会儿把灯关了。"

"你去哪儿啊，不吃面条了？"

他没回答，直接走了出去。陈暖看着他莫名其妙的样子，还有台面上热腾腾的面条，嘴角一咧："他该不会是特意下面给我吃的吧？"她笑了笑，拿了凳子跳上去，一只脚像流氓似的搁在凳子上，一会儿就呲溜呲溜地吃完了，"这手艺，真是不错。"她大为赞赏，也不知道是不是饿了的缘故。

她熄灯关门出去的时候，月亮已经隐在云层里面了，云层带着浅浅的银灰色，朝着一个方向缓慢地移动。

陈暖去店铺前面推她的"小绵羊"，发现篓子里面莫名多了一个纸袋子，她拿起来，发现是烤面包，脑袋左右转动了一下，周围没有看到任何人。

"放错了吗？正好，明天当早餐。"她嘻嘻一笑，跨上"小绵羊"乐呵呵地骑车下班回家。

旁边后门的小巷子里站着一个人，从阴影里探出头来，看着远去的背影，他笑了笑，露出右边的小虎牙。他靠在墙上，空气里是这个城市独特的气味，那不是什么香味，是人味，属于这个城市里记在心上的味道。

陈暖成为后厨一员的这几天，已经渐渐适应了这种接地气的氛围，以及懒散的生活方式。她坐在小板凳上玩陈小小那个只能用QQ的老人机，想起自己的手机送去修理已经好几天了，哪天得抽空去拿一下。

几个已婚的大叔大婶在后面唠家常，本来几个人侃大山，聊得七仰八叉、不亦乐乎，王师傅的手机信息提示铃声响起来之后，大家开始支支吾吾，眉头紧锁，这种表情除了便秘就是遇到集体难题了。

陈暖也过去凑热闹，发现是一道数学题目。发来信息的是"亲爱的宝贝女儿"，头像是一个萌萌的漫画女生，对方发过来一个笑脸的表情包，王师傅也回了一个更加宠爱的表情，然后就是一长段的数字夹杂文字。这是一道初中数学题，陈暖很确定。

"这个题目……"王师傅想了一会儿,"我以前会的,现在这题目好像不一样了。"

"是啊,是啊,我也觉得很眼熟。"大家都不想掉智商。

"X位于a、b中间时,x-a=2(b-x),x=(a+2b),而a<b,从此推断出x<a不可能。"陈暖头也不抬,继续坐在小凳子上捣鼓手机。

几个人呆呆地看了一眼,王师傅才反应过来,说道:"那个,你再说一遍,我给女儿发过去。"

陈暖复述一遍无果后,拿了手机飞快地将答案打出去,然后收到了"亲爱的宝贝"回复的一个"棒棒的"的拇指手势。

"小陈,没看出来你是学霸啊,你在哪个学校上学?"本来他们对她这个洗碗的毛丫头不感兴趣的,现在发现自己身边居然有一个这么好用的学习机。

"那还用说吗?肯定是一中啊,或者是二中。好学生就是不一样。我家儿子数学成绩也不太好,小陈哪天去我家吃饭,阿姨给你弄一桌子好菜,你爱吃什么,阿姨都给你做。"眼前的欧巴桑瞬间变成了自己的亲阿姨。

"小陈,这个给你。"王师傅从烤箱里拿出刚出炉的热乎乎的小蛋糕,"我给你再加点蓝莓和奶油,这个是我的拿手点心。"说着,他手里的动作开始加快,一会儿就好了。

"陈小小,出来把外面的餐具布置一下。"胖子经理在外面叫了一声。

"好的。"陈暖不客气地接过小点心,藏在前面的围兜里,转过身,三个人像朝圣一样,看着她的目光里是满满的虔诚。

"那个,我不是一中或二中的学生,我是十一中的。"她甩着马尾辫子走了,丢下面面相觑的几个人。

快要到饭点了,店里忙忙碌碌的,没有人注意到店门口三个形迹可疑的人或站或蹲。旁边有只肥胖得走不动的猫慢悠悠晃到他们跟前,居

高临下地喵了一声，唐心着急地让它噤声，在它屁股上踢了一脚，它反身撒了一泡尿，直接喷到孙木脸上了，引起一阵鬼叫。

"别叫了，等会儿大哥听见了。"

"她不是说了放学之后要打工吗？还有，我们干吗这么猥琐地躲在这里？"大破不满意地理理衣服，"我的衣服都皱了。"

"要不我们直接进去点餐吧？总比躲在这儿偷看要好。"孙木提议。

"你要进去点餐，还要大哥服侍你吗？你想得美。"唐心把他的想法扼杀在摇篮里。

"那我们来干什么？"

"我们就来看看大哥在这儿工作得开不开心，有没需要我们帮忙的就行了。"

"可是在这里又听不到声音，离这么远，能看出来她开不开心吗？"

"你说得也没错。"他们几个人叽叽咕咕的时候，正好有服务生从里面出来收拾餐桌，三个人的眼珠子差点要掉出来了，都用力擦了擦眼睛，"我没看错吧？那个是莫言飞吧？"

"嗯。"

过了一会儿，里面又走出来一个人，三人的嘴巴都张成了O型："黄潇怎么也在这儿？"他们还没惊讶完，就看到三个人穿得跟兄妹似的站在一起，这种和谐感，即便他们做梦也不会梦到。

陈暖突然觉得好像从哪里吹过来一阵阴风，有种正在被人偷窥的感觉。她往窗户外面扫视了一圈，皱皱眉头，没有发现异样，低头变了脸色，贼兮兮地看围裙里面放得端端正正的小蛋糕。

她看看周围情况，转身拐到小角落，打算把它独吞了，刚把它举起来，就被一只咸猪手夺走了，闹事者还笑嘻嘻的，露出了小虎牙。

"黄潇，你给我。"她不敢叫得太大声，怕把胖子经理招来，说她偷吃店里的东西。

他把手举高,凭她的身高,她是完全够不到的。她着急道:"黄潇,你不要作死,赶紧给我。"

他伸出宽大的手掌,按住她的脑袋往前一推,然后转身就跑,她反应过来后就开始追他。有人在打扫卫生,他踢到水桶,差点摔跤,她成功越过他并且抢夺了小蛋糕,他不甘示弱,又去抢夺。

"你们在干什么?"莫言飞的话还没有说完,一个粉扑扑的小蛋糕就在半空中划过一条弧线,然后从他脑袋上滚落了下来。

"啊,我的蛋糕。"

"阿言,你……"

两个人的关注点不同,结果又是一场厮打,莫言飞一副事不关己的样子,顶着一头白色奶油在他们两个混乱的步伐里穿行。

乱七八糟的场面,让蹲守在外面的人一脸蒙。唐心看到黄潇正帮莫言飞擦头发,陈暖在旁边像一个疯子一样嚷嚷。

"是不是我的错觉,怎么好像大哥才是第三者啊?"

"我也有同感。"其他两个人点头称是。

"黄潇,这个大狗屎。"陈暖在后面洗盘子的时候,把手里的东西当成他的脸用力地搓搓搓,"等会儿我放坨狗屎在他停在巷子里的摩托车上。"

"那个……"后厨的老年三人组被她的气势吓到了,但因为她刚刚出人意料的话语还心存疑惑,好奇心大于求生欲,"小陈啊,你真的是十一中的学生吗?"他们还是不相信十一中里有好学生。

陈暖头也没抬地回答:"对,我是十一中的。"

几个人愣愣的,深沉地吐出一口气来:"十一中也挺好,也挺好。"表面上客气了一下,三个人转头就跑到一边窃窃私语去了,"她肯定是瞎蒙的,我还是赶紧跟我女儿说,刚刚那个题目千万不要照着解,万一学错就糟糕了。"

"你说得对,学好三年,学坏三天,错误的知识点还有学习习惯可要不得。"

"你刚刚还问是不是一中的,要我说,都是多余。你想想,一中、二中的那些尖子生哪儿有时间出来打工啊?高中学习时间多宝贵,只有他们……"欧巴桑的眼睛挤了挤,"有这些闲时间。"三个人以为挤在一起,他们说的话这世上就再也不会有人听见了。

"呸!"陈暖朝着盆里吐了一声,大声嚷起来,"阿姨叔叔,你们说悄悄话能躲远点说吗?不要影响我洗碗。对了,刚刚那道题目的解法完全正确,你们不要怀疑,因为那题就是一道基础题,傻子都能做出来,所以像我们十一中这种学生都会。"

陈暖这话说得王师傅没脸了,这是说她女儿是傻子吗?"你说什么呢?"

"没什么,你就当我这种差生胡言乱语,脑袋不清楚吧。"她傻呵呵地朝着他们笑了一声,换来几个人微微不屑的表情。她转头,朝天翻了一个大白眼:"一群势利眼。"

"你又说什么呢?"他们叫起来。

"我都说了,这地方真的不隔音。"陈暖装傻道,"我在自我检讨,你们继续,继续。"她心里想着他们明明听见了,偏要问,嘴角一抬,"一群傻子。"

"你在说什么?"三个人又是齐声叫。

到饭点了,后厨开始忙活起来。陈暖因为刚刚的事情,已经彻底被那三个中年人隔离了,她一个人也乐得轻松,在角落里边哼歌,边洗盘子。

忙活一阵后,他们又出去抽烟、聊天了。陈暖沉浸在自己的世界里,差点要睡着了,这个时候"裙带关系"走进来:"我来帮你洗。"以前都是陈暖强迫她,这回她倒是挺主动的。

"今天太阳打西边出来了。"陈暖甩甩手,把位置腾给她。

她的眼睛往旁边勾了勾:"老大,你把吊柜二层的盘子拿下来,那儿有好吃的。"连称呼都亲密起来了。

陈暖走到那边,上面是一道品相精致的菜肴,下面是冰,上面是六只大虾,围绕一圈,中间簇着鱼子酱:"这菜看起来不错啊,应该很贵吧?"

"这是多余的一份。刘师傅他们每次做这种招牌菜,自己都会偷留,你吃几个,否则老是让他们占便宜。"她看到陈暖犹豫不决,继续说,"这是澳龙,每次叔叔只会买一点点,做完就没有了,特别新鲜。"

陈暖听到这个来兴趣了,好东西啊,她本来就看不惯那群势利眼,吃掉几个也算为民除害了。她找了芥末还有酱油蘸了蘸,一块虾溜溜地就顺到了嘴里。听到外面开门的声音,她连忙把盘子放到身后藏起来,"裙带关系"也站起来。

"客人来了,赶紧上菜。"胖子经理招呼一声,他很少到后面来亲自催菜,不知道对方是什么大客户。陈暖忽然意识到了什么,转头看站在自己身后的"裙带关系",对方站起来,拿抹布冷静地把手擦了擦,"让你上菜呢,老大。"她露出了奸计得逞的笑容。

"你算计我。"

她抬起头来:"别以为我真的怕你,告诉你,你刚刚吃的虾店里今天只有一份,是为外面的客人特供的。哼,我看你能怎么办。"说着,她得意地带门出去了,陈暖听到她故意在外面说,"叔叔,我让陈小小帮忙拿了,我肚子有点痛。"

陈暖看看桌上这盘已经残缺了的菜,长舒一口气,拿上盘子走出去:是自己大意了,不应该听她叫声老大就疏于防范。

光线昏暗的大厅里,中间的位置坐着衣着考究的一男一女,他们四周的位置被清理出了一圈,像是动物园被圈养的动物一样。两人看起来三十几岁,一举一动都非常高贵优雅。

陈暖深吸一口气，此时此刻，那黄色的光圈就像一个随时等着她掉入的陷阱。

她捧紧手里的东西，一步一步走过去，她脑子里已经设想过即将出现的无数种可能，刚走两步，手里的盘子忽然被夺走了，她抬头看黄潇。

"你帮我送这个。"黄潇急匆匆往她手里塞了一盘意大利面，然后拿着她手里的盘子走了，胖子经理示意了一下位置，径直往那边去了。

这一系列的事情都没有时间让她反应，她着急叫了一声："黄潇。"她想要伸手去拉他，但是没拉住。

"您好，您的餐。"他说着，把菜放在了桌子中间，仔细地把周围的东西整理好，然后转身准备走。

"等一下。"从后面传来一个冰冷的女声。

"这是什么菜？"女人挑着精致的眼睛说话，对面坐着的男人脸色也严肃起来。

"这是您点的龙虾海月。"黄潇依旧保持镇定的微笑。

女人噘起嘴巴，露出刻薄的笑容来："你知不知道这道菜的龙虾数量不能是奇数，必须是偶数。否则就是枯海，半月？"

胖子经理看到这边出问题了，连忙过来，看一眼桌上的菜心里就有数了："不好意思，他是新来的，我马上给您换其他的菜。"

"换一份？"女人笑起来，"我都不知道你们店是怎么招人的，这种不干不净的小偷也能放进来。"她抬头看看黄潇，把菜推到他的面前，"你想吃就在我面前光明正大地吃，我付钱。"说着，她把钱包拍在桌子上。

经理赶紧推黄潇："还不道歉。"

黄潇吸了一口气，慢慢握了握拳头："对不起。"

"哼。"女人翻了翻眼睛，把盘子拿起来，在黄潇面前，把菜一点点倒在地上，"有娘养没娘教的东西，没有钱吃高档的食物，就安安心心做一个穷人，少痴心妄想。"她把盘子砰地放到桌上，撞得一声巨响，说话的音量不大，但是句句带刀，尖酸刺耳。

店里其他的顾客全部听见了，刚刚躲在外面的三人组，因为赶过来的大白慷慨资助，也升级成了客人，坐在角落的位置听到了这一切。

"这女人也太嚣张了吧？要是我，都要上去揍她了。"唐心看到这个场景义愤填膺。

"黄潇可是正宗的富家公子哥，什么东西没吃过，能偷吃她的菜？打死我都不信。"大破翘着指甲质疑道。

"我也不信，怎么可能嘛。"孙木附和。

看着三个人满脸不服气的样子，一旁沉默的大白插了一句话："黄潇不是我们的敌人吗？"

"对啊，对啊，他跟天云社可是一伙的。"唐心咋呼了两句，"不过……"她转头看了一眼站在不远处一言不发的女生，"大哥……"

陈暖面无表情地站在原地，指甲嵌入掌心。她知道是黄潇帮自己背了黑锅，这小半辈子他哪儿受过这种窝囊气？她吸了一口气，就要走过去，旁边的人比她更快——莫言飞脚下生风般地走到黄潇身边，刚要说什么，胳膊却被人拉住了。

黄潇扬起脑袋，露出他的招牌小虎牙来："是我工作的失误，因为这虾在我们店里都是当天限定，特别新鲜，所以没有第二份，至于我的错误，我会自己承担。"他点点头，冷静得像是什么都没有发生过一样，拿着托盘从陈暖的身边走过。

那天下班的时候，陈暖看到黄潇和胖子经理在后面的走廊聊了很久，然后黄潇朝胖子经理点了一下头，潇洒转身去了员工换衣室，换回了自己的衣服，背着包走了。

她从来没见过黄潇这个样子，成熟、冷静得让她吃惊，那个印象里整天和她吵吵闹闹、叽叽歪歪的大男孩好像一瞬间长大了。她还是不够了解他。

黄潇从后门出去，刚刚扬起的笑脸慢慢垮了下来，他的心里满是惆怅，"不能和陈小小一起工作了啊。"这是他唯一遗憾的事情。刚刚他还发现了一件更加重要的事情，原来喜欢一个人不是给她买很多东西，带她去很多好玩的地方，而是自己开始愿意为她忍耐。

店里两位"尊贵"的客人用完餐从店里出来，往地下车库走去，拿了钥匙，远处的宝马亮了一下，还没靠近，从旁边忽然冲过来两个黑衣人。

"你们要干什么？"两个人紧张地靠着，看到围过来越来越多的黑衣人，"这里可是有监控的。"

一群黑衣人中间出来了一个年长一些的男人，也是西装笔挺。他从口袋里掏出一张卡递给对方："这是刚刚那道菜的钱，我连利息都算上了。"

"你们到底什么意思？我缺这点钱吗？"

"先礼后兵。"刘管家和蔼的脸忽然变得严肃起来，"你叫郭明，是上市公司的高管。"他转头看那个女的，"你是全职太太，家里都靠你老公，要是没了工作，你们应该也吃不起饭了。"

"你们到底是谁？还调查我们？我一定要告你们。"

"你要找李律师还是戴律师？嗯？"

对方愣了一下："你怎么知道我们公司律师的姓名？"

"他们都在靠黄氏养活，你也拿着黄氏给你的薪水，却连自己的老板是谁都搞不清楚。"刘管家转头冷眼看那个女人，"做人留一线，日后好相见，何必那么刻薄？你自己不工作，却摆出能把所有人踩在脚底下的样子。现在你老公也不用再回黄氏上班了，这张卡里把离职的薪水也算好了。"

"你凭什么？"他的眼睛瞪大，"我可是公司高层，你有什么资格让我走？"

刘管家看了他一眼，说道："黄氏离了你很快就会找到更好的人代替,但是太子爷只有一个,他会不会做这事,我心里很清楚。今天的事黄氏咽不下,我也不可能咽下,所以不管怎样,请你马上回去收拾东西走人。"

"他……他是……"男人的脸色苍白起来。

"还有,你开的这辆宝马也是公司给你配的,留下钥匙再走。"

自从那天以后,黄潇好像消失了一样,陈暖在学校也没有碰见过他。"浑蛋。"她低声骂了一句,让她欠了一个这么大的人情他就跑了,这是故意让她心里不爽。

"大哥,你说什么?"下课时间,唐心他们几个人坐在陈暖的位置旁边聊天。

"没什么。"陈暖撇了撇嘴,眼睛一抬,在窗口看到一个熟悉的人影,莫言飞在窗口给了她一个出来的眼神。

她快速走出去,问道:"你怎么来了?"

"我今天晚上有点事情,和你调一下班行吗?"

"没问题。"陈暖爽快地答应了。

他没再说第二句话,还是一向的爽快利落。

"那个……"陈暖叫了他一声,"黄潇最近是不是没来学校?"她故意说得语气轻松,一副不太在乎的样子。

"嗯。"他回了一个语气词,然后毫不犹豫地转身下了楼。

"喂,真的就老老实实回答了一个字啊。"陈暖本来想要套话的,结果发现完全不行。

她晚上去顶了莫言飞的班,没有了黄潇和莫言飞,整个晚上都过得浑浑噩噩,连"裙带关系"的挑衅,她也没兴致搭理了,直接一个过肩摔就把对方打老实了。

关灯关门,热热闹闹的店面也恢复了安静。她从黑漆漆的窗洞看进去,那些没了光彩的桌椅板凳也一下子冷冷清清,变成了死物。

摇摇头，陈暖转身骑上"小绵羊"往家里骑，骑到岔道口的时候，想起该去电器修理店看看自己进水的手机修好了没有。

店里只有穿着大汗衫的老板躺在躺椅上，正看着足球比赛。

"老板，我手机修好了吗？"陈暖推开玻璃门，避开门口堆着的一堆杂七杂八的破铜烂铁。

"你把票拿来看一下。"

陈暖从包里把票掏出来给他。

他在旁边堆着一堆电器的架子上摸了一会儿，把黑色的手机拿给她。她试着开了一下机，能够正常开启了，但拿在手上好像重量不太对，翻过来看，问道："老板，我的手机壳呢？"

老板掀了掀眼皮，说道："有就有，没有就没有。"他继续看他的电视。

陈暖往肚子里吸了一口气："我拿过来的时候，有一个黑色带骷髅图案的手机壳，你不要跟我说你没看见。"

"可能是丢了吧。手机壳而已，你这么计较干什么？我店里也有别的，你随便换一个就是了。"老板开始不耐烦了。

陈暖现在很确定这货就是把自己的手机壳独吞了，愤愤道："我那个是限量版，不光贵，还很难买，你拿店里的地摊货跟我换？你是不是觉得我是小姑娘，很好欺负啊？"

"我说了没有就是没有，你又不想拿店里的手机壳，那你就是想找事情。赶紧给我走，不要妨碍我做生意。"他站起来五大三粗的，装作一副很不好惹的样子，就要来推她。

陈暖放下手机，一只手拉住他的胳膊，从后面压住他的肩膀，用力把他按在柜台上，发狠道："跟我耍狠，我也不是吃素的。你今天不把手机壳拿出来，你就别想走。"

"小丫头，你知道我是谁吗？"

"我管你是谁，反正你不是我老子。"陈暖伸手就撅他的胳膊，一个大老爷们像一个娘们一样扭起来,嗷嗷叫:"别拽了,我拿给你,我拿给你。"

陈暖把他拉起来,一只手还拉着他的胳膊并压着肩膀,维持着警察抓小偷的姿势,说道:"你就这样给我找,别想耍花样。"

"你这个丫头怎么跟一个流氓一样。"他不满地叫道,从抽屉里把手机壳拿出来丢给她。

陈暖把他的胳膊一扔,把手机壳装上,说道:"你别看我年纪小,我混的时间可比你长,没听过幼儿园扛把子吗?"

她转头出去,刚跨上"小绵羊"。店里的老板突然像得了失心疯一样叫起来:"给我抓住这丫头,别让她跑了!"旁边的店铺突然跑出来几个年轻小伙子,一起过来抓她。

"还敢叫人,我懒得理你。"陈暖转了"小绵羊"的头就开始飞驰。

几个人扑了空。

"怎么样,看你腿快还是我的小绵羊快。"陈暖正在嘚瑟,从旁边的一条小道上拐进去,这是一条老街,没什么住户,只有一些老建筑。她想抄小路回去,前面忽然突突传来了声响,几辆老式摩托车停在她面前,直接抄小路把她堵住了。几个青年从摩托车上下来,她觉得不妙,一打四有点呛,虽然自己这种姿色没有被劫色的可能,但也是一副很欠扁的长相啊。

僵持的时候,后面又有几辆摩托车行驶过来。"不会吧,还有人?"她已经有点大事不妙的感觉了。

"大哥。""大哥。"听到熟悉的声音,陈暖转头,看到唐心、大破还有孙木、大白一起来了。

"你们怎么在这儿?"

"我们……"唐心不好说,这两天怕她心情不好,几个人在她打工的时候都一路护送,"我们只是路过。"

"你们在这种地方路过?"陈暖有疑虑,但是来不及思考更多,"不是,大白,你来干吗?你又不会打架,先骑小摩托走。"

他举举手里的遥控器,还拿着自己的得意作品——一只小鸟雀。"我……我有武器。"他有些紧张地说。

"你们聊够了没有?"对面几个人冲上来就是一顿猛揍,也不知道是不是比他们这几个多吃了几年饭,多了一些社会实践经验,唐心他们就靠蛮力打,完全不是对手,最后由陈暖带头,几个人在巷子里抱头逃窜。

大白跑得最慢,最终脱离了队伍,眼看就要被抓到了,陈暖冲回去给了对方一脚,然后像提小鸡一样开始拽着他跑,说道:"你不能整天闷头只搞研究啊,弱得跟一只小鸡一样,必须加强锻炼。"

"我……我知道了。"大白喘得上气不接下气。

几个人因为逃生欲望,跑得犹如蹿天火箭,眼看到了出口,一个人慢慢悠悠地忽然出现在巷口。眼看被堵住了去路,陈暖几乎要扯破嗓子:"让……让开!"

对方像是才睡醒一样,缓缓移动了头部,扬起来。莫言飞看到眼前这似曾相识的场景,当日学校的噩梦一下子浮现在眼前,一个灵巧的转身,贴住墙,完美地避开了。大白脚下踩到石子,忽然被绊住了,一下子栽到前面。后面的追兵顿时蜂拥而至,莫言飞伸手朝过来拉他的小青年的肚子打了一拳头,对方顿时飞了半米远。

"又有救兵?不带这么玩的!"对面的人嚷嚷起来,两边又抱团打了一阵子,像是打游戏一样,一伙人又分散,又开始被追。

陈暖和莫言飞一路,其他人往另外的方向跑,他们两个运动细胞好,后面只跟了一个"瘦竹竿",一会儿就被甩得没影了。

"你怎么会在这儿啊?"陈暖转头问他。

"我在附近网吧,出来买吃的。"

"网吧?"陈暖看他,"你今天说的有事,不会就是来网吧打游戏吧？"

"我帮人代打。"他说得老实。

陈暖看看他，说道："你好像男版的我。"除了两个人长相上有一定差距，其他的比如没有父母、打工狂魔之类的，他简直就是她失散多年的哥哥啊。

"嗯？"

"没什么，没什么。"她挥手笑了笑，"对了，我打个电话给唐心，看看他们逃脱了没有。"

过了一会儿，那边的人就接起了电话。

"喂？你们没事吧？"

那边的人还在呼哧呼哧地喘气："没事，大哥，我们跑掉了，你人呢？"

"我也平安了，你们早点回去吧。"得到应答，她把电话挂了，忽然从旁边传来咕噜咕噜的声音，"你是不是肚子饿了？"

"不是我。"莫言飞明显听到什么声音了。

陈暖竖起耳朵开始寻找声源，一转头看到一只浑身脏兮兮的小黑狗正盯着她，它杂乱的毛发让人怀疑它是不是还清醒着。

"它这个状态好像不太对头。"她跟莫言飞嘀咕了一句。她抬头看到莫言飞的表情，是从来没有在他脸上出现过的称为焦虑的东西。她的心一下子提了起来，看来事情非同小可。

"走。"莫言飞丢下一句就开始跑。陈暖速度也不慢，就是输在了装模作样助跑的姿势上，然后就慢了半步。后面的小黑好像吃多了激素变异了，一下子从地面往天空蹦得老高，陈暖脑瓜子上好像挨了一板砖，瞬间就被砸倒了。她反手就要熊揍它，突然右腿上一阵剧痛，朝天踢了一脚那个变异物种，小黑被抛在空中，掉到草丛中，一下子就不见了。

"嗷嗷，痛死我了！"她鬼号起来。莫言飞又像小马达一样原路跑

回来,看到躺在地上像虫一样扭动的她,视线落到她的小腿上——一个血糊糊的大口子。

她喊道:"莫言飞,我被野狗咬了,我要得狂犬病了!"

莫言飞二话没说,直接把她抱起来,抄了最近的路,送到了最近的医院。

陈暖感觉自己的右腿疼得有点麻木了,身上特别热,一直在出汗。她擦擦眼睛,发现莫言飞的头发里也有亮晶晶的东西,他也在出汗,热气透过棉布T恤,是一种带着些潮湿的干净气味。她脑袋好像开始晕了,迷迷糊糊地,她好像听到莫言飞在跟她说话。

"你说什么?"她好像连自己的声音都听不清了,"你在说什么?"她又问了一遍。

"别害怕。"简简单单的三个字像是落在了水里,轻飘飘的,这样的字眼似乎永远跟他搭不了边,就这样从他的嘴巴里轻易跑出来了,陈暖觉得她可能听错了。

到了医院,整个过程陈暖都恍恍惚惚的,医生进来给她上药、打针,最后不知道谁朝她的屁股上重击了一下,她才清醒过来。她不知道在什么情况下才需要这么用力地打病人的屁股,满脸怨气地盯着眼前穿着白大褂、一头小卷发的中年女人。

"可以出去了,下一位。"她清醒地听到的第一句话就是医生赶她出去的话。

莫言飞抓住她的胳膊把她扶出来,她虽然觉得,自己被野狗咬了,差点得狂犬病这事已经够古怪惊奇的了,但是好像还有一件事情更加不对劲。她的视线落在握着自己的奇怪爪子上,莫言飞不知道从哪里搞来了一双白色橡胶手套,难怪不是人的触感呢。

她回头想了想,说道:"莫言飞,你刚刚好像碰到我的皮肤了。"

"没有。"他的眼睛眨也不眨。

"不是。"陈暖也怀疑是不是刚刚自己脑子不清楚,按照合理的逻辑分析，加上对之前零星片段的回忆，她发出了自己的疑问，"你要是没碰到我，那是怎么把我抱起来的呢？"

"我没碰你。"他依旧面无表情，死不承认。

刚刚陈暖还在自我怀疑，看到他这副态度明白了：这不就是死鸭子嘴硬吗？

"看来你的恐女症也不是无药可医，说不定在某些危急时刻，你突破心理障碍就好了。"

"可能吧。"他站起来看看表，"时间不早了，走吧。"

陈暖看到咨询台后面墙上的名字："这个医院……"是陈小小住的医院啊，"你等一会儿，陪我去看一个人。"

莫言飞一只手继续抓住她的胳膊，两人的身体保持着一段距离，以一种奇异的姿势移动到陈小小的病房门前。她把门打开，看到里面安安静静躺着的人，仪器上显示的心率正在平缓地跳动。

莫言飞来到床前，问道："这是谁？"

"我的堂姐，陈暖。"她忽然有点好奇，转头问，"你觉得我跟她谁长得顺眼一点？"她都不敢问，谁长得比较好看。

莫言飞毫无表情的脸上，眼球稍稍动了一下，朝床上迅速瞟了一眼。陈暖伸出双手互拍了一下："我就说嘛。"莫言飞搞不懂她怎么比自己被夸还开心。

"她怎么了？"

"我前段时间轻生跳楼，把她砸晕了，到现在还没醒呢。"陈暖用轻描淡写的语气说着惊世骇俗的话。

"你不像会跳楼的人。"莫言飞下论断。

陈暖笑道："没心没肺、铁石心肠就是这样，就像父母去世的时候，我可是一滴眼泪都没有掉。"她本来只是自嘲，忽然意识到自己说漏嘴了，她现在是陈小小，不是陈暖。

莫言飞转头疑惑地看她。

"不是我,我是说陈暖。她父母当年出车祸的时候,她才五岁。葬礼那天是阴天,天气不好,那天来了很多人,都在说自己和去世的人关系有多亲密,然后都用一种看可怜的小狗一样的眼神看她,摸她的脑袋。这还不是最糟糕的。

葬礼快要结束的时候,他们发现了一个奇怪的现象,就是这个小姑娘从头到尾没有哭一声,只是安安静静地看着这一切,像一只不会吵闹的小狗。

在他们看来,她这个年纪的孩子不哭是特别不正常的,这是一种自私的行为。她有生以来第一次听到这个词就是在她爸妈的葬礼上,她开始明白,如果你不把悲伤表现得世人皆知,那你的悲伤就不算悲伤,也没有任何意义。"

陈暖笑起来:"你知道她当时为什么没哭吗?"她故意停了一会儿,"因为,她觉得这些人都特别奇怪,假模假式,她想笑,但是……"顿了一会儿,又道,"她也没笑,因为她当时好像也笑不出来。"

莫言飞听着她貌似轻松的话语,沉默了好一会儿。病房里飘着消毒水的味道,它像一只无形的手绕过他们,来回地穿梭,有种神奇的能让人安静的魔力。有的时候,她也难以分辨,这是自己心理上就带着的味道,还是真实存在过的。

"她可能是想哭,但是哭不出来吧。"莫言飞忽然的话语像在平静的湖面上丢了一个小石子,没有什么波澜,但是又确实存在,"我父母去世的时候,我没有任何印象,也体会不到伤心难过。直到外婆去世的时候,我想哭,发现哭不出来了。"

陈暖有些意外,莫言飞竟然会主动跟自己说起家里的事情,也许是刚刚自己说的故事让他也产生触动了吧。

"那你现在是一个人生活?"

"嗯。我没什么亲戚,所以也没有你说的那些烦恼。"

陈暖咧开嘴巴笑道："那你要幸运一些。"

莫言飞起身："走吧。"

"嗯。"

莫言飞先全副武装把自己包起来，然后沿原路把她背回了刚刚丢掉"小绵羊"的地方。

他骑车，陈暖坐在后面指挥。他骑"小绵羊"的技术不是太好，好在时间已经不早了，路上行人也是稀稀落落的。陈暖笑他："我以为你什么都会，看来小绵羊是你的短板。"

"我平时不骑这个。"

"那你骑什么？自行车？"

"我走路。"

"这么原始的吗？为什么？"

"我不会。"

"是所有的交通工具都不会吗？"

"嗯。"

"为什么？"她在他面前化身成"十万个为什么"。

"危险。"他就这么一个字一个字地说，挑战她的神经底线。

"你不骑车顶多就是不会撞到别人，但是不代表别人不会撞你啊。"她提出质疑，然后感觉车子小幅度地颠簸了一下。

"是吗？"他幽幽地来了一句，差点让她晕倒，敢情他从来没有往这方面想过啊。

"你跟我想象的好像不太一样。"陈暖说。

"怎么不一样？"

"我第一次见到你的时候，以为你是那种高冷、仗义的大帅哥，完全不食人间烟火。现在我感觉你挺接地气的，还有点萌。"

"萌？"他愣了一下，"什么意思？"

"不是吧，这是网络用语，你都不上网的吗？"

"除了打游戏,我很少上网。"

"哇,你这配置当什么宅男啊,太浪费了。"

"怎么才叫不浪费?"

"泡妞啊,然后……就是潇洒一点嘛。"她一时也说不清楚,"不过,等你恐女症治好了,你肯定更受欢迎,拉你上街肯定贼有面子。"

"陈小小。"

"嗯?"

"你以前是不是喜欢我?"

陈暖差点被自己的口水呛死了,这人简直比自己还直接。她晃了晃脑袋,努力想把自己摇得像一个傻子,因为她现在只能装疯卖傻:"你想想,你长这么帅,一个女的只要眼睛没瞎掉,都会对你想入非非,这很正常。"

莫言飞没再说话,只是行驶的速度加快了,可能是熟练了。其实,他学习东西还是挺快的,一会儿就到了小区门口。

"谢啦。"陈暖从车上蹦跶下来。

他低头看看她的脚。

"没事,我可以用跳的。"她在原地蹦跶了两下,做演示。

莫言飞走到路边帮她停好车,然后转身径直走了。

"这家伙果然没有回头看我一眼,怎么回事?"陈暖都呆了,"人家说女人心,海底针,男人的心也差不多。"

莫言飞步行到公交站台,搭上了末班车。下车后,他步行了一段距离,然后拐进了一条弄堂里,路过一些带院子的平房,走到一排二层小楼房前。这是商住两用房,一层是一家汽车维修店,房子后面有一个钢架楼梯可以直接上二楼。

他踩着步子上了楼梯,门廊上绿色的雨棚局部剥落,露出白色的内里。他打开房门,有一个柔软的物体跑到脚边,小声"喵喵喵"地朝他叫。他按了墙上的开关,灯泡发出柔和的暖黄色的灯光,家里简洁的布置,一目了然。

开放式一字形的厨房,中间的位置既是客厅又是餐厅,唯一的床靠里面放在拐角。他从橱柜上面拿了猫粮倒在碗里,奶呼呼的小猫开始进食。

他进去左边的卫生间洗了个澡,洗完就躺到床上了,弹簧床一下子陷下去,发出吱呀的声响。他在床上翻了一个身,猫咪跳上来趴在他的肩头。

躺了一会儿,他把衣服里的手机掏出来,在网页里搜索了一下萌是什么意思,还有哪些是流行用语。

浏览了一遍之后,他犹豫了一会儿,在搜索框里输入"怎么确定一个女孩是不是喜欢你",旁边出现了相关词条,他又点击了一下"你喜欢上一个女孩的十大征兆"。

莫言飞忽然愣住了:"我到底在干什么啊?"他把手机丢到床上,手背放在眼睛上,遮住洒下来的灯光。

第十一章 禁欲系男神

陈暖因为被狗咬了,刚刚开始新的校园生活没多久,又被歇业在家了。她躺在床上抬起脑袋玩手机,把微信打开,看到黄潇的名字,点开,然后又退出。这个臭黄潇,就不能给她发一条信息吗?发一个微信表情包也可以啊。

她犹豫了一会儿,道:"要不我给他发一条微信?"她又点开,然后又退出来,"不行不行,他不理我,我干吗理他?哼。"

啊!陈暖号了一声,把手机扔到床里边去,脸朝下趴着装死:"好烦啊。"

"小小,有同学来看你了。"陈玉凤在外面的客厅喊。

"同学?"她从床上坐起来,听到门口有声音。唐心、大破站在外面,这两个人平时看起来很不好惹的样子,今天倒是穿得像一个学生,唐心还梳了一个整齐的辫子,大破也穿得像一个正经男人了,老实地站在门口。

"你们好好聊。"陈玉凤看起来挺高兴的,大概是从来没有同学和朋友来找过陈小小。她把门一关上,刚刚两个人挺得笔直的背一下子弯了下来。

唐心把刚刚在街边买的水果篮放到桌上,说道:"孙木和大白有点事情,晚上来看你。"

陈暖从水果篮里挑了一根香蕉,说道:"你们这样还装得挺像的。"

"第一次到大哥家里来,我们当然要穿得正式一点。"唐心笑道。

"不错,我几天没到学校,学校有没有发生什么事?"

"没什么,而且最近天云社也没什么动作,没来找我们麻烦。"

"这么安静,肯定有什么鬼。"陈暖摸摸下巴思考。

"可能跟最近的名单有关。"

"什么名单?"

"最近刘主任又要搞什么择优除差。成绩连续垫底、表现不佳的学生都上了学校公告栏的名单,要在月底统一补考,要是还不能及格就会被开除。"

"嗬,看来是暂时转移战火了。对了,我们班有人上名单了吗?"陈暖最关心自己班里人的安危。

"上次我们班考试考了第一名,刘主任很满意,当然不在里面了。不过,我今天看到莫言飞的名字好像在名单上。"

"莫言飞?"陈暖想,他要打那么多工,几乎没去上学,要是真的参加补考,肯定过不了。

"大哥,你打算帮他吗?"

"嗯,不过就算我肯,他也不一定愿意。"

"那倒是,他没那么容易被说动。要不我们还像以前说服班里其他人那样,让他看场电影什么的?"唐心建议。

"我想想吧。"陈暖重新躺在床上,胳膊垫在脑袋后面。

晚上打完工,莫言飞进了弄堂,拐过一个墙角,发现一个挂着拐

杖的人站在楼下。陈暖从阴影里走出来，说道："我都等你好长时间了。"

"你在这儿干什么？"

"我打你电话一直打不通，就直接来找你了。"

"你怎么知道我住在这里？"

"我说了，没有我不知道的事情。"她笑了笑，"我还没吃晚饭，来你这儿蹭一顿。"

莫言飞看看她，没说话，她跟着来到屋子后边的楼梯处。

"要爬楼梯，你的腿……"

"没事，我有拐杖，慢慢移上去。"

他低头沉思了一会儿，然后从裤子口袋里掏出手套戴上，走到陈暖面前，把她横抱起来："你拿着拐杖。"他说话的时候没有看她，头微微低着，声音也低。

陈暖的脑袋靠着他的胸口，随着上楼梯的动作，有节奏地一颠一颠。其实，他并没有表面看上去那么冷漠、不近人情。

到了门口，他把陈暖放下，打开门进去。整个屋子非常干净整洁，虽然不大，但是让人感觉非常舒服。她觉得自己跟他比起来，完全没有做女人的资格。

一只白色的小猫跑过来，冲着他喵喵叫。他从柜子上拿了猫粮放在盘子里，伸手在它的脑袋上摸了一下。

"吃面条？"他转过头来问她。

"嗯，都可以。"陈暖点点头，拄着拐杖走到桌子边。厨房上方只有两个暖白色的筒灯，他穿着简单的白色休闲T恤，从旁边的小冰箱里拿出两个西红柿还有鸡蛋，低着头拧开了水龙头，冲洗手里的西红柿，旁边的猫咪吃完猫粮，在他的脚边蹭。

这样的画面，让陈暖觉得特别温馨。他好像已经很成熟了，不像是一个十八九岁的男生，他的耳朵上还戴着耳钉，裤子也破了好几个洞，可依然不妨碍他的美好。

不知道是不是同病相怜，陈暖感觉看到他就像看到了自己，但和他相比，自己其实要幸运很多。自己有叔叔有婶婶，有一个整天吵吵闹闹的堂妹陈小小，还有很多好朋友。她想帮他，想让他和自己一样拥有这么多。

屋子里开始飘散香味了，在每一个地方留下温暖的味道。他端着面条从厨房走过来，放在桌子上，碗是纯白色的，筷子是木制的，带着淡黄色，两副碗筷一模一样。

"好香。"陈暖用力嗅了嗅。

莫言飞看她心满意足地咬了一口鸡蛋，烫得一直哈气，不由得勾起了嘴角，开始吃自己的那份。

"你最近去学校了吗？"陈暖一边吃一边问他。

"没有。"

"老刘好像弄了一个什么名单，上了名单的人要参加月底的补考，不及格的话就要离开学校了。"

"嗯。"他只回了一个字，陈暖猜不到他的想法。

"你也在名单上。"

"我知道。"

"你还想上学吗？"

"对我来说，上不上都一样。"

"可是……"陈暖放下手里的筷子，笑起来，"我想跟你一起上大学。"

他愣了一下，抬头看她。

她继续说道："我想跟你一起上大学，还有唐心、大破、孙木、大白，还有所有高三二班的学生。"

"为什么？上大学很好吗？"

"也不是因为特别好，只是我想把大家在一起的这种关系一直持续

下去,我想跟你们在一起,不想早早地分开。"

莫言飞没再说话,低头继续吃面。

陈暖以为自己劝说失败,吐了一口气,继续把面条吃完。

过了好一会儿,他才抬头说:"有办法吗?"

"嗯?"

"上大学的办法。"

陈暖仰起脸笑道:"只要你愿意,我就有办法。"

莫言飞看她呲溜呲溜地吃面,吃得又响又欢,不禁露出一个笑脸,赶紧又收敛起来。他从来不知道自己竟然会开始留恋这种人和人的联系,这个女生虽然又暴力又粗鲁,但她像一个太阳一样,让人想要追随。

当时,他还不知道这种温暖人心的感觉是什么,后来他才知道这叫希望。每个人都心存希望的小火苗,等着那个高举火炬,最终让它燃成熊熊烈火的人。

为了月底的补考,莫言飞暂时和老板请了假,也辞掉了晚上的工作。陈暖知道他一个人生活不容易,让他上午上课,下午去打工,自己晚上给他补习。每天晚上七点半,陈暖等他下班时,就去他家楼下等他。

今天她刚要出门的时候,手机上突然收到了一条信息:"你今天在家里等我,我等会儿到。"

"嗯。"陈暖收拾好,从楼上下去,到小区门口等他,远远地看见他骑着一辆白色的自行车过来,耳朵上戴着耳机在听音乐。

"你不是不会骑车吗?"

"我刚刚学的。"

"这么快吗?"陈暖爬到后座,伸手抓住坐垫底盘,没有搂他的腰,不然等会儿他恐女症发作,很可能车毁人亡。

其实，莫言飞是担心陈暖腿受了伤，还要每天跑来跑去，干脆学了自行车，这辆车也是他人生中的第一辆自行车，挑选了很久。

"你觉得这辆车怎么样？"他对于自己买车的审美没什么自信。

"挺好看的，不过你个子这么高，骑这辆车好像有点小，这是女式车。"

莫言飞当场石化……没有人跟他说这是女生骑的啊，卖车的那个老板还极力推荐说很适合他来着，黑心商人。

"你肯定被人坑了，下次我陪你去买，还能帮你杀价。"

他瞬间又开心了："嗯。"他点点头，脚下飞快地蹬起来。

陈暖和莫言飞坐在饭桌上，陈暖给他检查刚刚做的题目，惊喜地睁大眼睛，说道："你对了一半啊。你几乎没怎么上学，正确率却比其他人高，你要是好好学，那肯定是尖子生啊。"陈暖自从来了这个学校，辅导过无数学生，没有一个比他悟性更高、学习能力更强的了。这才几个星期，他已经进步非常显著了。

"你这次考试肯定没问题的，只要你好好发挥。"陈暖对他完全有信心。

"我去拿点喝的。"莫言飞起身去冰箱里拿了饮料过来，发现陈暖已经趴在桌子上睡着了。这段时间她也很辛苦。

他从床上拿了自己的大外套给她披上，自己坐回凳子上，继续看书学习。温暖的灯光洒在桌子的中间，偶尔有纸张翻动的声音，这样的感觉让他很安心，原来有人在身边陪伴是这样的感觉。

此时此刻，陈暖正陷在梦里。

"小暖，小暖。"非常轻柔的女声传来，陈暖转过头，眼前出现了一大片明亮刺眼的白色，一个同样穿着白色衣服的女人向她招手，"过来。"

"妈妈？"

"来,到妈妈这儿来。"

女人旁边出现了一个男人,也穿着白色衣服,声音温和而富有磁性:"小暖。"他们的脸都被白色亮眼的灯光完全遮住了,只有声音不停地传来,"小暖,小暖,我们一起走。"

"去哪里?"

"去你最喜欢的儿童乐园啊。"女人招招手。

陈暖想起来了,出车祸的那一天,他们本来是要去儿童乐园的。她开始哽咽起来:"妈妈。"她转头看了一眼男人,"爸爸。"脚刚伸出去,肩膀被人从后面拉住了,转头看到一脸焦虑的黄潇,"不要去!"

突然,一道惊雷在空中发出爆炸一般的声响,银色的闪电在天空游走,周围的雨像是瀑布一样落下来,她看到那汩汩流动的透明液体渐渐有红色从里面渗出来,她抓住旁边人的手,不像以往那样温暖,都是冰冷的气息。她抬头看到黄潇一脸痛苦的神色,紧接着整个世界都被大雨侵蚀,他们两个被卷入洪流之中,她死命地拽住他的手,他忽然露出一个惨白的笑脸,松开了她的手。

"黄潇!"她忽然醒过来,额上冷汗直冒,后背都汗湿了。外面响起的惊雷让她打了一个冷战,她转头看到莫言飞在关窗户,外面下起了大雨。

"怎么了?"莫言飞看她满头大汗。

"我刚做了一个噩梦。"她摇摇头,有些紧张地望了一眼窗口。

她的不安让莫言飞察觉到了,他问道:"你很怕下雨?"

她吸了吸鼻子:"不是下雨,是打雷。"她努力摆出一个轻松的笑脸,"那年我大伯和伯母出车祸的时候,就是这种很坏的天气。"

莫言飞走到挂衣服的地方,从口袋里把手机和耳机拿出来,转身坐回位子上,把耳机塞到她的耳朵里,柔声道:"你听音乐就不害怕了。"

陈暖听着那缓缓流淌的轻音乐,刚刚狂跳不已的心渐渐平复下来,说:"我经常看你戴耳机,原来都是听这种没有歌词的音乐啊。"

"这种歌不费脑子。"

外面的雨下了一阵便渐渐小了,陈暖看看墙上的钟,说道:"时间差不多了,我该回去了。"

"我送你吧。"

"下雨天,你骑自行车不好送。"

"我们坐公交车。"他不由分说,转身就去柜子里拿了一把蓝色的伞。

从公交车上下来以后,还要走一段路。好在雨不大,莫言飞半抬着左胳膊让陈暖扶,另外一只手打伞,她自己挂拐杖,走得也还挺溜。她刚抬头,耳朵上就挂了一个耳机,抬头看他,他微微别了别脸:"你一个、我一个,正好。"

"好吧。"她笑了笑,觉得有的时候他还挺细心的。

"我有些好奇,你是从来都没有碰过女人吗?"陈暖问。

"从我记事开始。"

"那你看小电影吗?看的时候,想的是男的还是女的?"

莫言飞:……

"哎!莫言飞,你突然走这么快干什么?"陈暖一瘸一拐地去追他,"耳机都掉了。"

"我不想回答。"

"我就是问问嘛,你干吗这么闷骚?"

两个人一路吵吵闹闹走着的时候,没有注意到从旁边的树影里走出来一个人。几天没有刮胡子,下巴上窜下了青渣,脸瘦了一圈,眼眶下方是深色的阴影,黄潇看了一眼越走越远的人,灿烂无敌的脸上写满了伤心、失落。他晃了晃手里的伞,伸手抄进自己的口袋里,转身往另外一个方向走。

陈暖不知道她那一天做的令人心慌意乱的梦竟然是很多事情的先

兆,那一条她想要发出去却一直保存在草稿箱的信息如果早一点发出去,她和黄潇也许就不会越走越远了。

莫言飞参加考试的那天,陈暖带着唐心、大破还有孙木、大白一起给他加油打气。几个人一字排开喊口号:"言飞,言飞,一飞冲天,逢考必过,嘿嘿嘿!"他们的手势是两臂弯曲夹紧在臀部两侧,借助臀部和腰部的力量进行扭动,左边两下,右边两下,十分律动。这是他们第一个集体活动,口号也是陈暖想的。

"好在今天是星期六,学校只有补考学生和几个监考老师在。"唐心小声和大破讨论。

"天哪,好丢脸。"

"这是大哥好不容易想出来的,不能扫她的兴。"

几个人面露苦相,头一抬,依旧配合地笑得灿烂如骄阳:"言飞,言飞,一飞冲天,逢考必过,嘿嘿嘿!"

"好二。"莫言飞只给出两个字的评价,转过身去,露出了一个微笑。

"你等等。"陈暖从口袋里掏出一支记号笔,"我忽然想起来有一题很重要,这题我觉得有百分之九十的可能性会考,你赶紧把解题方式记了。"她蹲下身子就在地上写。

唐心他们都围过来看,一脸惊奇地问道:"大哥,你每天脑子里都在记这些东西吗,怎么这么熟练?"

"我学过的东西都很难忘记。你记下了吗?"陈暖问莫言飞。

另外三个人同时摇头,只有大白若有所悟。莫言飞认真看了一会儿,点了点头:"我记下了。"

"你们都是神人啊,我这脑子是怎么回事?"孙木又要崩溃了。

陈暖伸手蹭蹭鼻子,信心满满道:"这回肯定万无一失了,你放心大胆地进去吧。"

莫言飞转头看了她一眼，没有往教室的方向走，朝她走近两步，站了一会儿，像是在做什么思想准备，然后伸出右手，极其缓慢地在她的鼻子附近停顿了一下。

他能够感受到她鼻子里喷出来的温热的气息，往前伸了一下，在她鼻子上刮了一下：「脏了。」他蹭了两下，然后迅速收回了手。她吓得愣住了，他的指尖有些凉，带着轻微的颤抖，他……他居然没戴手套！

"你……"陈暖睁大眼睛，刚想要说什么，后面突然传来一个好听的女声："阿言，加油哦。"季美嘉和肖杰还有顾唐一起过来了。

肖杰跑过去亲热地和莫言飞打招呼："你复习得怎么样？看你在名单上，我都吓死了。上次我去你打工的地方你也不在。"

"你们怎么来了？"

"还不是顾唐最近太浪了，也上名单了。"肖杰打小报告。

"上名单又怎样？我老爸说了，毕业了我想做什么就给我投资，或者让我进分公司工作，上不上学有什么所谓？"顾唐理理自己的袖口，不屑地说道。

"你家有分公司了？什么时候？之前不是说你父母在国外开公司吗，现在国内也有了吗？"肖杰像"十万个为什么"一样。

陈暖他们这边几个人瞬间被隔离了，变成了两个世界，看到天云社的家伙，唐心他们也都警戒起来。

陈暖转头问莫言飞："你跟他们很熟？"

"以前我们经常在一起玩。"

季美嘉看到陈暖的表情，扑哧一声笑出来："你难道想像对黄潇那样彻底跟阿言断交吗？"

"怎么回事？"莫言飞微微皱了皱眉头，这些事情他还是第一次听说。

陈暖觉得奇怪了：这学校是怎么回事，但凡长得有点姿色的男生或

女生,都跟天云社有关系,这是恶霸社团吗,是想搞个偶像组合吧?

"我以后再跟你解释,你先进去考试吧。"陈暖安抚莫言飞。

"走吧。"顾唐招招莫言飞,"我们之间的事说一天也说不完,你要是考试不通过,不能再上学,这闲事你想管都管不了了。"

莫言飞回身看了他们一眼,转身跟顾唐走了进去。

"让我和陈小小单独说两句话行吗?"季美嘉对着对面的一干人下了驱逐令。

"哇,好刺激,你们会不会打起来?"肖杰在旁边看热闹不嫌事大。

"包括你。"季美嘉转头横了他一眼。

"真是小气。"肖杰转过头,气呼呼地顶着小卷毛走了。唐心他们看这情况也留不了,跟着撤了。

季美嘉和前几次一见到陈暖就针尖对麦芒,随时要原地爆炸一样的感觉完全不同,现在像是经过了教化,满脸和善,说道:"你最近好像和阿言很好啊。"

她一开口,陈暖就从她的语气里听出不怀好意来:"你有话直说,有屁快放。"真烦她这种磨磨叽叽的样子。

她也不怒,反而在笑:"其实呢,我觉得你们两个挺般配的,你和阿言,我和黄潇,这样大家都会很开心。"

"这位大姐,你是我妈还是我家亲戚啊,我用得着你祝福吗?你这是在玩配对游戏吗?我和他,你和黄潇,你问过人家意见了吗?神经病。"陈暖不打算理她,转身要走。

"对了,黄潇最近没有来上学,你知道吗?"当她转身的时候,季美嘉迅速插了一句话,让她刚要踏出去的脚步停在了原地。

季美嘉的嘴角轻轻翘起来:"看来你什么都不知道啊。"她装模作样地拍了一下头,"你看我都忘了,你已经跟他绝交了,所以不论他发生什么事情,你都不会在乎,反正你也不关心嘛。我也挺忙的,没事我就先走了。"

"黄潇他出什么事情了？"陈暖听出她话里有话。

"你现在是在求我吗？"她笑得更加灿烂。

"不说算了。"陈暖眼睛一翻，"反正我总有办法知道。"

"你这个人啊，就是毛毛躁躁，像你这个样子，哪个男人会对你有耐心啊？黄潇应该也伤透心了，终于明白对你这样的女人好完全不值得。"

"他爸爸在美国出差的时候突然旧疾发作，好在最后没有大碍，这些日子他没日没夜地陪护他爸爸，我也是刚从国外看完伯父回来，你却在这边和阿言甜甜蜜蜜地谈恋爱。其实你回头想想，你从头到尾有为他做过任何事情吗，还有脸跟他绝交。你离开他，对他来说真是最幸运的事。"季美嘉笑了笑，"我祝你幸福。"

陈暖第一次没有开怼，因为她知道季美嘉这次说的话是对的，她的脑子里闪过很多两个人打打闹闹的画面。

下大暴雨的那天，一打开门，他湿淋淋地站在门口，笑着跟她说，"你别害怕"；有一次吵架，他一路跟着她好久，两人在夜市买了串串才和好；因为她想要上大学，他也嚷着说自己想上；他吵嚷着说要给她做好吃的，结果差点把房子点着了；他站在台上唱《失恋阵线联盟》，两个人的眼睛笑得眯成了一条缝……他们之间有太多太多的回忆了。

她掏出手机打了电话过去，这一刻，她的自尊心、她所有的信誓旦旦都灰飞烟灭了："您好，您拨打的电话已关机……"

晴朗的天空像被罩上了纱幔，黑暗覆盖了整个天空，地面的光亮也像沾了水的画渐渐掩盖了色彩，她发现自己好像找不到他了。

莫言飞的补考不出意料地过了。陈暖依旧在给他补习，让他朝着上大学的目标越靠越近。他从肖杰的口里听到了事情的始末，只是每次说到相关事情的时候，陈暖总是一语带过，岔开话题。

她不太高兴，虽然他一向没什么眼力见，但是只要你在意一个人，她的一举一动你都会很清楚地看出来。

"面条。"莫言飞把碗端过去给她。

"好香哦。"她端起来，又是一副很开心的样子。

"这个面条你吃了这么久，都不腻吗？"

"好吃啊，而且你也会经常给我换配菜。"她开始飞快地进食。

莫言飞坐在位子上，从口袋里面掏出来一张邀请函放在桌上推给她。

"这是什么？"她嘴巴里面含着面条，含糊不清地说话。

"下周六是黄潇生日，在OP吧有生日会。"

陈暖抓着筷子的手忽然停了一下，又继续动起来："我去干什么？他又没有请我。"她低头嘀咕了一句，"而且我还拿着他给你的邀请函去，算怎么回事啊？"

"这份邀请函整个高三班级都有，这个是你的。"莫言飞的意思是：你不要自作多情。

"哦，过个生日用得着搞这么大的排场吗？炫富，浮夸。"陈暖一边不屑地抱怨，一边默默地把桌上的邀请函拿过来。

莫言飞站在窗户前，看着背着书包跑得飞快的陈暖，淡漠的脸上笼上了一层忧伤：这么多天，她虽然每天好像笑嘻嘻的，但是刚刚拿到邀请函的时候，她的脸上露出的笑容才是真正开心的。

他知道她真正想要的是什么，想要见到的人是谁。那天下大雨她在他家里的时候，他就知道了。那天，她在睡梦里叫的人是黄潇。

小白猫慢悠悠地跑过来，蹭着他的脚背，他没有低头去摸它，有些不耐烦地转过身，躺倒在床上。他不知道自己这样做是不是对的，但是真的好不爽。他吐了一口气，用胳膊遮住眼睛。

"嗷，要死啊！"清晨五点钟，某网吧传出一阵男性的凄号声，从门口往里看,有大片大片的白雾。经过一整夜,网吧里各种零食、烟、晚饭,包括脚丫子的臭味混合在一起,变成了一大锅散发着腐臭气味的大杂烩。

"给你。"一个双眼发红、头发都竖起来的背心男从口袋里掏出来一个挂件,"这是限量版的,我花了大半年时间做《赤道联盟》的支线任务才得到的,还是最经典的黄色剑士款,全服至今就五个。我就不应该跟你打赌。"背心男看着那个挂件,都要哭出来了。

"老娘也陪你玩了两天两夜,能跟我这个高手在失败中学习,你也赚到了。"陈暖伸伸懒腰,把挂件放进衣服口袋里装好。

"我一定会赢你的,一定要夺回我的东西。"

"那你要快点变厉害了,最好在今晚之前,因为我要把它送给别人了。"

"你硬拉着我比赛,又玩命地跟我PK,就为了把它送人?这是限量版!"他说着,简直要哭死。

"我知道,要是它不值钱,我也不会找你。我先走了,有缘再见。"陈暖推开网吧的门,刺眼的亮光让她感觉一阵眩晕,黄色的天光和地平线拉成了一条水平线,慢慢地升上来。待在网吧两天两夜,几乎让她适应不了眼前的世界,清新的空气也让她产生异样感。摇摇晃晃到家里,陈玉凤他们还没有起来,她之前找了借口说在同学家住下才避免了被唠叨。她走到床边,没有任何知觉地栽倒进去了。

其间,好像有人进来叫过她,但是她眼皮抬都抬不起来,等到她睁开眼睛,外面已经黑乎乎一片了:"我睡了多久?还没天亮吗?"她将脑袋别开,从口袋里摸手机,发现手机已经自动关机了。

刚充上电,开机,她就看到唐心他们发来的信息,未接电话也有五六个。

"八点了!我居然从早上睡到了晚上。"她连忙爬起来,生日party就是八点钟开始,她急忙开始翻箱倒柜挑衣服,"到底穿什么啊?怎么

都这么丑!"

陈玉凤听到屋里的动静,进来,说道:"小小,你醒了?刚刚吃饭,我叫你,你都不醒,你到底干什么去了,把自己弄这么累?"看她继续翻箱倒柜,又问,"你在找什么?"

"妈,我有没有好看一点的衣服?这怎么都这么丑?"

"你要去哪儿啊?"

"同学过生日,我要来不及了。"陈暖翻出一条白色的裙子,太久没穿,都有霉味了,"就这条吧。"说着,她风风火火出了门。

她难得打了一辆出租车去,报上地址的时候,司机一愣,朝后视镜瞟了一眼,问道:"丫头,你成年了吗?"

"你问这个干什么?"

"那地方可不是学生能去的,高档场所,那里消费可贵了。"

"我同学过生日。"

"那你同学可够有钱的。"司机呵呵一笑。

陈暖到的时候,才知道司机的意思。虽说她是一个土生土长的晴川人,但是这市中心的高档场所,她只在坐公交车匆匆而过的时候瞥过几眼。

酒吧回字形的入口处站着侍者,旁边还有负责泊车的服务生,路边停了各种超级炫酷、叫不出名字的跑车,她乘坐的黄色小出租车在这里面算是一股清流。

"您好,这是私人派对,请出示您的邀请函。"

陈暖从她随身的书包里拿出邀请函给他。

"好的,请您跟我来。"

她到了里面才知道什么叫作别有洞天——四周已经绑了气球,中央还有一个巨大的蛋糕,酒水和高级点心随处可取,这架势跟黄潇过八十大寿差不多。

看台二楼的栏杆处站着几个西装笔挺、着华美礼服的男女,手里晃着酒杯，观赏着这一切。

"啧啧，为了请一个人，竟然把整个高三年级的学生都请来了，不愧是我曾经崇拜过的男人。"肖杰不嫌事大地调侃一句。

"胡说八道，这是高中最后一年了，黄潇他想弄个大派对不行吗？"季美嘉说着，白了他一眼。

"好酸的味道啊。"肖杰故作夸张地吸了吸鼻子，"差点熏死我了。"

"你一天不跟我抬杠，是不是浑身不对劲啊？"季美嘉伸出高跟鞋踩他，对面的人疼得嗷嗷叫起来。她朝楼下人群瞄了一眼，目光落到了那个移动的白点上，"说曹操曹操就到，我去招呼一下。"

陈暖找不到唐心他们，刚准备掏手机打个电话，肩膀被人从后面拍了一下，转头就看到打扮得像一只野天鹅的季美嘉。

她当作没看见，转头继续找人。季美嘉被她这种无视的态度惹怒了，叫道："喂，陈小小。"

"干什么？我现在很忙，没空。"

"你是在找人吗？这样是很难找到的，不如去上面吧，二楼是VIP专属区，视野好。"

"喊，我不稀罕。"

"你干吗不去？这里今晚都是黄潇的，你是贵客，自然想去哪儿就去哪儿啊。"说完，她扭头就走。陈暖看看这种情况，确实很难找到人，索性跟着她一起上了二楼，果然视野开阔，而且大得让人眼花缭乱，装修布置都非常高级。

"场面很壮观吧。"季美嘉看了她一眼，"在这个城市，每一年，像OP这种档次的pub都会抢着帮黄潇庆生，记他的生日比记他们自己爸妈的生日还要清楚。这里的酒水、点心全部是赠送的，所有人都在等待这一天，就为了拍好黄大公子的马屁。黄潇的家里可比你想象的还要有钱、有势力。"

"你想说什么？"陈暖问。

"我只是把你不知道的东西给你补充一下。"她朝着门口看了一眼，"看来不需要我多说了，黄潇他来了。"

陈暖的心突然快速地跳动起来，她朝着吵嚷的方向看去，黄潇和刘管家一起进来，身旁还跟着穿着黑色西装的经理和两个侍者，他头上反戴着一顶帽子，穿着一件彩色的T恤和一条阔腿裤。

他瘦了一点，但是人看起来还挺精神的，依旧帅气非凡。他在一道道彩色的光柱里面穿行，周围的所有人都对他注目而视，他也很好地应对着这一切，不似以往没心没肺，非常得体、有礼貌，俨然一个贵公子。这还是她认识的那个黄潇吗？

"这个世界，人是有贵贱之分的。他整天和你们混在一起玩啊闹的，你就真以为他跟你是一样的吗？呵呵。"季美嘉弯起嘴角，嘲讽一笑，晃晃手里的杯子，捏着礼服的一角下了楼，"我要去送礼物了。"

陈暖本来满心欢喜的，此时心里却像被堵住了，极不畅快。季美嘉说的就是屁话，她心里这样想，但是现在忽然有些移不动脚了，好像前面有一堵无形的墙挡住了她，让她此时此地没办法下去，像以前一样跟他打招呼。

她转头看到后面的茶几上有酒："对，喝酒。"她深感酒精能够麻痹身体的某些部位，于是倒了一杯就开始往下灌，"哎？这酒挺好喝的，而且不醉人。"她越喝越来劲，把它当成了饮料，顺便在瓶底找一下是什么牌子的。

"陈小小。"她瞎琢磨的时候，后面突然响起熟悉的男声，她转过头，手里还握着酒瓶子，发现黄潇站在自己面前。也不知道是不是酒喝多了，她胸口某个地方开始抖动，快得不行，紧张感遍布全身。奇怪，又不是不认识，她干吗要紧张？

黄潇也有些局促，一段时间没见，他变得沉默了一些，两人之间好像隔了一条黑色的暗河，静静流动着。

"啊，你爸爸身体好了吗？"陈暖脑子一热，想到什么就说出来了，虽然好像并不应景。

"嗯，他好得差不多了。"黄潇有些意外地问，"谁跟你说的？"

"反正就你身边那些奸细呗。"她想调笑一句缓和气氛，"上次西餐厅的事情，谢谢。"她咬出了两个字，那天的事情她也不怎么想提。

他笑了笑，露出那颗招牌小虎牙。陈暖觉得那个她熟悉的黄潇又回来了，摸摸裙子一侧口袋里凸起的东西，"我……"她刚想要掏出东西就被一个声音打断了。

"黄潇，那边在玩游戏，都在喊你参加呢。"季美嘉亲热地过来拉他，他侧身躲了一下，转头瞄了一眼陈暖，问道："你去不去？"

"嗯。"陈暖点了点头，把挂件又塞了回去。

底下，一大群人围着一个大桌子在玩国王游戏。

"大哥！"唐心远远地就看到了陈暖，还有大破、孙木、大白，他们一下都跑过来了。

莫言飞这个时候刚打工结束到pub，看到他们聚在一起，走了过来。季美嘉叫："阿言，这里正好还缺人。"她眼睛一转，"陈小小，你也来。"

桌边总共十二个人，每个人抽一张数字牌，抽到国王牌的人可以命令对应数字的人去做卡片题目上的事情。

一个瘦竹竿一样的女生举举手里的牌："我是国王。"她撇嘴一笑，一看就是一个老手，"六号还有十号，啵一个。"

周围人开始起哄了："到底亲哪儿啊，你也不说清楚。"

"都行，我这个国王很民主的。"她又嘿嘿笑起来，"谁是六号？"

季美嘉举举手里的牌，脸上的表情充满了不屑，那小眼神仿佛在说：谁敢来，我弄死谁。

"谁是十号？"

过了一会儿,一个声音响起:"我。"

陈暖的眼睛差点瞪出来了,竟然是黄潇。

这一下气氛彻底高涨:"缘分啊,俊男美女,这波不亏。"

季美嘉朝对面的陈暖看看,楼上天云社的几个人也乐呵了:"这下可有好戏看了。"

陈暖的目光一刻也不敢离开,在他们两个脸上不停地切换。

黄潇抿抿嘴巴,抬了抬头:"我喝酒。"他伸手,把桌上的一杯洋酒灌进去了。

刚刚的闹事者也跟着安静下来,季美嘉的脸色都变了,拿国王牌的女生看到气氛不太对,连忙打圆场:"看来我们的寿星今天戒女色啊。"一句话就巧妙地圆了过去,大家笑一阵,这事也算过去了,"看在你今天生日的分上就算了,下一次可不行。"

几个人都松了一口气,唐心和大破他们嘀咕:"吓死我了,我刚刚都看到大哥捏拳头了。"

"黄潇要是真亲了,这桌子可就要不保了,大哥的脸色难看死了。"

"继续,继续。"

游戏继续,连续玩了几把,他们几个人都没有被抽中,除了唐心被一个男生熊抱了,孙木和大破两个人互亲了手背。

陈暖现在算是看出这个游戏的真谛了,就是找一个借口让男生女生亲密接触一下,而且必须要在大庭广众下接触,满足所有人的好奇心。

她有种不好的预感,正想要退出游戏的时候,自己就被点名了。

"一号和五号,抱五秒钟。"

陈暖无奈地举手:"我是一号。"

"我是五号。"一会儿后,旁边的人举起了手,让在场的人都吃了一惊。

"完了,是莫言飞。他有恐女症啊,这回肯定要喝酒了,没意思。"大家都有点可惜的感觉。

陈暖松了一口气，还好莫言飞不能肢体接触，转头道："这酒我替他喝吧，他有这毛病也没办法。"她端起桌上的洋酒准备一饮而尽，刚送到嘴边杯口就被盖住了。他拿掉了她的酒杯，她还没反应过来，就被拉到了一个温暖的怀抱里。

这下子场子里都炸了，世纪大新闻，禁欲系男神抱人了！口哨声、叫喊声几乎要把屋顶掀翻，季云他们在楼上也不敢相信，他的嘴角抿了抿："这个更有意思。"

周围人都齐声在数数，声音拉得特别长，她透过缝隙看到站在对面一声不吭的黄潇，呼吸忽然急促起来。他的头微微低着，让人看不出来什么表情，他一口就把桌上的洋酒闷了，喝得又急又快，然后转过身从位子上离开。

"黄……"莫言飞放开她，她退了一步，再去人群里搜寻黄潇的时候，人已经不见了。

灯光忽然暗了下来，一个穿着闪亮小马甲的主持人站在台上："亲爱的朋友们，生日派对现在开始，让我们先来玩一个小游戏吧。"他朝天空打了一个响指，整个场地的灯光全部熄灭。

"你们有没有听过一个叫作命运邂逅的游戏？每隔一分钟就会熄灯十秒钟，传说中三次过后，站在你面前的人，就是你命中的另外一半哦。赶紧行动起来吧。"

周围的人都在挤，十秒过后，灯亮起来，她着急找寻黄潇的身影。

"大哥，黄潇在那边！"唐心与她隔了一个人，冲她急地喊。她看到黄潇正一个人站在右前方靠墙的位置，她往那边挤了一下，这个时候灯又熄灭了。

"黄潇！"她怕他会走，但是周围人太多了，持续不断的吵嚷声把她的声音一下子淹没了。这个时候灯又亮了，内场乱哄哄一片，在乌泱泱的人群里，她踮起脚看，人影一闪，她看到他离开舞池中央去了后

面。这样好,那边人少。趁着还有亮光,她拐了一个弯,后面是一条细长的走道,厕所和准备间都在这里,这个时候灯又灭了。

"早不熄,晚不熄。"她忍不住抱怨了一句,在黑暗里顺着墙壁摸索。外场还有些暗光,至少能看清人影,这里是密闭空间,她几乎是凭借着直觉在动。忽然听到前面有人说话,声音不大,但是她一下就听出来了,"黄潇!"她摸摸放在自己右边口袋里的挂件,想着等会儿拿给他,等灯光亮起的时候,他看到,肯定要高兴死了。

她拐过去,同时把口袋里的东西掏出来,咧开嘴巴打算给他一个惊喜。"啪。"所有的灯都亮了,内场爆发出更加躁动的声音,她吸了一口气,感觉胃部开始痉挛般收缩。

黄潇正坐在地上抱着季美嘉,不明亮的灯光从头顶洒下来,影子灰灰地、斜斜地压在地面上。她握住手里的东西,飞快地躲进了拐角处。

"我很喜欢你。"墙后面传来黄潇低沉的声音。

她心里一惊,手里握着的东西不自觉嵌入掌心。刚刚喝了洋酒的胃不停地抽动,靠着墙的背部被硌得生疼,身体所有的感官都在一瞬间被放大了,心里的情绪似乎在一瞬间就要冲破皮肉倾泻而出。

陈暖伸出手迅速抹了一把脸,然后转身离开这里,走得又快又急,某些东西正在逐渐地流失掉,第一次,她感到无能为力。

黄潇之前灌了一杯洋酒,这个时候酒劲上来了,抱着季美嘉的身体左摇右晃,嗫嚅道:"陈小小,你不要喜欢别人好不好?"说完,他的身体像被抽去了骨头,滑下去,倒在地上。

季美嘉低着头,脸被阴影挡住,一言不发,慢慢低下身子去搀扶黄潇。

陈暖握着手里的挂件哭了一路。她很久没哭过了,像是要把以前没有流过的眼泪一次性都流出来。她不知道眼泪这个东西原来也是要还的。

马路上人来人往,车一辆接着一辆从她身边飞驰而过,她希望这条马路可以一直没有尽头,那么她就可以一直哭了。因为从此以后,那个叫作黄潇的男生就要从自己的生命里走出去了,再也不会回来了,她舍不得。

她不知道的是,那一天,有个男生默默保持着不远不近的距离跟了她一路。莫言飞看着前面那个哭得不能自已的女生,能做的就是远远跟着,然后等她上楼到家后,回头把来时伤心的路再走一遍。

所有人都在这个夜晚没有了意识,所谓命运邂逅的游戏,在开灯的那一刹那没有连接上彼此的那条线,就像两列平行行驶的列车以高速驶离,时间就在这个有着火红天空的秋季悄悄飞逝了,留下了热烈而疼痛的忧伤。

第十二章　我还是很喜欢你

晴川渐渐进入冬季,好像那个轰轰烈烈的夏季不曾来过。陈暖最近有些懒惰,在被裹成一个粽子之后,行动也变得有些迟缓。

楼下响起一阵清脆的车铃声,她把窗户推开,一阵冷气吹进来,让她的牙齿开始发酸。莫言飞穿着灰色的棉袄,后面的大帽子上飘着灰色的绒毛,他伸出戴着白色毛线手套的手朝她挥了挥。

陈暖关上窗户,然后飞快地下楼,走进那被清水冲淡了的天空下。冬季的天空总是干净得有点寒淡。她最近起得晚,早餐吃鸡蛋对她来说很方便。她从宽大的口袋里掏出一个热乎乎的鸡蛋,塞到他的口袋里。

结成冰霜的空气落在莫言飞的头发和肩头上,让他看起来像一个结了冰的圣诞老人。陈暖轻车熟路地跳上后座,两条腿放在两边,两手抄在口袋里,毛茸茸的帽子抵住他的后背来抵挡寒风。

莫言飞等她的姿势都摆好了,伸出长腿开始蹬起来,晴川的清晨渐渐苏醒过来了。

十一中那座硕大无比的教学楼也开始冬眠了,像是蜷缩着的无生气的怪物,退回了那层层叠叠的树影里。

陈暖走进班级里，男的女的都被团团裹了几层，每个人都因为扩大的体型经常撞到隔壁的书桌，发出咔咔的声响，惹来一片抱怨声。

唐心裹着那件夸张的红羽绒服进来，这让她看起来更像一个红色的肉球。陈暖一直催促着让她将减肥提上日程，她说等夏天，容易一点，冬天太累了。

陈暖对这事无法反驳，她每天除了上学外就没干别的事了，连西餐厅的工作也辞了。

教室里除了没有风，温度和外面一模一样。坐了一节课，手脚变成了四块冰块，陈暖两只手抄在口袋里，望了望头顶那扇早就不再工作的大风扇，上面已经开始落灰，那个酸酸涩涩的季节好像已经过去很久了。

下课铃声响起，她拿着保温杯走去饮水机旁接热水，远远地看见一个人走过来。她突然攥紧了手里握着的杯子，黄潇穿着一件黑色的羽绒服，头发剪得比夏天还要短，露出光洁的额头。

她好像很久没见到他了，那种熟悉又陌生的感觉涌上来。他抬起头，也看到她了，愣了一下，两个人隔了一段距离，像是隔山看海。他抿抿嘴巴，露出一个收敛的笑容，她点了点头，然后两个人走近，从各自的身侧离开。

陈暖低头看这个黑色的保温杯，这是夏天，她来"大姨妈"的时候，黄潇去学校小超市给她泡红糖水时买的保温杯，她一直留着没丢。她走到饮水机旁接了一杯热水，手上的杯子呼呼往外面冒热气，保温效果依旧不好。

她抬头望了望走廊："看来他已经不记得了。"然后她转身往另外一个方向走。

"我觉得去游乐场好。"

"这种天气去什么游乐场啊，冷死了。"

"还不如去爬山。"

"我才不去,穿这么多相当于负重爬山,这种天气,山上有个鬼风景啊。"

陈暖回到教室的时候,教室里的人正在叽叽喳喳地讨论。

"班长来了。"一群人拥上来。

"怎么了?啥大事?"陈暖把水杯放下。

"刚刚班主任说学校组织秋游,我们正在想要去什么地方。"

"秋游?"陈暖满脸黑线,"这都到冬天了。还有,既然学校组织的秋游,你觉得这种集体活动需要我们动脑子想去哪儿吗?我们不会有选择权的。"

"啊,这也太坑爹了吧。"一群人开始为刚刚的过度兴奋感到懊恼。

唐心看陈暖缺乏兴趣,问道:"大哥,你不想出去玩啊?"

"鬼才想去,以我这么多年参加学校活动的经验,不是上山就是下海,要么就是把一群人拉到一个坑里去看遗址和古物,然后回来让你写几千字的心得并附上插图,再做成PPT上台进行汇报演讲,最后你发现这就是一个阴谋。"

"大哥,我们学校有过很多郊游活动吗?"唐心想想自己好像还是第一次参加。

陈暖愣住了,想着自己嘴又快了,解释道:"我说的是以前我上初中,还有小学的时候。"

班主任戴明脚步轻快地从外面走进来,和屋子里的怨气冲天不一样,他显得尤其高兴:"同学们,学校通知这回我们去骊山。"

"你看看,我说什么来着。"陈暖一副"我心已死"的表情,摇了摇头。

戴明看大家一个个垂头丧气的,说道:"怎么了,冬季去爬山很好的,又暖身又健体。"

"老师,我们不想去爬山,累死了。"终于有人在下面抱怨了。

"不要这样嘛，你们想想，这是高中最后一次旅行了，而且大家一起爬山多有意思，彼此加油打气，说说笑笑，以后回想起来都是美好的回忆啊。"戴明积极主动地鼓励。

"一群人爬山更累。"陈暖想起以前的悲惨经历，她自身素质极好，每次都噔噔爬在最前面，然后当她停下来的时候，就发现大部队早不知道落到哪里去了。满山人群散乱，电视上那种"互相扶持，不要放弃，加油"全是假的。尤其是南华大学里那些高才生，每天除了看书就是搞研究，完全不注重自身的保养与锻炼，还没动就喘上了。

上次，陈暖可是生生地背着沈月那个身娇肉贵的大小姐走了大半程，她现在回想起那满地"伤亡"的场景，愤怒的小宇宙依旧不能自持。

"虽然这次两天一夜的行程可能会有点累，但是那里冬季的风景特别美。"戴明继续不放弃地鼓励。

"两天一夜！噢！"教室里刚刚已经半死的人突然又活了起来，"那是不是男生和女生可以住在一起了？哈哈哈。"

班里传来猥琐的笑声，一声比一声大。

"你们太年轻了，大冬天都裹得易女不分、前后不分的，能看到啥啊？"陈暖曾经也像他们这么天真地想入非非，但是血淋淋的事实就是，到时男女帐篷会隔得十万八千里，男老师带男学生，女老师带女学生。她知道不能再继续打击他们了，无忧无虑当个什么都不知道的傻子也挺快乐的。

"大哥，骊山里面好像有个温泉。"唐心看她好像没兴致的样子，给她找点乐子，"到时候，我们可以去那里看看。"

"也行，比起跟一群人上山下乡，不如我们自己找乐子。"陈暖下课之后主动去找戴明聊想法了，当然遭到了强烈的拒绝，理由是独自行动不安全，然后陈暖伸手就把桌子砸坏了，顺利过关。

旅行定在三天后的周六，陈暖在家里收拾东西，把买来的帐篷和睡

袋一起带上，围了几圈准备出门。穿着白色睡衣的陈玉凤顶着鸡窝头，怪异地看着她把自己装扮得好像要去干大事一样，问道："小小，你拿得了这么多东西吗？"

"没问题。"她一只手扛一个，脖子上还挂了一个。校车是早上六点到，她五点多就出门了。外面依旧漆黑一片，路灯还亮着，莫言飞已经骑在车上，哈着手等她了。

她看他只背了一个双肩包，问道："你怎么什么都没带？"她不解道，"这是两天一夜，要在山上过夜的。"

"我睡在别人的帐篷里就可以了。"

"好主意啊。"她怎么就没想到呢？

莫言飞从她的手上接过帐篷，背在自己的肩膀上，两个人就潇潇洒洒地出发了。

校门口停了几辆大巴，班主任戴明已经早早到了，站在车外等学生过来，其他班的班主任也等在大巴前面，来一个就塞一个到车里去。陈暖看这场景特别像半夜全家潜逃躲债，透露着一种诡异感。

唐心他们看到陈暖过来，下来帮她拿东西。她从口袋里掏出一个塑封好的小蛋糕塞到莫言飞的口袋里："今天太早了，我妈懒，还没来得及煮蛋，你拿这个垫垫肚子，我尝过一个了，挺好吃的。"

"嗯。"

"我走了。"陈暖把东西拖上去。

莫言飞转身把车停到学校门口画的停车线内，肩膀被人拍了一下，转过头，肖杰笑盈盈地看他，说道："社长包了车，你跟我们一起坐吧。"

"嗯。"莫言飞跟着肖杰在黑天里面走。

不远处有一辆黑色的保姆车停着，肖杰拉开车门，季美嘉笑了笑和他打招呼，顾唐在玩手机，季云坐在前面，天云社的人都在。

他的视线落到了最后一排里面的位置，黄潇戴着大帽子，把脸埋在里面，双手抱臂在睡觉。

自从上次他过完生日，他们两个好像就没怎么说过话了。只剩下后排的位置，他拉拉书包一脚跨上去，坐在黄潇身边。

车里放着轻音乐，一开始还有肖杰叽叽喳喳说几句，过了半程之后，他也开始犯困了，车里的人都开始补觉了。

莫言飞想把耳机拿出来，手伸进口袋的时候碰到了包装袋，是刚刚陈小小给的早餐，他掏出来撕开，咬了一口。

"你不是不爱吃甜食吗？"一直在睡觉的黄潇忽然来了一句，他把大帽子拿下来，揉了揉头发，像在跟他说话，又像在自言自语。

"我偶尔吃一个。"他两口吃完，把包装袋塞回了口袋里。

黄潇把口袋里的手机掏出来玩。两个人又沉默不语，车内的气氛有些尴尬。"你们……"黄潇顿了一会儿，问道，"在一起了吗？"

莫言飞看了他一眼，刚准备说，他就收回手机："算了，反正跟我也没关系。"他抿了抿嘴巴，重新戴上帽子睡觉去了，好像他刚刚做的所有动作都是为了说这两句话一样。

"天云社"平时维持学校秩序，相应地也有不少特权，其中之一就是可以不必参加集体活动，自由组织活动。

季云多花了一个多小时，把车开上了半山腰。今天的天气很好，雾气在早晨太阳的直射下早早地散了，能够在山腰看到下面郁郁葱葱的风景和不知道弯到哪里的曲折道路。

"这是什么山间温泉啊？"季美嘉一下车就大呼不满，他们也是在手机上搜索找到的这个地方。因为位置偏僻，所以来这里的游客很少，面前只有两座假山，中间汩汩流出只有手指粗细的细流，下面是一汪黑水。

"你看到长篇大论说它的历史的时候就能猜到啦，你不应该抱太大希望。"肖杰在旁边说风凉话。

"你烦死了。"季美嘉伸脚踹他。

"我们把架子搭起来,先开始烤东西吧。"季云去后备厢拿烧烤工具,黄潇和莫言飞也去帮忙。季云把铁叉子递给他们,两个人同时伸手去接,又同时松了手。季云看看他们两个,嘴巴张了张,"要不黄潇先去搭架子,阿言帮我把食物拿过去。"

"嗯。"两个人彻底贯彻了少说话、多做事的原则。

"这两个人气氛尴尬得我都起鸡皮疙瘩了。"肖杰装模作样地搓手臂。

"女人的威力简直比核武器还要大。"他转头问坐在旁边不干事、只看风景的大少爷顾唐,"我想采访一下,你这个同时有五个女人的男人是怎么解决这么多核武器的?"

"你不是喜欢男人吗?这事你知道了对你也没作用。"顾唐不冷不热地酸他。

"谁喜欢男人!"

"你整天阿言、阿言叫得不知道多亲热,以前黄潇在社团的时候,也没少遭你的毒手。"

"他们可是我的偶像。"肖杰抖抖卷毛,不服气道,"哦,我知道了,我刚刚挤对季美嘉,所以你在报复我。"

顾唐眉头一皱:"神经病。"他转头就不理他了。

"你就不能少说一句吗?"季云哭笑不得,"哪天被他们联合起来灭口了,我可帮不了你。"

肖杰不以为然道:"他们那些小心思还用别人猜吗?顾唐喜欢季美嘉,季美嘉喜欢黄潇,黄潇和阿言喜欢那个陈小小,陈小小喜欢黄潇,但是现在属于闹别扭阶段,不就这么点事吗?都自以为藏得很好,其实超级幼稚。"

季云笑起来:"你看得明白,也不一定要说出来啊,他们的事情让他们自己解决好了。"

"社长,你这么聪明都不管,我能有什么办法?哼。"他摇头晃脑道,"这种时候就缺一个陈小小,她来就圆满了。"

"她可是我们天云社的敌人啊。"

"我们内部已经沦陷两个了,现在说这个太晚了吧,而且我说她出现,她也不能出现在这荒郊野岭啊,哈哈。"他豪放地笑了两声。

草丛里面突然砰的一声,响起和爆胎差不多的音量,随即传来一个破了音的女声:"大白,你这个导航是不是过期了,还会自爆!"

"是唐心抢过去,按到自动保护装置,它才会自爆的。"

"我怎么知道你这么变态,在导航上还装个自爆装置?这都要怪孙木,谁要他不懂装懂,偏要自己弄。"

"你怪我?有没有搞错,还不是因为这导航不准,绕来绕去都在这个地方转,我想拿过来看一下,你偏要抢。"

"那就怪大破!"唐心喊。

"关我什么事啊,我都没碰它!"

"就因为你在旁边捣鼓指甲,什么都不做,导航才坏的。"

"你们女人就会无理取闹。"

"大哥,他骂你。"唐心打小报告。

陈暖叉着腰:"我觉得这事就是大破的错。"她说了一句十分公道的话。

"大哥!"他号叫起来。

前面草丛里忽然露出一头小卷毛:"我的天,真的说什么来什么。"

"肖杰!"陈暖看到这些天云社的人就头疼,季云居然也在。她有种不好的预感,从草丛里出去,就看到在烤火的黄潇、顾唐、季美嘉,天云社的家伙一个都不少,转头看到莫言飞居然也在。

"你们怎么到这儿来了?"莫言飞把手里的东西放下来。

"我们来找那个山间温泉,然后迷路了。"

莫言飞伸出手,往假山的方向指了指。

"什么，居然是这么个玩意。"陈暖憋不住内心的吐槽，眼神一转，正好瞥到站在旁边的黄潇，愣了一下，随即两个人同时别扭地转过脸去。

"啧啧。"肖杰摇摇头。

"我们走吧。"陈暖招呼唐心他们。

"你们要去哪儿？"莫言飞问，"刚才过来的路上没有看到适合露营的地方。"

"除了这里，哪里都好。"陈暖瞅了一眼，季美嘉正凑到黄潇跟前喂他吃东西，陈暖哼了一声，"看到就饱了。"

"走。"陈暖招招手，带他们一起走，虽然走得雄赳赳、气昂昂的，但是真的如莫言飞所说，周围都是山地，他们绕了一大圈，也没有找到合适的地方。

"老大，这山里没信号，我们也不能再去和老师他们会合了。"

"我们现在应该回到刚刚的地方。"大白正在修理刚刚自爆的仪器，嘴里冒了一句话。

"天云社的人都在那里呢，你想去找不痛快吗？"

"现在是冬季，最好在日落之前找到落脚的地方。听说这个山上曾经发生过野狼吃人的事件，可能是熊，我也记不清了。"他一本正经地说着，吓得几个人脸色都变了。

"我怎么没有听说过？"

"大哥，这只是一座小山，又在风景区里，怎么可能会有熊呢？要是有，比我们这几个加起来都要值钱。"陈暖是这里唯一还有理智的人。

"对啊，就是骗人的。"听到她这么说，大家松了一口气。

旁边的草丛忽然一阵响动。

"真有熊啊！"大破一惊一乍地叫起来，几个人迅速往后退，一会儿后草丛里伸了一个脑袋出来。

"莫言飞?"

"你怎么跑这儿来了?"陈暖问。

"我来找你们。"

"我们是不会回去的。"

"我不是让你们回去的,是跟你们一块走。"他把大书包放下来,从里面拿出一个大的塑料袋,袋里有肉串、鸡腿,都是烧烤。

"你不会把他们刚刚烤的东西都偷过来了吧?"

"我还留了一点给他们。"

"哈哈。"陈暖笑起来,"你这个内应不错。"

几个人赶紧拿东西开始啃,跑了半天山路,已经饿得不行了。

陈暖吃完把东西收起来,突然说:"我们等会儿还是回去山泉那里。"

"你不是不想跟他们待在一起吗?"莫言飞问。

"我看过了,这附近真的没有地方能搭帐篷,我们离他们远点就行了。"

他们沿原路返回,天已经渐渐黑了,太阳西斜,他们在与天云社隔了百来米的地方安营扎寨。

那边炊烟又升起来了,还飘来阵阵肉香味。虽然之前莫言飞塞了不少东西在包里,但是几个人分着吃,一会儿就饿了。唐心肚子叫得跟打鼓一样,一会儿后,几个人的肚子一声接一声地响起来。

"你们都带什么吃的了,都拿出来。"陈暖首先把自己包里的倒出来,其余人也各自把包里的东西倒出来。看到地上的东西的时候,陈暖觉得人生好累——两袋方便面、一根半火腿肠、三块巧克力,还有两包薯片,以及还剩一半的吐司面包。

"我们这么多人,居然只能拿出这点东西。"陈暖捂着头,"算了,总比没有好。大家赶紧吃,抢得快就吃得多,开始。"她还没喊完,几个人就迅速上手,果然,食物面前无上级,食物面前无兄弟啊。

几个人呆坐在原地，眼睁睁看着面前的一堆零食垃圾袋。

"我更饿了，大哥。"

"还不如不吃呢。"

莫言飞看着眼前几个人就像濒临灭绝的动物一样，站起来，把他的大书包拉上拉链背好，然后往外走。

"你去哪儿啊？"陈暖有气无力地喊。

"我去拿点吃的。"

唐心竖起大拇指，夸道："有义气。"

莫言飞回去的时候，架子上堆得满满的，都是刚烤好的食物。

"哇，你……你……你居然回来了，你这个没良心的，还把我刚烤好的食物拿走了。"肖杰装作哭腔，甩动着小卷毛一下子跑过来。

"我饿了。"他老实地表明自己的处境。

肖杰愣了愣，看他一副特别需要帮忙的样子，又于心不忍了，叫道："你过来吧，这里有烤好的东西。"

"嗯。"他走过去，转身看看季云他们都在一边休息、聊天，自己吃了一个，又趁其不备往包里塞了几个，一会儿架子上就空了。肖杰喝口水过来，一看食物都没了，惊道："你是真饿了啊，吃这么快，我再帮你烤一点。"

"我去喝口水。"莫言飞找了一个借口，就偷溜到陈暖那边去了。过了一会儿，他又拎着空包回来，打算再次跑的时候，被一个声音叫住了，黄潇站在一边，头撇了撇，示意他过去。

黄潇去车上把自己的大包拿下来，一打开，里面有各种熟食、饮料，还有高级便当，说道："这是刘叔给我准备的，你拿过去给他们吧。"

莫言飞低头看手里的东西，抬起头的时候，黄潇已经走了。

他拿着食物回去，几只小饿狼本来瘫倒在地上，看到他，一个激灵就坐了起来："你终于来了！串串、串串，我的串串！"陈暖还临时起兴编了一首歌。

莫言飞把包里的东西一样一样地拿出来，几个人的视线随着他的动作移动，直到他把东西全部放到地上。

"你是把他们所有人的食物都偷偷拿过来了吗？"陈暖伸手拍拍他的肩膀，叹了一口气，"你还是别回去了，在这儿躲躲吧，那些人以后尽量别见面了。"她说着惋惜的话，眼睛却一直盯着食物。

几个人三下五除二就把那些食物吃完了，刚刚是饿得失去了知觉，吃完发现自己已经站不起来了。天光已经暗下去，山上的风像刀子一样在脸上刮，刚刚胡乱扎起的帐篷也被弄得东倒西歪。为避免一群人裹着棉袄风餐露宿，陈暖踢了每个人屁股一脚，强迫他们起来活动，以防被冻死。

陈暖在大风里面拉扯帐篷，莫言飞去其他地方找石块把帐篷压住，往下踩了踩，两个人蹲在地上绑脚。

"刚刚那些吃的东西，是黄潇给我的。"莫言飞说了一句。

陈暖低着头，耳边是呼呼的风声，她抬起头看了看莫言飞，视线对上，他的脑袋又埋起来。"这里帐篷不够，我去那边睡了。"他站起来，走得飞快，似乎很怕被人叫住，不一会儿身影就消失在了黑暗中。

弄好了帐篷，几个人忙活了一天，很快进入帐篷睡着了。

唐心打呼打得跟山雷一样响，陈暖睡不着，侧过身子，脑袋枕在胳膊上："什么意思嘛，你不是跟季美嘉好上了吗，又送东西给我吃，渣男，渣渣男。"她气愤地捶了一下枕头，更加睡不着了。

她起身穿上棉袄，从帐篷里走出去，隔壁男生在帐篷里也睡得四仰八叉，在外面也能听到呼噜声。她抬起脑袋，月亮亮得像一个大银盘子，把地面照得透亮。

她把棉袄上的帽子戴上，两手搓了搓，在四周晃悠，打算找一个开阔一点的地方看月亮；这么好的景色，她不拍点照片回去炫耀一下就太可惜了。

　　走了几步,她从树林缝隙中隐隐约约看到了一块石台,估计是已经废弃的景点。她走过去,下面有层层叠叠的台阶,连接着另外一个小石台。她往下面走的时候,发现台阶上面坐了一个人,戴着黑色的大帽子,两手撑在台阶上,抬着脑袋看天。

　　陈暖走神,差点踩空,滑了一下,发出惊呼声。前面的人听到动静,转过头看她,眼睛忽然亮起来:"陈小小?"

　　漆黑的瞳孔折射的光像是星星,陈暖尴尬地咳了一声,左右踌躇了一下,然后往下走了两阶,和他保持一个人的距离坐在同一台阶上。

　　两个人一时没有说话,过了一会儿,陈暖打破沉默:"你刚刚为什么把吃的给我们?"陈暖心里这个坎还是没有过去。

　　"反正我也吃不完,我知道你们就在附近,阿言老是跑来跑去,太明显了。"他的两只手在台阶上撑一撑,"你和阿言还好吗?"他问得像是很久没见的生疏朋友,在陈暖听来没头没脑。

　　陈暖愣了愣,别过头下意识地白了他一眼,说道:"哪有你跟季美嘉好,你喜欢我,我喜欢你,恶不恶心。"她从口袋里把手机掏出来,伸手把挂件快速取下来,扔在他怀里,"这个就当还你人情了。"

　　"这个?"黄潇彻底失控了,语气里明显带着激动,"黄色剑士限量版!这个很难买的,现在都已经绝版了,它是所有《赤道联盟》剑士玩家心目中殿堂级别的收藏品啊。"

　　黄潇激动得前仰后合、呼天抢地,似乎下一秒就要断气了。他屁股移过来,直接抱住陈暖。陈暖闻着他身上熟悉的气味,顿时觉得有点呼吸困难,心跳加速,连忙伸手推开他。

　　黄潇被她推得一愣,缩缩手,脸上的灿烂笑容收敛起来,像一个犯了错的孩子,伸手挠了挠头,说道:"我太开心了,不是故意的。"

　　"我知道。"陈暖吸了一口气站起来,"我要回去了。"

　　她刚要转身,手忽然被拽住了,黄潇扬起头来,他脸上的表情看得她心里一缩,满身的悲伤像要倾泻出来,问道:"陈小小,你干吗不理我了？"

陈暖被他说得心里发酸，背过身去："明明是你先不理我的。"

他也站起来，陈暖抬头，看见天空此时越来越亮，银盘子的月光似乎要滴下来。慢慢地，深色的乌云开始滚动，竟然慢慢变成了红色，那种心慌的感觉再一次出现了。她听到了背后那微弱的声音，带着隐忍的悲伤："陈小小，我还是很喜欢你。"

灿烂的天空在她的身体周围翻天覆地地旋转，身体里好像有一个声音正在努力把自己挤出去。

"陈暖，我才是陈小小！"她听到脑海里响过一个又尖又刺耳的声音，眼前瞬间一片黑暗，什么都没有了。

黄潇看她背对着自己没有反应，伸手拍她："陈小小？"

她慢慢转过脸来，眼神忽然变得温和起来，慢慢咧嘴露出笑容："你刚刚说什么？"

"我很喜欢你。"

她笑起来，脸上的红色几乎要滴出血来，手用力搓着衣服的下角。黄潇还没反应过来的时候，右边的脸颊就被印上了一个吻。他立刻呆住了，心里一瞬间被一种叫作喜悦的东西充满了，天空好似下着一场烟花聚会的流星雨。原来对着流星许愿真的有用。

"你们在干什么？"后面突然响起尖锐的女声，黄潇刚刚回头，一个人像风一样刮过来，重重给了眼前的人一巴掌。

陈小小的脸上立刻出现了五个手印，脸上火辣辣地疼。

"你干什么？谁准你打她的！"黄潇伸手拽住眼前发狂的人，季美嘉的嘴巴里不停地念叨着："无耻，下流，不要脸！"

莫言飞在原地站了一会儿，也走过来，陈小小望着他，以为他是季美嘉的帮凶，往后退了两步。黄潇伸手把她拉到身后："这是我们两个人的事，你们管不着！"

听到动静，季云他们一起过来了。

"什么情况?发生什么事了?"肖杰看到这剑拔弩张的气氛,像是随时要打起来。

黄潇看看他们,又看看眼前的两个人。陈小小低着头,手害怕地抖起来,她完全不知道发生了什么事情,也不知道为什么自己一睁开眼就在这里了,刚刚看到黄潇,而且他说喜欢自己,一时情不自禁就亲了他。

现在突然一下子跑出来这么多天云社的人,她觉得自己紧张得要立马缺氧死掉了,不敢看任何人,也不敢说话,就一个劲地往黄潇后面藏。

黄潇把她拉出来,伸手牵住她发凉的手,一字一句地道:"你们听清楚,从今天起,陈小小就是我女朋友,我不准任何人欺负她。"

"什么?"陈小小一脸蒙,这幸福来得也太突然了,她不会是在做梦吧?她的情书不是被抢走了吗,明明还没送出去啊,怎么回事?她脑子里一团糨糊的时候,就被黄潇拉走了。

"黄潇!黄潇!"季美嘉在后面扯着嗓子喊他。莫言飞抬头看了一眼,手抄在裤子口袋里,也一言不发地走了。

第十三章　这绝对是梦

黄潇拉着陈小小一路走到他们附近的营地，唐心和孙木他们都站在帐篷外面，两手抄着，跺着步子哈气，看到他们过来，赶紧跑过去。

"大哥，你去哪儿了？我起来就发现你不见了。"唐心凑过去的时候，陈小小本能地一缩——这不是班里的女霸王吗？这张脸太吓人了。

"大哥，你怎么了？"他们几个看她不说话，就一个劲地低头往后退，视线往下落，看到两个人牵着的手，"你们是什么情况？"

黄潇灿烂地笑起来，露出招牌的小虎牙："从现在开始，陈小小就是我女朋友了。"

"什么？"众人都露出疑惑不解的衷情。

黄潇打电话给刘叔，刘叔派人上山来接他们，一辆超长的房车，几个人看得目瞪口呆，坐在有小马标志的豪华车里，都还恍恍惚惚、心神不定。

他们分开两边坐，唐心、大破、孙木还有大白坐在一边看着陈小小。从刚刚开始到现在，她都没有和他们说一句话，唯一愿意亲近的人就是黄潇。

刘叔从车上的保温箱里拿出咖啡、牛奶,黄潇给她插上吸管,递给她:"这个好喝。"

"嗯。"陈小小喝了一口,兴奋地抬头,"我没喝过这么好喝的东西。"

"你喜欢喝这个?那我以后天天给你带。"

"大哥……"唐心弱弱地喊了一声。

"我们不是已经和黄潇绝交了吗?"孙木抬抬眼睛,把牛奶吸完,吧唧了一下嘴巴,车内的气氛一下子冷下来。

唐心和大破两个人分别踹了他一脚,用他们自己懂得的语言加上眼神交流:"你吃着人家的东西,坐着人家的豪车,还说这种不三不四的话,是不是想黄潇一气之下把我们都赶下车,丢在深山老林里?"

孙木咽咽饮料,旁边一向老实话少的大白也一脸幽怨地盯着他,看来他现在才是这车上最拎不清的人。

黄潇好像完全没有听到他们的话,他的感官已经被喜悦填满了,嘴巴就没合上过:原来和喜欢的人在一块是这么高兴的事情。

"明天,你要不要出去玩?你想去哪儿都可以。"

陈小小看到黄潇的帅脸,脸红得像一个熟透的苹果。她这是在做梦吗?如果是做梦,这辈子都不要醒过来了。从小到大,不要说被告白了,就连和她走得近一点的男生都没有。准确地说,她没什么朋友,除了陈暖那个臭女人,每天抢她的吃的、用的,偶尔还打她,如果这也能算是朋友的话,她觉得自己死了算了。

对了,陈暖去哪儿了?她脑子里最后的印象是,自己在家门口的小超市,脚滑摔了下去,好像还砸到陈暖了,怎么突然就到山里了?周围还有一群人,到底是怎么回事?

"你怎么了,不舒服吗?"黄潇伸手去摸她的脑袋,"好像有点热。"

"我……我没事,能跟你说话,还坐在一起,我太高兴了。"

"真的吗？"黄潇笑得简直跟一个傻子一样，"我也高兴，我都开心死了。"

"那我每天都能看到你吗？"

"当然可以了！"

"好开心！"

"我也是！"

对面几个人都面如土色："这画风怎么不太对劲？我好像在看一部低龄的动漫，好幼稚。"

"大哥那么豪放不羁的女子，怎么一谈恋爱好像智商也掉了？就连黄潇也是，这种台词让我肚子里突然一阵翻来翻去。"

"我总觉得哪里好像出岔子了……"

陈小小和黄潇两个人腻歪了一路，恶心了整车的人。陈小小心里却被甜蜜灌满了，蹦蹦跳跳地上楼。

陈玉凤睡得迷迷糊糊的，听到门口有动静，还以为进贼了呢，拿了桌子上的老年按摩小锤子就冲出去。灯亮的一瞬间，她和陈小小四目相对，惊讶地问道："小小，你怎么这个时候回来了？"

"妈！"一个大嗓门，直接喊得破音了，陈玉凤还没反应过来，就被对方熊抱住了，她赶紧安抚道："怎么了啊，你不是早上才走的吗？这还没到一天呢。"

"我好像很久没看到你了，特别想你。"陈暖哭得一把鼻涕一把眼泪，"我爸呢？"

"他在医院陪陈暖呢。"

"陈暖怎么了？"她不明所以。

陈玉凤狐疑地把眉头皱起来，又伸手摸她的额头："你是不是上次跳楼摔到脑子，复发了失忆的毛病？陈瑗被你砸晕了，都在医院昏迷两个多月了。"

"什……什么？"陈小小自己完全没有印象，"那我呢，我怎"

了?"

"你什么?你不是好好的吗,整天能吃能睡。不行,我真的要带你去医院看看了,这脑子怎么越来越不灵光了。"

陈小小本来不相信,眼睁睁看着陈暖这个臭女人躺在病床上的时候,才被迫接受了这个事实。

陈平睁着布满红血丝的眼睛,奇怪地看着突然跑过来的两个人,问道:"大晚上的,你们怎么来了?小小,你不是去秋游了吗,怎么这么快就回来了?"

"先别管这个,我要带她去查一下脑子,医生呢?"陈玉凤扯了她的肉胳膊就往外拉。

"现在深更半夜的,医生已经下班了。你突然要给她检查什么,大晚上又发什么神经?"陈平完全摸不着头脑。

"她今天晚上回来问我陈暖怎么了、哪儿去了,她这像不像跳楼被砸晕、在医院醒过来的那天,喊我疯婶,喊你叔叔?她又糊涂了!"陈玉凤简直急得跳脚。

"等一下。"陈小小瞪大眼睛,"你们是说我两个月前已经从医院醒过来了?"她的脑子里完全一片空白,"那么这两个多月和你们一起生活的陈小小到底是谁?"

陈玉凤带陈小小上上下下、里里外外做了个全面检查,除了有点青春痘外,啥毛病都没有。最后,她一而再,再而三坚持自己女儿有神经病,医生觉得她才是不正常的那个,打算找精神病医生给她鉴定,她才无可奈何地把陈小小带回了家。

陈小小折腾了大半夜,困得倒在床上就睡着了。口袋里手机的铃声把她吵醒了,她接通了电话:"喂。"

"大哥。"她听到对面传来的雄厚女声,一个激灵坐起来,看看来电显示唐心,吸了一口气,问道:"你有什么事?"

"没什么,就是我看你昨天好像脸色不太好,想问候一下你。"

"我没事。"她伸手就打算把电话挂了,心想这个肥婆以前可没少欺负自己,手指放到按键上的时候,又收了回来,也许她能够从对方的口中套取一些情报。她忽然智商上线了一小会儿。

"喂,大哥,你还在吗?"那边的人叫了一声。

"在,在。"她本能地回了两个字,"唐心,你觉得我是一个什么样的人?"

"啊?怎么了,大哥?"

"我就是问一问,或者这两个多月你有没有发现我身上有什么变化?"她说得小心翼翼。

"大哥,你真的要我说实话吗?"那边的唐心突然变得支支吾吾。

"嗯,你说。"

她听着那边的人深吸了一口气,然后说:"是你要我说的哦,反正大哥,我现在特别特别尊敬你、爱戴你,你一定要先记住这个。"

"你快说吧。"

"就是,你以前就像一个透明人,还是软包蛋,谁都可以欺负一下,几乎没什么优点。不过,以前是我有眼不识泰山,你那是低调。"她连忙补了一句。

陈小小嘴巴鼓起来,很生气,但还是问道:"那现在呢?"

"现在啊,大哥你是又能打还讲义气,最重要的是,大哥你还变得特别聪明,我们不知道的事情你都知道,我们班的学习成绩还是你搞上去的,让我们二班在学校里彻底扬眉吐气了一把。"

"我聪明?"陈小小抓了抓脑瓜子。

"虽然你说是你堂姐陈暖给你开小灶的,不过,那肯定也是大哥你有天赋。"唐心嘴巴像抹了蜜一样,完全是一个小迷妹的语气。

"陈暖?"陈小小的眉头皱起来,忽然想到了什么,急急忙忙就把电话挂了。她在屋子里乱转,把包里的书、试卷、作业本都倒出来。她找到最近做过的试卷,九十五分?她回想起之前她妈说过的话:她一醒

过来就叫我疯婶,叫你叔叔,你忘了吗?

"天哪,难道这些日子都是陈暖在以我的身份生活?"她看看手里的试卷,"还故意做错两道题目,十一中的学生有可能考这么高吗?自作聪明。"

手机又响起来,吓得她在原地弹跳了一下,一看来电显示,是黄潇。

"怎么办,我该怎么办?如果被黄潇看出来怎么办?那他就不会理我了。不行,我要冷静一点,冷静,冷静。"陈小小深吸了一口气,"喂。"她故意捏着喉咙,想要把声音装嗲。

"你在家吗?"黄潇像打了鸡血一样,调子里充斥着高昂的兴奋。

"嗯。"

"那你在家等我,我等会儿去接你,带你去我们两个都喜欢的地方,就这样,拜拜。"那边的人有些害羞地快速挂了电话。

陈小小刚高兴了两秒钟,就感觉哪里不太对劲:"啊,陈暖这个臭女人,居然趁我昏迷,用我的身体,泡我的男人,卑鄙无耻啊!"陈小小气得要死,"晚上我就去医院掐死你。"

她气得哼了哼,转头看到镜子里面其貌不扬的人,火气渐渐小了下去:"黄潇喜欢的是陈小小,陈暖在医院昏迷,永远醒不过来也有可能,这样一来,我不就坐收那个什么什么利了吗?说不定,我还能和黄潇结婚呢。啊啊,想想都很激动。"

陈小小赶紧去挑衣服,心想:一定是老天爷觉得我的前半生过得太悲惨了,看我长得不好看,脑袋又不聪明,所以这样来弥补我。算了,我就原谅你了,哈哈哈。

她挑了一件还算看得上眼的裙子。女人挑衣服的时候,才会觉得自己的衣服怎么这么丑。她溜到主卧室去,偷擦了一点陈玉凤的化妆品。她没化过妆,但是觉得抹得红红的应该就可以了。

楼下响起摩托车的声音,她跑到窗口去看,两只手臂挥舞得像一台大风扇一样,来回晃动,然后跌跌撞撞地往楼下跑。黄潇看起来也像打扮过了,身上的香水味几米开外就闻到了,脖子上还挂了一条夸张的狗链子,发胶喷得连大风都刮不动。

"你好帅啊。"陈小小扭着身体左摇右晃,像是没有骨头支撑。

黄潇也有点不好意思:"是吗?"他本来想客气地夸奖一下陈小小的,抬头差点没被吓死,"你化妆了?"

"嗯,我刚刚抹了一点口红。"

黄潇伸手在她脸上搓了两下,揉成一个大花脸:"你这有点吓人,以后还是别化妆了。我不介意你长得难看,脾气又暴躁,还动不动就喜欢打人,所以你放心好了。"

"那你喜欢我什么?"陈小小一方面不高兴,另外一方面觉得他说得也没错,陈暖确实就是这么差劲啊。

"我,反正我都喜欢。"他说完,耳朵红起来。

那也是喜欢陈暖,受虐狂。陈小小的心理活动都能写一本书了。算了,不管怎么样,能够跟黄潇这么近距离的接触还是很开心的。

她收拾心情坐上车,也不知道最近是吃多了,还是长期缺乏锻炼,蹭了两下极不灵活地滚上去。

看到黄潇宽阔厚实的背,她眼睛一闭,伸手就抱住他的腰。其实,她一直属于有贼心没贼胆的那种,现在能抱着自己的男神,她想都没想过。

黄潇笑了笑,假咳了一声:"你现在还挺主动的嘛,呵呵。"他轻笑一声,一脚踩油门,陈小小当时还没有意识到危险,等到自己屁股和坐垫分离的时候,就开始叫得爸妈都不认识了。

陈小小晕头晕脑的,嘴巴上挂着口水,几乎人事不知。她抬头看了一眼目的地,几乎心如死灰:"网吧⋯⋯"

"今天下午三点,《赤道联盟》开新地图,第一天奖品很稀有,有法师紫金装备掉落,正好配你的紫色魔王,怎么样,我都计划好了。"

黄潇二话不说，拉着她就进网吧。

黄潇开了两台机器，坐在包厢里打，陈小小磨磨蹭蹭，开个电脑开了两分钟：怎么办？《赤道联盟》我以前就是好奇跟着陈暖玩过几次，但是因为技术太差，直接被她踢掉了，但是如果现在说自己不太会，黄潇肯定会怀疑。她握着鼠标的手开始发抖，头上也一直冒冷汗。

"你还没登录吗？"黄潇过来看。

"啊，我……我……"她开始结结巴巴，连忙把游戏打开，登录自己的账号。

黄潇看看上面十级的洋葱头账号，问道："你干吗不登自己的账号？"

"我练一个小号。"陈小小找了一个借口。

"好吧，我先去做个任务，等会儿帮你刷。"黄潇戴上耳机，迅速进入老僧入定的状态。

陈小小看他没再看自己，松了一口气，赶紧随机参了一个团，进去练练手，目标是丛林八爪蜘蛛怪，她是枪炮师的角色。几个人水平都不怎么样，也是新手，她在里面还算出类拔萃，砍掉了蜘蛛怪之后，她的自信心瞬间大增。

"OK。"那边的黄潇传来喜讯，大屏幕上出现胜利的字样，掉落满地的装备，"你好了吗？"

"嗯。"陈小小点点头，虽然她的技术不如陈暖，但打打小野怪应该也是可以的。

黄潇发送过去邀请，她接受，一会儿右下角有一个小图标上方浮动着"新"的字样。黄潇找了公会里的人，还有几个在线好友，法师、辅助、输出都有了。

陈小小点开图标，眼前瞬间一片漆黑，这是一块深渊峡谷地图，配上纯音乐，让人毛骨悚然。地形不是整块而是分块，悬崖峭壁上布满了藤蔓，既要注意地理环境变化，又要观察四周是否有怪物出现。

陈小小是第一次玩这种地形,左看右看,脚下的藤蔓忽然动了一下,她惊慌起来,打算跳开躲避,但手上的快捷键按得不是很准确,然后自己滑倒了,从悬崖峭壁上摔落,屏幕上显示:枪炮师"萌萌哒"死亡。

一阵阴风吹过,站在悬崖边上的几个人一脸蒙。

"什么情况,怎么还没开始输出就死了?"底下的评论区炸了。

黄潇也被陈小小这波操作弄得不知所措,转头看到陈小小仿佛要自尽的脸色:"没事,人都会失误那么一两次。"然后他飞快地在底下打字:我们重新进吧。

陈小小提起了十二万分的精神,觉得自己绝对不能再丢脸了。地形开始飞快变动,从漆黑的深渊里跳出无数鬼影一样的东西,陈小小激动地朝天立马射了一炮。

"喂!你现在别开大啊!"耳机里传过来的语音几乎要崩溃了。

陈小小正在为自己打翻两个小怪而得意,还没反应过来他的叫喊是什么意思,突然地动山摇起来,成百上千的鬼影从深渊里跑了上来。几个人躲避飞快变动的地形,后面的鬼影开始粘接,变成了一个大怪物。

"你把大怪都引出来了,我还没发育!"只听见耳机里面一声惨叫,然后屏幕上出现了辅助死亡。

"完了,奶妈也死了。"

陈小小应付地形都来不及,身边赶上来的怪都是黄潇打死的。黄潇这边操作最好,但是双拳难敌四手,眼看怪就要追上来了,法师在一边开了大,控住了:"输出啊!"他移动着法术伤害,跳到陈小小身边,几乎声嘶力竭地喊,"放放,放!"

陈小小赶紧开大,晃动鼠标,然后他们就听到轰的一声,威力巨大的双响炮直接打偏朝左侧射了过去,还没能接受这个令人震惊的事实,法师就被一爪子拍得一命呜呼了。

黄潇自己血量告急,连连后退,陈小小赶紧出手帮他,胡乱把机关

技能放出,射了十几枪也没能打准一枪,两个人同时被黑影吸血而死,界面上跳出两个灰暗的字——失败。

"怎么回事?你找的人也太菜了吧,这不是坑爹吗?全家都给祸害了一遍!"耳机里的声音几乎要炸了。

"她的技术很好的,今天就是发挥不好,要不再来一次?"黄潇帮陈小小说话。

"她的炮能瞄准一次吗?全打自己人身上了,再玩下去,我怕心脏受不了,我走了。"

"我也走了,刚刚电脑被我的脑袋砸了一个坑,我去修修。"

"陈小小,你今天怎么了?"

"我……我……"陈小小自己都不知道怎么辩解了,就想立马挖一个坑把自己埋了。

黄潇看她的脸色好像不太好,问道:"你是不是身体不舒服啊?要不我们今天就不玩了,我给你买点好吃的,你最喜欢吃东西了,等会儿早点送你回去睡觉。"

陈小小听到他给自己想了一个理由,连忙开始装腔作势道:"是啊,我平时玩得很好的,就是今天好像头有点晕。"

"我说嘛,你肯定有原因的。"黄潇站起来,伸手摸她的头。

陈小小抱着一大堆零食回家,虽然能和黄潇约会很开心,但是她刚刚差点就兜不住了,要是有下次,也许就不会这么轻易地糊弄过去了,该怎么办呢?

她从自己的床下面偷偷拿出一个纸箱,这都是她的存货,各种各样的言情小说,从古到今,从小到大,姐弟恋、忘年恋、禁忌恋……她考试考不好的时候,都用这个当精神食粮逃避世界,以前看书都傻呵呵一乐,也没学到半点能够交到男朋友或者能够让两个人永远在一起的方法。

"我得认真再看一遍。"她挑了几本有点含量的书,重新开始看,然后一把鼻涕一把眼泪地看了半夜。将枕边的纸巾抽光之后,她看着自己写在本子上乱七八糟的笔记,顿悟了:"我懂了,小孩……"几乎所有的言情小说里,都有这个不可缺少的灵魂人物。她的脸突然噗噗往上冒热气,抱住书扭得像一条怀春的水蛇:"这不太好吧。"

陈小小做了一晚上发花痴的梦,第二天早上又妥妥地迟到了,还把懒觉延续到了课堂上,睡了两节课,口水横流。

当她醒过来的时候,她的手麻了,腿也麻了。她站起来直直身子,拿着保温杯去外面倒开水,上面贴了暂时没水的字条,她伸脚踢了踢:"真倒霉。"转身去一楼靠近操场的地方倒水,"好远啊。"她又抱怨了两声。

走得迷迷糊糊,她突然撞到了人,一下子被弹得往后退,确切地说,是又被加力推了一把。

"不好意思。"她脑袋晕晕抬起来的时候,看到三个女生盯着她,厌恶的表情全部挂在了脸上。

袁媛站在中间,哼了一声,"左右护法"也跟着哼了一声:"哟,好久不见啊,大红人,最近和天云社相处得还好吧?我听说上次你可被修理得不轻呢。怎么办呢,黄潇曾经也是天云社的人,他应该也很为难吧?唉,你真是活该。"

陈小小往后退了一步,跟她们说一句话都会让她喘不上气来,扭头就跑,被"左右护法"一下子从后面拉住,半抬着转了过来。

"跑什么啊,你最近不是很嚣张吗?怎么,那点勇气用完了,又变胆小鬼了?"她翻了一个白眼,"垃圾。"她扬起手就要抽陈小小,陈小小吓得眼睛闭了起来。

"你们干什么?把大哥放了!"后面传来粗暴的叫声,陈小小转过头看,唐心、孙木、大破三个人急急忙忙往这边跑。

"嗬,狗腿子们都来了。""左右护法"把陈小小放下来。

"你们看看这废物,刚刚听到我要打她,连动都不敢动,跟死了一

样,还吓得把眼睛闭起来了。你们还口口声声叫她大哥,你们二班的人啊,果然都是蠢蛋。"袁媛抄着手,"我们走。"几个人笑得张扬跋扈,扬长而去。

"大哥,你没事吧?"唐心看她有没有受伤。

"大哥,你刚刚怎么不还手啊?要是换成平时,你肯定要把那个袁媛的胳膊撅折了。"大破想不通。

"对了,班长,刚刚班主任说让你把上次要整理的重点笔记给他看一下。你弄好了吗?"孙木想起之前碰到老戴的事了。

"我……"陈小小看看周围三个人一起盯着她,好像马上就会看穿她的秘密一样,"我先走了。"她心虚地拿着杯子直接穿过操场跑开了,半路上还差点摔一跤。

"你们在看什么?"三个人看着操场上疯狂奔跑的身影正在愣神,后面突然传来冷淡的一声,转头看到莫言飞站在原地,手上握着保温杯。

"我们在看大哥。我觉得最近大哥好像怪怪的。"唐心说出这句话的时候,似乎说中了所有人心里的想法。

"对对,天云社的大哥她都没怕过,刚刚被袁媛她们刁难,居然吓得一动不动。还有,你们有没有觉得,最近大哥跟我们生疏了很多,我叫她,她有的时候好像没听见一样。"大破说。

"我觉得不是生疏,她好像是害怕。"孙木想了想,"前天的数学测试,我路过班长的桌子,看到试卷上的分数居然不及格,当时我还以为自己看错了。"

"我完全想不通,好像是那天从骊山回来就不对劲了,难道说……"大破眼睛睁大,"山里有鬼,大哥被山鬼附身了?"

"大哥都说了世上没有鬼,有也是人装神弄鬼。"唐心反驳他。

"那你要怎么解释啊?那只能是大哥厌烦我们了,现在只想跟黄潇两个人甜甜蜜蜜,不理我们了。"

"这不可能，大哥不是这样的人。"

"其实，会不会……"孙木突然插了一句话，"就是她变回以前那样了。"他的眼神在几个人身上转换，"变得笨手笨脚、脑筋不好，还粗心大意。"

"嗯？"唐心和大破犯难了，"以前我们压根没注意过大哥是什么样子啊，说句不太好听的话，大哥以前没存在感啊。"他们转头瞅瞅孙木，"倒是你，怎么知道这么多？"

孙木一愣，突然变得吞吞吐吐起来："我……我随便说的。"

"不对吧，你老实招来！"

三个人闹起来，莫言飞听完了这场闹剧，默默接了开水，转身离开。虽然他们的说法都不怎么可信，但是此时此刻，他的心里产生了一种奇怪的感觉，就是眼前的陈小小和他认识的陈小小并不是同一个人。这样大胆的想法让他心里忽然咯噔一下，迅速加快了脚步。

空旷的操场上，深绿色的草皮此时变成了白茫茫的一片，像是炒锅去除了上面的食物，黏在锅底难以清理的污渍。

陈小小趴在栏杆上，看着这座几乎没有任何风景、死气沉沉的学校，心里乱成一团。冷风冻僵了手指和脸，她抹抹鼻子，有鼻涕流了下来。

脑袋上忽然覆上了一只大手，她转头看到是黄潇，瞬间心里的郁闷就被冲散了，要是能一直看着这张脸就好了。

"今天晚上去我家吃饭吧，刘叔给你准备了很多好吃的。"

"你家？"陈小小不知所措起来，难道要见黄潇的家长吗，"不行，不行，我还没准备好呢。"

"你要准备什么？"

"我没什么好看的衣服，也没有好看的首饰……"陈小小说得别别扭扭。

"我爸妈不在家。"

　　黄潇一句话仿佛给了她一颗定心丸，又道："不过，你是需要买点东西了，等会儿下课跟我走。"

　　"去哪儿啊？"

　　"你去了就知道。"黄潇退后几步，朝她晃了两下手，转身往自己的教室跑。

　　陈小小坐着黄潇那辆拉风的大摩托车，一直到了晴川的市中心，车子停在一栋傲然耸立的大商厦前。她的脑袋抬着，大楼似乎进入云霄，看不到头，门口右侧的牌子上"中央商场"四个金色的大字折射出昂贵的光芒。

　　这地方是有钱人来的，以前她和爸妈以及陈暖轧马路的时候，也进去过，但是从来不进店里面，妈说那里面都是奢侈品，消费不起，他们就看个热闹，顺便吹吹商场里的免费空调。

　　黄潇拉着她就往里面跑，那一间间玻璃小房子里，人也像假的一样，穿着漂亮的制服，站得笔直，露出标准的微笑，非常精致。

　　这些英文牌子她一个也不认识，但是放在透明架子上的东西都好漂亮。她伸手去摸一只鞋子。

　　"您好。"后面传来一道女声，她的手突然一缩，鞋子掉下去，砸在地上，店员依旧保持标准的微笑，轻轻把鞋子拿起来，用别人注意不到的目光检查了一下鞋子，然后放到了货架上，"请问有什么需要帮忙的吗？"

　　"嗯……"黄潇是第一次帮女生买东西，也不知道哪个好，转头问陈小小，"你喜欢哪个就买哪个。"

　　陈小小偷偷瞅了一眼刚刚弄掉的那只鞋子的标价，个、十、百、千、万，她觉得是不是自己数学没学好，多数了一位数，就算多数好几位她也买不起啊。

　　"太贵了，我买不起。"她拉着黄潇嘀咕了一句。

"你挑就行了，其他的不用管。"黄潇转头看看，"你把这个、这个，还有这个都拿给她试试。"

"好的。"店员目测了一下她的身材，一群人拿着衣服把她带到了试衣间。黄潇注意到模特身上挂着的小方包，这个挺好看的，应该适合她："你帮我拿这个。"

"好的。"

陈小小从试衣间出来，这是一条白色的连衣裙，好不好看她自己没感觉，但是刚刚在试衣间偷偷看了一下价格，她倒吸了好几口冷气。

看了一眼镜子里面的人，她心里惊呼起来：天哪，好漂亮啊，我是仙女吗？我从来没打扮得这么漂亮过。

"你的皮肤有点黑，不适合穿白色。"黄潇毒舌地补刀，"你们拿别的颜色给她试试。"他瞬间给她泼了一大盆冷水。

陈小小就不停地在试衣间和外面转，从刚开始的局促到彻底得意忘形了："这个，这个，我都要试。"她把店里大半的衣服试完后，从中挑了几件好一点的放到一边。

黄潇看了看，转头对店员说："都包起来吧。"然后把刚刚自己看中的包挂在她脖子上，"这个也一起算。"

陈小小看他掏出黑色带铆钉的大皮夹子，咔咔刷卡的响声响起，像做梦似的：他居然这么有钱，上次看到的豪车就已经让人够惊讶了。太好了，那我以后就要当富太太，然后还能经常出国旅游，坐飞机、吃大餐，我的命运从此就彻底改变了。

黄潇伸手揉了一下她的脑袋："走了。"他一只手拎着袋子，一只手拉住她，潇潇洒洒地出门。她的脑袋靠着他，看车龙头上被风刮得呼呼叫的袋子，感觉自己幸福得快要死掉了。

"这是你家？"她的反应和当初陈瑗看到黄潇家大如城堡的房子时一模一样。

"你不是来过吗，这么惊讶干什么？快点，刘叔等我们吃饭了。"

黄潇把她从一众人的问好声中拉进去。

她进房子之后,感觉像进入一个新的世界。这个客厅比她家还大,桌上的食物又好看又好吃,她一开始还矜持,后来就开始不顾形象了。

吃完饭,黄潇带她上楼去看自己新买的游戏模型,然后说道:"我先下楼去拿饮料。"

陈小小对柜子上那些模型没兴趣,转身观察着这个又大又舒适的卧室。她在屋子里转悠,碰碰这个,戳戳那个,想想自己那个小破屋子,还和陈暖两个人挤在里面,每次上下床时,床还咯吱咯吱地响。

以后要是能搬进这样的房子,那该多爽啊,那个小破屋子她再也不想住了。想到这里,她下定决心,转头看着这大房间:"我必须要抓住这次机会。"

黄潇进来时看她在原地发愣,叫道:"你站着干什么?坐啊。"

陈小小咽了一口口水,在他面前坐下。

黄潇掏出手机,说:"不如我们拍一张照片吧,我们还没有合照呢。"

一靠近他,陈小小的心脏就扑通扑通地跳起来。

"不管了。"陈小小暗自下决心。

黄潇还没注意就被一个熊扑扑倒了,他的胸口像是砸了一个五斤重的西瓜,感觉气都接不上了。"你干什么?啊,痛死我了。"黄潇叫道。

陈小小动作笨拙地开始脱外套:"黄潇,我们生孩子吧!"她像是喊口号一样叫起来。

"什么?"黄潇的脸一下子红起来,他去推那个"大西瓜","不,不行。"他结巴着,迅速站起来,脚下不稳,差点撞到桌子,"陈小小,你……你太流氓了,我要你看模型,你居然要跟我生孩子!"

"我……"陈小小坐在原地,也不知道怎么办。

"我是很喜欢你，但是生小孩必须要结婚才可以，我不是那种随随便便的人。"他急得耳朵都开始红起来，看到委屈坐着的陈小小，他吸了一口气，伸手一把把她拉起来，"行，你现在就跟我去国外见我爸妈，我们结婚，国内国外都可以。"

"啊？"陈小小像是被戳破了的气球，一下子又怂了，"我不去，我不去。"

两个人快要打起来的时候，刘叔正好推门进来，看到这一景象，抱歉地说："我刚刚敲门了。"

这个小插曲过后，两个人都冷静了下来，想努力忘记之前的事情。黄潇为了打破尴尬，又带她去看柜子上的模型。

陈小小不知道刚刚的行为有没有让黄潇生气，忽然想到包里的东西，打算拿出来讨好他："这个是我之前买了想送给你的。"黄潇一看，是一对情侣手机壳，一个红色，一个蓝色。

她把自己的手机掏出来，看到那个黑不溜秋的手机壳就不喜欢，要不是陈暖的手机比她的好，她才懒得用陈暖的东西，伸手就把手机壳拿下来，丢在了旁边的垃圾桶里。

"你……"黄潇看到垃圾桶里的骷髅头手机壳，"你怎么丢了？"

"那个本来就不好看。"陈小小随便找了一个借口，"是我上次在手机店里随便买的，也不值钱。你把手机给我。"

"你买的？"黄潇皱皱眉头，看她兴冲冲地低头把两个人的手机壳都换上。

刘叔正在屋子里面和几个用人打扫厨房和客厅的卫生，看见黄潇一言不发地进来，也没和任何人说话，直接就上楼了。

刘叔收拾完手里的东西，有些不放心，上楼打算看看他的情况。"少爷。"他手刚碰上门，发现门没关，轻轻推了门进去，发现少爷一个人坐在床上，手里拿着手机正在发呆。

"少爷，你怎么了？"刘叔心里想：难道是把小小送回去的时候两人吵架了？

"刘叔，你说一个人会突然失忆吗？"黄潇抬头问他。

"失忆？人怎么可能会突然失忆啊？"

"你也觉得吧！"黄潇突然激动地站起来，从垃圾桶里把手机壳拿出来，"这个手机壳是我送给陈小小的，她刚刚居然丢到垃圾桶里了，还说是她自己买的。你说她到底是怎么回事？"黄潇顿了顿，接着说，"而且上次我带她去网吧，发现她玩游戏的技术跟以前完全不一样，差多了。"

"少爷，你是说……"刘叔否定自己心里冒出来的荒唐想法，还是说出一个比较合理的解释，"会不会是小小最近身体不太舒服，所以表现出来的行为比较异常？"

"我不知道，我总觉得哪里怪怪的，她不像是我认识的那个人。"黄潇看了一眼漆黑的天空，"到底是哪里奇怪呢？"

陈小小在家里待了一会儿，也心烦意乱坐不住了，她觉得刚刚黄潇离开的时候不是很开心。

"肯定是自己说要跟他生小孩，他生气了，我真是笨死了。"她恨不得敲死自己，怎么能想出那么蠢的方法。从家里出去，她打算上街散散心。晴川的夜市开始了，街上的车灯连成了一条条彩色的光带。

"陈小小。"她努力和街上的人流做斗争的时候，忽然被人叫住了，莫言飞穿着服务生的衣服，手里拿着宣传单。

陈小小愣了一下，正不知道怎么办。

"你一个人？"莫言飞看她走得急匆匆的。

"嗯，我出来转转。"她尽量保持镇定。

莫言飞看了她一眼，把手里的宣传单给她："我在旁边这家西餐厅打工，你要是有空，来这儿吃饭吧，这里的牛排很不错。"

陈小小转身看旁边的西餐厅，从外面看，装修得不错，外面还放置了美式的桌椅板凳，说道："这里看起来就很高级，牛排我还没吃过呢，不过现在我有黄潇，我要吃什么，他肯定会带我来的。"

莫言飞看她一个人在自言自语，问道："你说什么？"

"我没说什么。"她把宣传单折起来，放到衣服口袋里拍了拍，"哪天我带黄潇一起来吃，谢谢啦。"她转头往另外一个方向走。

莫言飞看她从口袋里把宣传单拿出来，高高举在手上，一边走一边研究，走得东倒西歪，刚刚微笑的表情一瞬间恢复了冷漠，走进店里。

"刚刚那个是陈小小吧？"胖子经理一边朝窗户外面看，一边问莫言飞。

"是啊，她还要带黄潇一起来我们店里吃牛排呢。"

"嗯？"胖子经理疑惑地皱眉头，"她上次在后厨偷偷说店里的牛排不好吃，我还教训了她几句，她带黄潇来吃，脑子坏掉了吧？"

莫言飞正在整理餐具的手停了停："不是脑子坏了，应该压根就不是同一个人。"他的脸色沉了沉。

"啊，怎么不接电话啊？"周六，陈小小在家里躺尸，打电话给黄潇，但一直没人接，"他到底去哪儿了？"她晃晃身体走到厨房去，打算吃根冰棍消磨一下时间，外面轰隆一声，吓了她一跳，她走到窗口，"怎么下这么大的雨？看来今天又不能和黄潇约会了，真没意思。"

她打开手机准备看电视，一根冰棍正好吃完，电话突然进来了，一看是黄潇，她激动得一下子从床上坐起来，接通电话，黄潇担心的声音传来："陈小小，你在家吗？"

"在啊，要出去吗？"陈小小兴奋地点头。

"嗯，我想带你去吃饭的，但是外面又打雷又闪电的，我怕你害怕。"

"这有什么，你来接我吧。"

"那好，你在家等我。"

陈小小高兴地在屋子里换衣服，上次黄潇给她买的衣服，她还没机

会穿呢。对了,她把抽屉里上次莫言飞给的宣传单拿出来:"今天就和黄潇去吃这个。"

刚收拾完就听到楼下按喇叭的声音,她从窗口伸出头去,发现黄潇骑在摩托车上,没打伞。她着急忙慌地拿了一把伞赶紧下楼,外面雷鸣电闪:"你怎么不打伞啊?"看他淋得浑身都湿透了,她赶紧给他遮上。

"我骑摩托车,不方便。"耳边又响起一声雷,周围的树被银色的闪电照得顿时亮起来,陈小小还在着急帮他擦脸上的水,手忽然被拽住了,抬起头,对上黄潇漆黑的瞳孔,那里正闪烁着微弱的光芒,"你到底是谁?"沉沉一声,头顶上的天空变成了银色。

天空布满乌云,像是破了一个洞,街上的行人都被雨水冲散了,西餐店里也因为这坏天气没什么人,几个店员坐着聊天,莫言飞站在窗口冷眼瞧着外面。

店门口的铃铛突然响了一声,三个穿着高中校服的女生冒着大雨跑进来,外套已经湿透了,一边抱怨,一边进店。

"欢迎光临。"胖子经理连忙招呼,这种天气还能有客人,能赚一个是一个。

"连续上了一周的课,累死我了,好不容易有半天假还下雨,扫兴透了。"一进入温暖的店里,几个人就赶紧坐下,把外套脱下来,露出里面的秋冬校服,胸口右上角的假口袋上绣着蓝色的一中字样。

"马上要会考了,这次的周测我掉了两个名次,我妈紧张得又要给我请老师,下一周我连这半天也没有了。"

"没办法,谁叫一中的学习竞争激烈,你要是学习不好,就会被所有的人鄙视、孤立,我可不想这样。"

"最近我爸给我买了一台补氧器,好像能够增强记忆力,我晚上回去试试。"

"我家里还有一堆十全大补丸呢,我感觉没什么用,也不知道一中那个血淋淋的排名单上,这一次第一名的温菲,还有第二名的林晨,他们都是怎么学习的,这几年就没出过前五名。老师可说了,要是每次考试考不到学校前十名,基本就跟一线的名牌大学南华、开阳说拜拜了。我该怎么办啊?我超想上南华的。"

"我都快被逼死了,上个星期,我妈还去庙里求了签。不如哪天,我们去跟一班的那几个大神讨教一下?"

"讨教?搞笑吧。"另外一个短头发的女生不以为然,"他们只会告诉你,努力。别忘了我们和他们可是竞争对手,你见过给竞争对手送秘籍的吗?再说了,温菲也没什么了不起的,山中无老虎,猴子称大王喽。"

"怎么说?"两个女生的八卦小雷达开始转起来了。

"你们是中途转学过来的,有些情况不知道。我当时和他们是一届上来的,那个时候,一中的十佳学生可不是温菲,更加不是林晨,是陈暖。"

"陈暖?"矮个子的女生激动起来,"她在一中可有名了,可惜我转过来的时候,她已经去南华念大学了,没机会见到本人。你见过她啊,长什么样?人怎么样?"

莫言飞本来站在一边的窗口,突然听到这个名字,转过头看着她们。

"你们是没见识到当时的盛景,一中向来重男轻女,以前男女招收比例都是三比一,就是因为她,招收比例变成了二比一。"

"这么猛吗?那她肯定属于那种努力的天才型。我听说她去了南华以后,依然是学校里的风云人物。班主任每次给我们打鸡血的时候,都要提她的名字,说她特别优秀。"

"啧啧。"短发女生摇摇头,"当年老师可不是这么说的。"

"什么意思?"

"因为她不仅是学校里学习最好的学生,还是天字特大号的问题学

生,她有严重的暴力倾向,一中的老师、学生没有一个不怕她的。"

"真的假的?"

"学校里的小黑屋……"她的话还没说完,几个人的脸色立马难看起来了,这是一个禁忌话题。她们转头瞥到门口的门动了一下,门上的铃铛还在跟着晃动,叮叮当当地响,外面依旧下着瓢泼大雨。

莫言飞在路上打了一辆车,飞快地往医院赶,也没来得及打伞,走到医院里面,他半边身体已经湿透了。那天晚上,陈小小带他去了陈暖的病房,虽然这个想法几乎跟神经病没什么差别,但是他要来医院亲自验证。

他哗啦打开病房的门,里面已经有人站着了,黄潇抬起湿漉漉的头,望向他,眼睛里面颜色很深,又像什么都没有,说道:"我想我们喜欢上的是现在躺在这里的人……"窗外的雷声"轰"地打在窗户上,闪电穿进来,银色在他的身上铺了半层。黄潇打了一个寒战,因为这个雨夜,他说出来的话带着丝丝的诡异感。

第十四章 "三不准"原则

莫言飞吐了一口气,问道:"你怎么知道的?"

"陈小小跟我说,两个月以前,她从楼上摔下来,不小心和她的堂姐陈暖撞到一起,之后的事情她都不记得了,直到那天晚上在骊山,她才醒过来。"他顿了顿,接着说,"这两个多月和我们在一起的,是她的堂姐陈暖。"

"我刚刚也听到了一些奇怪的事情。"莫言飞把刚刚在西餐厅听到的话都告诉了黄潇。

"这个世界上真的有灵魂互换这种事情吗?"

"我本来不是很相信,但是听你说的这些,如果是我们认识的那个陈小小,完全做得出来,头脑很好,又会打架,脾气还很暴躁,全部符合。"

"如果真的是这样,那为什么陈暖没有醒过来?"

"不知道。"黄潇坐在椅子上,看着床上那张陌生的脸,伸手挠了两下脑袋,"我都要疯了,我喜欢的是她,却又不是她,我要冷静一下。"

"这种事情告诉任何人都不会相信,不过,"莫言飞温柔地看了一眼床上的人,"要不是这样,我们又怎么会遇见?她都上大学了,是大学生了。"

黄潇愣了一下,转头看床上的人,嘴角也软了下来:"说得也是,不管她的外表变成什么样了,她还是我很喜欢很喜欢的那个陈小小,还是我女朋友。"

"谁说她是你女朋友了?那个是真的陈小小答应的,她没答应。"莫言飞一本正经地给他泼冷水。

"喂!"黄潇一下子跳起来,"你不会想跟我抢陈小小吧,不对,是陈暖吧?她可是我女朋友。"

"还不是。"三个字有力还击,莫言飞双手抄在口袋里,眼睛瞟了瞟,"公平竞争。"

"我是不会给你这个机会的!"

"喊。"

"你什么态度啊,我们是多久的好朋友了。"黄潇喊得像一只暴躁的猴子,"你居然还对我翻白眼,我掐死你。"

两个人在里面打得不可开交,门口站了一个落寞的身影,听到里面闹哄哄的声音,她伸手抹了一把脸,把雨水和泪水一起擦掉,紫色裙子的下半截都被淋湿了,变成了深色,像是泥巴黏在了裙子上。

这条裙子是黄潇买给她的,她伸手擦擦水渍,发现深色的印记变得更深了,用力搓了两下,然后不停地开始搓,眼泪突然就掉下来了:"为什么所有人都喜欢陈暖?她什么都有,我什么都没有!陈暖,我讨厌你!我恨死你了!"

她转身就往外面跑,没有打伞,还假模假式地穿着高跟鞋,圆头的鞋踩在水洼里,人往左边歪倒,刚直起腰来,旁边高速行驶的汽车溅起水花,直接兜头盖脸浇了她一身。她再也忍不住了,哇哇地哭起来:"我死了算了,啊啊啊!"

"班长？"她正哭得激动的时候，头顶忽然罩了一把灰色的格子伞，下面露出一张有些木讷的脸，孙木抬抬鼻梁上的眼镜，赶紧伸手把她扶起来。

陈小小刚起来，就把他的手推开："我不是你的班长，我是陈小小。"

"啊？这么冷的天，你穿这么少，我找辆车送你回去吧。"他把自己的伞给了她，转身冲进了雨里，陈小小看他一高一低地踩着地面上的水，飞快拦住车，又被关上的车门推了出来。

"这个人干吗这么拼命，肯定又是因为陈暖。"她心里浮起的一丝暖意瞬间被冷水浇没了。

"下雨天车太难打了，我家就在附近，你去过的，不如先去我家吧。"

陈小小看他外套也湿了大半，心里软下来，点点头。

这是一个有院子的房子，孙木让她进屋，自己进了旁边的房间，出来时手上拿着毛衣毛裤，说："这是我姐姐的，你先去洗个热水澡。"

陈小小犹豫地看看厕所的位置。

"院子里的厕所可以洗澡，你去那边。"看她还是不动，孙木又道，"你放心，我就在房间里不出来，而且你那么会打架，我可打不过你。"他自嘲一声，就进屋子里去了。

陈小小浑身抖了一阵："好冷啊。"她转身进了厕所，连忙把湿衣服脱下来，等到热水流过全身的时候，才感觉到自己的身体有了暖意。她穿上干的衣服和裤子，拿着湿掉的衣服出来，迎面吹过来的冷风又让她一阵哆嗦。

她赶紧走到客厅，客厅里面开了暖气，和外面完全是两种感受，她伸手合上了门。

"你洗好了。"孙木从里面的房间走出来，已经换了外套，穿了一件宽大的海绒毛的卫衣，柔软的质感让他看起来特别的安全无害。

他倒了一杯茶给她,轻声说:"姜茶预防感冒的,你赶紧喝吧。"

陈小小左右看看,问道:"你父母不在家吗?"好像从她进门到现在就他一个人。

"你不是知道吗?他们开小饭馆,要很晚才回来的。"他坐下喝自己面前的茶,眼镜上被熏了一层雾气。

"我不知道,陈暖才知道。"陈小小粗声粗气地说了一句。

"什么?"孙木抬头看她。

"我不是你的班长,也不是那个会打架、成绩又好的高三二班的大哥大,我只是陈小小。"

"什么意思啊?"孙木不明白,等他大概理清楚是什么情况后,被震惊了,"你是说,你们交换了身体?"

"嗯。"陈小小看了他一眼,"你不会不相信我吧?"她转头郁闷地敲了敲桌子,"黄潇他们倒是一听就相信了。"

"他们也知道了?"

"嗯。"

孙木转了转眼睛,脑子也跟着僵硬地转转:"虽然这事的确有点假,但是我相信这世上什么都有可能发生。这些日子和我们待在一起的,是你堂姐陈暖,一中的那个陈暖?"

"没错,就是一中那个IQ200的跳级天才,所有学生心目中的学神。"陈小小说着那些外号,都有种恶心的感觉。

"难怪她那么厉害,好像什么问题都难不倒她。我以前还一直怀疑,是不是我自己的脑子有问题。"

"从小到大,只要看到她,别人都觉得我脑子有问题,我简直讨厌死她了。不论我怎么读书、怎么用功,我都比不上她。所有人都喜欢她,她想要什么东西都能够轻易得到,能读最好的高中,上名牌大学,现在还有黄潇和莫言飞喜欢她。我什么都没有,我说什么也没人想听,我就是一个透明人。他们都说我是垃圾、废物。"陈小小说着又哭起来。

孙木不知所措，赶紧从桌上抽了纸给她递过去："其实，我能理解你的感受。"

"你少骗人了。"

"真的。我姐姐是开阳大学的大学生。"孙木努努嘴巴，"她从小就很聪明，念最好的小学、初中、高中、大学，什么都很完美，唯一的缺点，就是有我这个一直拖后腿的弟弟。我爸妈每天都倩倩长、倩倩短，她每次从学校回来，我们全家都要像对待重要的外交官一样。我不能出门和同学玩，只能关在房间里，否则全家就会一起教训我。爸妈什么都依着她，好像家里只有她一个孩子。我特别努力地学习，可能我真的没天分，不光努力没什么用，还越考越差。我差点就要放弃了，想着干吗读书，反正也没人在乎我有没有过步、有没有努力，干脆就做一个坏孩子好了，想怎么玩就怎么玩。

但是突然这个时候，我在班级里看到你——哦，不是，是陈暖，她动员全班同学积极向上考大学，我的希望重新燃烧起来了。她是一个很有力量的人，不是因为她很聪明，而是她好像有很多很多的勇气。

有一次，我们班级里的同学一起来我家里学习，当时我姐姐正好从开阳回来，她数落我姐时的样子我到现在还记得，简直帅呆了。我从来没在我姐那张骄傲的脸上看到过那么丧气的表情。那一天，我觉得她可能真的是天神下凡来拯救我的。"

"她就是喜欢装好人，来满足自己的虚荣心。"陈小小撇撇嘴。

"我不知道她到底是怎么想的，但她曾经跟我说过一句话：不管多普通的理想，都值得尊重。"孙木转头看陈小小，"我不会像她说那么多很有文采的大道理，但是我觉得每一个人在这个世界上都会有人在乎、有人关心，你不应该这么悲观。"

"说得好听，你也是因为我是陈暖，才会这么关心我的。你们都只喜欢她，没有人在乎我。"陈小小垂着头，去抠自己的指甲。

孙木软软一笑，说道："陈小小，你笨笨的，考试老是不及格，还肢体不协调，每次上体育课跑圈都会摔倒。每个周四，你都会跑到操场最右边的歪脖树旁，一边踢一边骂人，有的时候骂的是学校那些女生，大多数时候骂的是你的堂姐陈暖。"孙木一字一句地说出来。

陈小小愣了一下："你怎么知道？"

"我也很不幸，每次我姐回来，我控制不了想要揍她的火气，就去那儿泄愤。打树的时候，我发现有一个人也跑过来碎碎念。"孙木看着她笑了一声，"你看，其实不是没有人注意到你的，我连你骂的那些脏话都还记得呢。"

陈小小看着他在暖黄色的灯光下微微放松的脸，鼻子上冒着细汗，脸微微红起来，可能是姜茶太热了。她抿了一小口，忽然严肃起来，问道："你不会也喜欢陈暖吧？"她想想孙木说的可全部是陈暖的好话啊。

孙木差点一口水喷出去，连忙摆手："不是，我对她是尊敬，是崇拜，不是你想的那样。"他想了一下，"就像偶像和粉丝那样。"

"那就好。"陈小小嘀咕了一句。

"雨好像停了。"孙木看看外面，雨滴慢慢地好像自下而上缩回了天空。天边出现了几颗星星，像是眼睛，忽闪了两下，散发出明亮的像钻石一样的光芒。

"挺好看的。"他指指那几颗星，"世界还是很美好的。"

陈小小踮踮脚，走到他身边，转过头，看到他正在对她笑，也和星空一样灿烂。她慌张地回以一个笑容，别过脸，平息了一下紊乱的气息，抬头看天，小声嘟囔："是挺好看的。"此时，她的心里都是暖意。

窗明几净的房间里，冬日的阳光穿过玻璃，白白地洒在地上，五个人都穿着白色的衣服，手捧着刚刚在楼下花坛里摘的小白花，中间还夹了两根摇曳的狗尾巴草，一步一步，一个跟着一个插进病床旁边柜子上已经落灰的花瓶里。

空气里飘荡着淡淡的哀伤，所有人静静伫立，双手交握在胸前，发出了一声淡淡的"唉"。

"你们在干什么？"黄潇风风火火地闯进来，像是进入高堂庙宇里的吵闹的猴子，"她又不是死了，你们穿成这样！"

后面跟进来的莫言飞也对他们投去了一个白眼。

几个人迅速从情景剧回到现实生活里，唐心笑了笑："自从昨天听说了这件事情以后，我一个晚上都没有睡好觉。"

"我也是，我也是。"大破跟着附和。

大白在一旁猛点头："这世上竟然有科学解释不了的事情，这太神奇了。"

"不过，那么多天，竟然是陈暖这个一中的天才和我们待在一起，难怪大哥她什么都懂。我们这是抱到了大神的大腿吗？前两天我妈在家烧香，还说我成绩越来越好都是祖先保佑，感谢了祖先小半宿。"唐心想起自己的老母亲那双时时刻刻要流下眼泪的眼睛，就不自觉地想哭。她从来不知道，原来自己学习成绩变好，能够让妈妈这么高兴，所以她下定决心，以后一定要更加努力。

"班长帮我们做了这么多事，是时候让我们来帮她了。"孙木说出一句良心话。

"我刚刚上网查过了，说对于昏迷不醒的病人，只要有适当的刺激，就可以帮她醒过来。"唐心赶紧拿了手机出来，给他们分享自己刚刚查到的东西。

"什么刺激？"

"可以带她去做一些她想做但是一直没做成的事情，或者让她喜欢的或特别在乎的人在她旁边不停地说话，回忆一些他们以前的事情。"唐心一字一句地读出来，他们转过头，眼睛在站着的两个人身上来回

瞧,"要不你们试试?"

黄潇嘴巴动动:"说什么嘛。"他的耳朵一下子红了。

莫言飞也有些别扭地转转头。

"就说你们有多喜欢大哥,然后爱她爱得要死,没她就不行。"

"这也太肉麻了吧。"黄潇连脸都红了。

莫言飞咽了一口口水,说道:"我来试试。"所有人的目光瞬间聚集在了他的身上,他硬邦邦地走过去两步,然后微微低了低高大的身体,对着陈暖说,"我喜欢你。"

所有人都屏住呼吸,拉长了脖子等他接下来的话:"然后呢?"

他身体直了直,然后缓缓地转过来,抬抬眼皮,说:"没用。"

众人皆倒。

"这也太简单了吧。"唐心吐槽。

黄潇心想自己也不能示弱,走过去看到躺在床上的人,心一横,眼一闭:"做我女朋友吧,陈小小,不,陈暖。"

众人趴到地上,无奈道:"你们两个怎么回事嘛,连句情话都不会说。"

"我没说过那么多肉麻的话啊。"黄潇挠挠头,"不然我去查查。"

莫言飞默默地拿出了手机,开始搜索网页。

"这也不能怪他们,你看他们两个长得那样,需要跟别人表白吗?每天都被人追在屁股后面,什么时候追过女生啊。"唐心说了一句公道话,"从今天起,我们每天轮流过来陪大哥说话,让她不寂寞。"

"我来就够了,你干吗天天来?"黄潇抱怨道。

"我来就够了。"莫言飞简单插话。

"你是不是又要跟我争?你不是还要去打工吗?"黄潇提醒他。

"我可以抽出时间。你太吵了,不适合在医院。"

"那你适合?就你这一个字一个字蹦出来,她都要听得睡着了。"

"我比你适合。"

"我敲死你。"

"你们安静一点,等会儿护士要过来骂人了。"孙木着急地阻止他们。

唐心他们看着纠缠在一起的两个人,这边一脚过来,那边一拳过去,孙木想去拉一下,一拳就被打得眼冒金星。

正混乱不堪的时候,门忽然被打开了,护士进来吼了一声:"吵什么!这儿是医院,要吵出去吵,都给我出去!"

黄潇和莫言飞互相看了看,纠纠缠缠才放手。两个人互相挤着往外面走,在门口突然被护士大手一拦:"我没说你们,我说站着的那几个。"她的手一指,指向唐心他们四个。

几个人吃惊地跳起来:"我们刚刚都没有说话!"明明打架的那两个是罪魁祸首。

"你们不要找那么多借口,赶紧走。"她的眼睛一瞪。

"没天理。"几个人愤愤地往外面走,刚走到门口又被吓了一跳——外面站了一圈小护士,看到他们出来,连忙排排站,眼睛还一直偷偷透过门缝往里面看,脸红扑扑的。

"为什么是我们被赶出来?"几个人站在医院门口。

大白这样好脾气的人,现在也很委屈了:"我们不是来看陈暖的吗?"

"你没看到护士都帮他们两个说话吗?你说话有用吗?长得好看简直比走后门还有用。走吧。"唐心摇头。

大破抠抠自己的指甲,哀怨道:"我只能说他们没眼光,他们两个就是小男生的长相而已,我这个天生丽质的居然看不见,真是没眼光。"

三个人同时看向他:"你是认真的吗?"

"你们什么意思啊?"大破叉着腰怒吼了一声。

黄潇坐在陈暖的床头看数学课本。这些天,他每天下了课就过来:"这个我不会做。"他转过头看向床上安静躺着的人,"我之前说过要和你一起上大学的,我说到就会做到,你不能赖皮,要早点醒过来。"

他脑袋偏了偏,写了一会儿,慢慢抬起头:"其实,我想你了。"他的声音轻轻的,像在说给自己听。

他拿了水瓶从房间里走出去,大厅里正在放偶像剧,其他的声音都很小,挂水的病人坐在座位上,齐刷刷地抬头看头顶的电视。

黄潇接完水回来的时候,电视里面正在播一段哭戏,于是抬头瞥了一眼。一对男女抱在一起,说着相互喜欢的话,男主角说父母也不能阻止他们在一起,女主角说不想他为难。

黄潇心里想的是:我要跟陈暖在一起,我父母才不会反对。他觉得这剧没什么意思。背景音乐响了起来,电视上的男女越变越小,黑色背景的天空开始放大,流星雨开始像烟花一样在天空中划过,整个天空变得绚烂无比。

黄潇的脑海里突然浮现那天在骊山的场景,在陈小小醒过来的那天,也有漫天的流星雨。他忽然意识到了什么,也许等到有流星雨的时候带陈暖去山上,她就能醒过来!这对他来说是一个重大的发现,他赶紧打电话给刘管家:"刘叔,你帮我查一下,晴川最近哪里会有流星雨。"

莫言飞在摆放桌子上的餐具,电视上正在播报近来天气恶劣,山区常出现山体塌方事件的新闻,转头看向外面正下着暴雨,路上的车辆已经被淹没了不少,今天上最后半天班,明天他们也要放假了。

口袋里的手机忽然响起来,他接通:"喂?"

"是阿言吗?我是刘叔。"

"嗯,怎么了?"

"你见到少爷了吗?"

"没有，怎么了？"

"我今天打电话给他，一直没有人接，学校这两天也放假了，我有点担心他。"

莫言飞不知道刘叔知不知道陈小心就是陈暖的事，心里想着等会儿去医院看一下。他骑车到半路的时候，半个轮子几乎泡在了水里，像在水里滑行一样，直到最后骑不起来了，将车推到路边，就开始往医院里跑。他心里隐隐有种不好的感觉。

跑到医院，拉开陈暖病房的门，他面对的是一张空空荡荡的床。他赶紧拉住一个护士，问道："这床的病人去哪儿了？"

"刚刚有人过来把她接走了，还是开豪车来接的。"护士姐姐补充了一句。

"你看见是谁了吗？"

"就是这些天每天都过来的那个帅哥啊，急急忙忙就走了。"

"你知道他们去哪儿了吗？"

"不知道。有什么问题吗？"

"没什么。"莫言飞把她打发走后，连忙打电话给刘管家，"刘叔，黄潇最近有没有什么异样，或者跟你说过什么奇怪的事情？"

"没有啊。"刘叔想了想，"哦，对了，两个星期前，他让我帮他查最近哪里会有流星雨，我以为他想要去玩，还给他准备了一些出去旅行的东西。"

"流星雨……"莫言飞的脑袋里忽然闪过一道亮光，那天晚上在骊山，好像也出现了流星雨，难道黄潇带着陈暖去找流星雨了？

"你说的最近会出现流星雨的地方在哪里？"莫言飞的声音低沉下来，闪电照亮了整个房间。

黄潇把车开到半山腰时，天空下起了雨，雨刷不停地刮防风玻璃上的雨水，又噼里啪啦落了更大一片："不是说有流星雨吗，怎么又开始

下雨了?"

没办法继续开了,黄潇把车停下,突然压到了埋在树丛里的石头,车子往前一冲,陈暖坐在旁边的座位上,绑着安全带摇摇晃晃的,因为急刹车,身子迅速往前面用力一栽,黄潇伸手扶住了她。

远处,轰隆隆地忽然响起天摇地动的声音,黄潇一开始以为是响雷,后来地面开始震动。他踩油门,发现怎么也不能启动车子,连忙把安全带解开,伸手抱住陈暖。地面晃动得越来越厉害,外面的雨也越来越大。

黄潇抱着陈暖开始往山下走,后面几乎是掀楼盖宇的趋势,整个天地都发出了震耳欲聋的撞击声,树木断裂的声音穿插在其中。

山路变得和蚯蚓一样滑腻,黄潇脚一歪,摔到一边,手臂被旁边伸出来的树枝刺破了,划了一道大口子。上方一株高大的松树摇摇晃晃,他看到摔在树下的陈暖,爬起来就跑过去,一下子把她抱在怀里,树木应声倒下,天空中轰地炸开了一声雷,然后恢复了安静。

周围的雨还在肆无忌惮地下,雷声和闪电声在树枝间穿行。一颗红色的流星瞬间从天空划过,拖着长长的尾巴,消失在了苍茫的尽头。

陈小小正躺在床上看偶像剧,窗口的亮光像白天一样照射进来,窗前的书桌还有那把简易的凳子都开始反光,她觉得有些刺眼,转过头看到屋子里所有的家具都印上了红色的光,从窗口望出去,一颗红色的流星拖着长长的尾巴,把窗户分割成了两半,火红的颜色渲染了整个天空,她好像陷入两半窗户的缝隙里,意识渐渐模糊,栽倒在了床上。

"嘀嘀嘀。"陈暖听到自己的闹钟在报时,眼睛睁开,天已经完全黑了,透过窗口潜进来的月光,她看清这是在自己的房间,纳闷道:"我怎么在家里?"

她记得学校组织了无聊的郊游,她现在应该在山上啊。床上的手机不停地响,她接起来,那边的人首先松了一大口气:"你现在哪儿?"

莫言飞的声音有些着急。

"我在家里啊，出什么事了？"

"黄潇带着陈暖去山上了，我现在和刘叔正赶过去，医院和你家里那边，你先应付一下。"

陈暖莫名其妙：黄潇带着我？什么意思？她皱皱眉头，问："你到底在说什么？我们不是在骊山郊游吗？黄潇怎么又去山上了？"

那边的人沉默了一会儿，她听到电话里传来的喘息声，似乎是从里面硬挤出来凝结成字："你是陈暖？"

陈暖突然意识到什么了，着急道："是不是在骊山发生了什么事？"

莫言飞在电话里简要概括了一下陈小小突然变回来的事情，陈暖立马从床上跳起来："你是说，黄潇为了让我醒过来，在这种鬼天气到山上去找流星雨了？他是不是疯了？"

"是，而且现在天气很不好，山上随时都有塌方的危险。"那边的人说得淡定，但陈暖还是从他的语气里听出了紧张的情绪。

"他们在哪儿？"

"晴川的南边有一片荒地，那里有座深山，地图上应该定位不到，现在还没完全开发，我们只能顺路找过去。"

"你把你们的位置发给我，我去找你们。"陈暖挂了电话就出门打车。雨越下越大，整个晴川像是泡在了水里，车里播放着有杂音的天气预报，窗户上噼噼啪啪的雨声让她心乱如麻：黄潇，你这个笨蛋。

前面开始拥堵，司机一副不怎么着急的样子，脚上踩踩停停，让了好几辆车，还唱起了歌。

"师傅，你能别唱了吗？"陈暖已经够心烦意乱了。

"这是堵车呢，不唱歌我怕你无聊。"

"不用，我烦着呢。"

司机看她很不给面子，甩了甩头，故意踩了一下油门，她差点撞到

车背上。过了拥挤路段,车子正常行驶,她看看身边又过去三辆车:"师傅,你故意拖我时间也要看看情况吧,这种鬼天气,没点急事,谁会出门啊!"她直接喊了起来,暴脾气说上来就上来。

"瞧你这话说得,下雨天行驶要注意安全,要越慢越好。"他故意拖慢调子,后来干脆不动了,开始抬杠。

陈暖拿起后面的抱枕伸手摇了他一下:"打死你个脑子有泡的。"她扔了钱就下车。

"你赶着干吗去啊,家里死人啦?"司机气不过,喊着骂她一句,还吐了一口口水。

陈暖握了握拳头,蹚着水就冲过去,绕到驾驶座边,伸手把门拽开。

"你干……"他话还没说完,就被陈暖两条金刚臂扯了安全带,扔水里了。她伸手拔了车钥匙往远处一扔,钥匙扑通掉到了水洼里,不见踪影,司机号得更大声了。

她狠狠甩了车门,头也不回地往马路对面跑,差点被车撞到,刚要吼,车窗摇下来,莫言飞的脑袋伸出来:"上车。"

陈暖坐在车上,全身都湿透了,刘叔拿了毛巾给她披在身上。她看到刘叔好像老了一些,满脸的担心,身体紧紧绷着,他缓缓说道:"我们家的直升机也派出去了,老爷、夫人那边我还没有通知,怕他们担心。"

"黄潇会没事的。"

"少爷虽然平时大大咧咧的,很外向,但是从来没做过这么冒险、不计后果的事情。"

陈暖用毛巾擦擦脸:"都是因为我。"她的声音轻得几乎听不到。

"什么?"

她摇摇头,望向窗外:"黄潇,你一定要没事。"

他们走到一半,就看到前面封了路,穿着雨衣、戴安全帽的工作人员挥舞着手里红色的警示棒,周围停了几辆卡车,还有一辆救护车,很多人在大声喊叫,被大雨一道一道地甩回去,全部变成嗡嗡声。

陈暖从车上跳下来,直接冲进了雨里,前面的人伸出一只手拦住她:"山上发生泥石流了,山体出现多处塌方,你现在不能靠近!"

他的声音几乎是喊出来的,像是耳光直接甩在陈暖的脸上和身上,她觉得全身都在隐隐作痛,她喊道:"我朋友在里面,我不能丢下他不管!"

她说的时候嘴唇都在颤抖,后面的刘叔、莫言飞都淋着雨跑过来。她看到有人从里面被抬出来,那是一张痛苦、陌生的脸,满身的脏污,露出来的一只手臂垂在担架外面,全是鲜血,雨水啪嗒啪嗒地打在上面,搅浑了红色。她甚至能看到里面露出的筋骨,全身轻轻战栗起来。

在那个每个人都疯狂的空间里,她产生了幻觉,她看到了躺在担架上人的脸变成了黄潇的样子,渐渐地,他的脸部没有了血色,生命随着大雨一点点流进了肮脏的土壤里。

她不知道自己是怎么越过重重障碍冲到里面去的,黑压压的树林像巨兽一样压住自己的身躯,吊机上挂着一块黑色的金属,她认出来那是车门的部分。

她感觉生命里很重要的东西正在被抽离,仿佛有人拿走了她的心脏、肝脏、脾脏等所有的器官。爸爸、妈妈、黄潇他们都从自己的生活里悄无声息地被带走,只剩下她一副空荡荡的身躯行走在这世间。

头顶响起一阵雷鸣声,在空旷的地方犹如被放置了扩音器,鲜血,雨……她被来自四面八方的风撕扯着,脚下的鞋已经完全变成了灌水的容器。她踩着冒着气泡、吱吱作响的鞋,爬到土坡上,头顶的雷声不停地在敲打她的身体。

后面有三四个人过来拉她,她也不知道自己哪里来的力气,能够和这么多人对峙,也没有被拉下去。身体里面充起一股气,那是暴怒,那是愤恨,那是害怕,那是悲伤,雨水和眼泪搅和在了一起。干脆一起死

了好了。她的脑子里只剩下这个念头了。

后面传来轻轻的一声叫唤:"陈小小?"

陈暖所有的情绪和动作都在这一瞬间停下了,她转头看到被工作人员扶着的黄潇,他的一只脚受伤了,腿微微地弯曲着,脸上、身上都是泥土,还挂着黑色的残叶。

她所有的情绪,都在这突然的转折里找到了宣泄口。

"啪!"陈暖跑过去,扬手扇了他一个耳光,他本能地要生气,突然看到她的眼睛里有亮晶晶的东西在闪,一种熟悉的感觉潜进来,声音藏在后面,怯怯地叫了一声:"陈暖?"

陈暖全身的热气在一瞬间奔上脸庞,眼泪像断线的珠子一样大颗大颗地往下掉:"你是不是疯了?"她有很多话想说,却只哽咽地说了这一句。

黄潇没说话,伸手轻轻把她拉过来,紧紧抱住她:"我很想你。"

陈暖伸手用力拍他的背:"你这个超级大笨蛋,还把我的身体带到山上来,你是不是想让我再也回不去啊?"

黄潇紧紧抱住她:"以后你都别走了,不要离开我这么长时间。"他伸出手摸她的脑袋,"其实,我……"

陈暖的脑袋在他的胸前顶了一下:"你要说什么我知道,在骊山的那天晚上,你最后说的那句话我听到了。"她停了一下,轻轻道了一句,像是在呼吸,"我也是。"

莫言飞站在不远处看着抱在一起的两个雨人,抬头望了一眼漆黑的天空,冰凉的雨水掉进他的眼睛还有嘴巴里,他吸了一口气,冷到心里,吐出来的白色气体随着心里的那股热气一起消融掉了。他转过身,往另外一个方向走。很奇怪,他并没有气急败坏或者不甘心,像是早就知道结果一样,他只是在等这个结果到来的这一天。

"为什么?"黄潇被砸伤的左脚被绷带绑着,高高吊起来,两只手不停地滑动,像溺水似的,满脸的不开心,叫嚷道,"你为什么不做我的女朋友?"

陈暖把手里削好的苹果塞到他的嘴巴里,说道:"我只是说我也喜欢你,也没说现在要跟你在一起啊。"

"那你在干什么,调戏我吗?你要对我负责,负责!"他气得简直像被人霸王硬上弓了一样,伸手就把她拽过来,气息几乎喷到她的脸上。她一下子又心律不齐了,别了别脑袋:"我只是说不是现在。"她把他推开,两个人保持着距离。

"什么意思?"

"意思就是,我记得某人答应过我要跟我一起去上大学的,如果你能考上,那么……而且我现在在陈小小的身体里,我可不想用别的女人的身体碰我的男人。"

黄潇听到这个称呼,刚刚心里的郁闷立刻一扫而光,小虎牙藏不住地露在嘴巴外面:"好吧。不过这段时间,你要答应我不准喜欢别的男生,不准盯着别人看超过十秒钟,尤其是阿言。还有,你不准随便跟男性偷偷出去约会,雄狗也不行。"

"哇,我还没给你名分呢,你就这么嚣张,我要考虑考虑。"

"你这女人太善变了吧,之前还为我要死要活的呢。"

"谁为你要死要活了,我激动是因为关心我的肉身好吧,就因为你智商欠费,我差点真的死翘翘了,我还没跟你算账呢。"陈暖强行辩论,可不能让他的小尾巴翘上天。

"你……你等着,我马上就加那个护士的微信。"黄潇也是一点即着,气哼哼把手机拿出来,猛地一顿乱戳。

陈暖一下把他的手机抢过来,看到上面好几条添加好友的信息,而且头像明显P过,气道:"好啊你,我们还没在一块呢,你就偷吃。你赶紧加,你加一个,我就去夜店找两个小白脸。"

"小白脸?"黄潇又要跳起来,"你有本事找一个长得比我帅的,

你……你什么眼光啊,没品位,低俗。"

"我低俗?你高级,你刚刚不是看走错房间的那个美女的大腿了吗,还偷看了很久!"

"我没有,你少冤枉我!"黄潇叫道。

"你就是看了,还死不承认!"陈暖爬上床,打算把他另外一条腿也给敲断。

病房里面传出乒乒乓乓的声音,几个人在门口站了很久,一直没敢进去,引来四周来来往往的人异样的目光。

"不是说两人在雨中深情告白了吗?这更像结仇了啊。"大破摇摇头道,"以后两人要是真在一起了,绝对是灾难。"

"不过,大哥又回来了,太好了。"唐心笑道。

"是啊,我和陈暖又可以一起做实验了。"大白也不由得高兴起来。

只有站在一旁的孙木,眼睛往门里看正在嬉笑打闹的两个人,心里泛起了不知名的滋味。陈暖能回来,他也开心,但是陈小小该怎么办?

—第一册完—